Jacques ROLLAND

LES MINES D'OR DU ROI SALOMON

Roman

Jacques Rolland

Les aventures de Mélisende
Tome II/II

Les mines d'or du Roi Salomon

Publié par
Omnia Veritas Ltd

www.omnia-veritas.com

© Omnia Veritas Ltd – Jacques Rolland – 2018

CHAPITRE I

AVIGNON 1095
Avant la première croisade

- Votre Sainteté, et le moine se retint de rire, soyons clairs. Vous êtes dépossédé de vos États, chassé de Rome, un autre pape a été nommé par l'Empereur de Germanie, et vous êtes présentement l'invité obligé du roi de France. Il ne vous tient pas rancune de l'avoir cependant excommunié parce qu'il couchait avec sa cousine, qu'il voulait l'épouser. Et qu'il a fini par épouser !

Le visage du pontife était tordu par une affreuse grimace. Ce que l'autre lui sortait était malheureusement vrai. Le jeune moine s'était tu. Il l'avait reçu dans ce petit palais mis à sa disposition en Avignon à la demande expresse du cardinal archevêque de Reims, monseigneur de Bellechose qui avait fait son élection. Il n'avait pu refuser de recevoir son messager. Mais ce freluquet en prenait bien à son aise.

- Je sais tout cela mon frère.
- Tant mieux, cela va faciliter ma tâche.

Le pape se contraignit au calme devant le jeune frère qui visiblement se foutait de lui. Il porta une main gantée surchargée de bagues à son opulente poitrine pour en atténuer les palpitations. Un air froid entrait par la fenêtre entrebâillée. N'étant pas à une contradiction près, le pape avait fait allumer un brasero. Le moine étouffait ou avait froid suivant l'humeur du pontife qui allait et se déplaçait dans la pièce, ouvrant les fenêtres, les refermant, et demandant qu'on alimente le brasero.

- De l'eau, peut-être, suggéra-t-il enfin ?

- Volontiers.

Une voix rauque, sourde, à la limite de l'enrouement mais bien posée et calme. Le pape se promettait bien de lui faire relever sa capuche pour apercevoir son visage, que le moine tenait obstinément baissé vers le sol.

- Très Saint Père, vous connaissez la situation en Orient. Nos frères chrétiens d'Asie sont massacrés par les turcs et les arabes ne sont pas en reste. Le tombeau de notre christ, il faillit dire de votre christ, a été profané, livré à la turpitude…

- Merci mon frère de m'apprendre ce que je sais déjà. Il est toujours bon cependant de se rafraîchir la mémoire.

Ainsi il reprenait du poil de la bête. Bon, qu'il écoute la suite. J'allais lui restituer fidèlement les paroles du cardinal de Bellechose.

- Aussi a-t-il pensé avec quelques autres dignitaires de notre église, là aussi il faillit dire de votre Église, qu'il serait souhaitable d'envisager une croisade.

- Une croisade ? Mais il n'y pense pas sérieusement ?

Puis, après un temps de réflexion.

- Il faut des croisés, d'abord.

Le jeune moine hocha doctement la tête devant une parole si évidente et il conclut de lui-même.

- Des chefs ensuite, une flotte, du temps pour la préparer et… et… Saint Père, dit- il comme un professeur à un élève particulièrement ignorant.

- Je ne vois pas.

- De l'argent.

- Mais bien sûr.

- Mais ce n'est pas suffisant.

- Ah bon !

- Oui, il lui faut un chef auto proclamé ou porté aux nues. Les deux à la fois, ce serait mieux.

Et il laissa les deux derniers mots pénétrer lentement dans le crâne du pontife. Ils y firent leur chemin sans toutefois leur entrée.

- Le roi de France, se hasarda-t-il ?

- Sans doute.

- Le Plantagenêt ?

- Évidemment.

- L'Empereur de Germanie ?

- Est une autre option il est vrai.

Le pape but lentement son gobelet d'eau. On arrivait à la croisée des chemins apparemment. Le moine but aussi. Se pouvait-il qu'on pensât à lui ?

- Le cardinal de Bellechose, émit-il faiblement sans y croire une seconde… ?

- Est fort âgé. Plus jeune, il n'aurait pas dit non. Il faut un nom connu.

- Mais ceux dont nous venons de parler…

- Ont certes des noms connus. Il leur manque une noble fonction reconnue par tous sans hésitation. Ces trois princes ont des difficultés majeures mais le fait important est que leurs sujets les ignorent compte tenu de leurs déplorables actions.

Le pape attendait fébrilement la suite.

- J'ajouterai également qu'un nom très connu est parfois dur à porter. Mais pas une fonction incontournable, par sa valeur indéniablement admise quel que soit le nom de son détenteur provisoire. Il parut insister sur « provisoire ».

Dans sa précipitation le pape commit une erreur sous une forme interrogative qui réjouit le moine.

- Il a pensé à moi ?

- Exactement dit, très Saint Père. Pas vraiment à vous en vérité, mais à votre éminente fonction de successeur de Pierre. Le pape quel qu'il soit en vérité, possesseur d'une autorité spirituelle incontestable, peut seul prêcher une croisade.

À ces mots le pontife ne se tint plus de joie.

- Mettons-nous à genoux, mon fils, pour honorer notre Seigneur.

- J'allais vous en prier. C'est la moindre des choses.

Ils récitèrent un ave et un pater mais pas plus car le pape avait de l'arthrose dans le genou droit.

- Cependant… Et il hésita… Mon jeune frère, je suis prisonnier du roi de France. Mais la situation est telle que si le cardinal de Bellechose me propose de prêcher une croisade dont il serait l'âme agissante, il y aura nécessairement une contrepartie.

- Bien sûr. Puissamment raisonné.

- Je vous écoute.

- Eh bien, voyez-vous… Tout pourrait rentrer dans l'ordre.

- Dans l'ordre ? Lequel ?

- Mais le vôtre, Très Saint Père. Celui auquel vous avez droit.

- Rome ?

- Rome, exactement.

- Mais le pape suscité par l'Empereur de Germanie ?

Le jeune moine faillit rétorquer trop rapidement « j'en fais mon affaire », mais il se contint.

- Vous comprenez que si vous y mettez une verve inaccoutumée, une harangue puissante, une volonté se lisant dans vos gestes, vos yeux vos paroles, alors la chrétienté, comme un seul homme, marchera. Donc ce sera à l'instigation de votre seule autorité pontificale que les choses se déclencheront et en contrepartie…

Il hésita.

- Oui ?

- Je m'avance, bien sûr, mais l'Empereur qui ne peut rien refuser au roi de France pour un vague problème de souveraineté en Lotharingie, pourrait vous laisser libre de revenir à Rome.

- A la bonne heure !

- C'est ce que je me suis dit aussi. De plus...

- Oui... Qu'y a-t-il encore ?

- Il faudrait que vous leviez son excommunication.

- C'est vrai. Je n'y pensais même plus.

- Un oubli sans doute. Un double oubli Très Saint Père, car vous l'avez par deux fois excommunié. C'est un peu comme si on condamnait quelqu'un deux fois à mort. La première le matin, la seconde l'après-midi.

Le pape grimaça à ces propos ironiquement prononcés.

- Merci de vos précieux conseils suscités, à n'en pas douter, par le cardinal de Bellechose.

Le jeune moine prit congé.

- Vous l'avez suivi ?

- Bien sûr, Votre Sainteté. Il n'a jamais cherché à savoir si on l'espionnait. Il a longuement marché dans les ruelles entourant le palais, comme s'il ignorait sa véritable direction. Puis il a franchi le fleuve en traversant le pont pour se rendre de l'autre côté, à la chartreuse de Villeneuve, où il a disparu.

- Enquêtez, servez-vous de mon pouvoir. Voici mon anneau. Le prieur, qui est encore de mes amis, ne saura rien vous refuser.

Le prieur, hélas, se contenta de vagues paroles. Il ne le connaissait pas, mais ils faisaient partie de la même congrégation. Son nom, Ah, oui, il faudrait vérifier avec le frère Tourier. Il ne l'avait pas noté. Ah, si, il s'en souvenait : frère Bonaventure.

- Drôle de nom, n'est-il pas vrai ?

- Pourrais-je lui parler ? Hélas non.

- Il est reparti. Un fort aimable frère, très prévenant, aidant les vieux frères à monter ou à descendre, tuant même un agneau pour la fête pascale, bref, un modèle. Le décrire ? Facile : grand, très grand même, une drôle de voix. Ah, des yeux très bleus ! C'est tout. Désolé. Dites bien au Très Saint Père que… bien sûr…

L'émissaire repartit furieux. Le Pape avait-il encore des amis ?

La discussion à Reims avait été rude. Une querelle avait opposé les tenants d'un prêche à forte audience par le pape et ceux qui y étaient hostiles. Finalement le jeune moine avait dû tricher et truquer les bulletins secrets qui avaient été déposés dans une aumônière fermée par un cordon de soie. Six en faveur d'Urbain II, quatre en sa défaveur. Ouf, on respira.

- Il faudrait à présent, reprit le cardinal de Bellechose, comme s'il s'adressait à une docte assemblée, que le Hohenstaufen soit d'accord. Il me vient une idée.

Et il se tourna vers son jeune secrétaire, immobile, juste à côté de lui l'instant auparavant. Il ne le trouva pas. Il avait disparu.

- Sapristi… ai-je la berlue… ai-je pensé à haute voix ?

CHAPITRE II

Le banquet, Âcre, 1149

En cette année 1149.

Le roi Foulque, de passage dans sa bonne ville d'Âcre, décida d'offrir un banquet pour honorer tant les échevins que les bailes des fratries italiennes que les commanderies des ordres chevaleresques. Et surtout pour fêter le départ du fils du roi d'Angleterre, Édouard, Prince de Galles.

Le vieux Bartolomeo, en hommage à Foulques, s'était fait précéder d'un page de la cour portant un assez volumineux coffret. Et à qui demandait à quoi pouvait bien servir, une fois déballé, ce qui passait au premier coup d'œil pour une soupière, Alix répondait en souriant qu'il devait s'agir d'un saladier et Mélisende en ricanant que ça servait à se rincer les doigts.

Plus rationnellement, le garçon indiquait qu'il s'agissait d'un récipient et que les compartiments à l'intérieur permettaient d'offrir un vaste choix d'épices. Les jumelles gloussaient alors comme des petites écervelées.

Le banquet offert par Foulque d'Anjou était somptueux. Les impression-nantes bannières accrochées aux larges poutres noires traversant la salle arboraient les armoiries d'Anjou -noblesse oblige- celles d'Angleterre, les léopards d'or rugissant, le lys de France et le lion de Venise, et plus discrètement celles des Hohenstaufen.

Les tables en rectangle reposaient sur des tréteaux de bois recouverts de nappes en lin, et en leur centre se trouvaient des candélabres à plusieurs branches. Les convives, dont certains avaient été autorisés ou non à se rendre aux cuisines pour y découvrir ce qu'on allait leur servir, dégustaient déjà du vin des monts Liban en humant l'air chargé d'odeurs épicées.

Les pages allaient et venaient et des mains, couvertes ou non de bagues, s'attardaient parfois sur des cuisses légères mais charmantes. Des musiciens, dans les deux galeries cernant la salle animaient la soirée en mélangeant chansons d'amour provençales et occitanes et luth arabe.

Les femmes étaient loin d'être en reste, sacrifiant pour certaines à la mode arabe, mais pas n'importe laquelle, celle en vigueur sous les califes tandis que d'autres singeaient la mode occidentale. Il n'était donc pas rare de voir des guimpes, collerettes, concurrentes de robes au décolleté carré fort audacieux, voisiner avec de somptueuses djellabas de lin passe pointée d'or.

Les courtisans rivalisaient de luxe et d'ostentation. Surtout les plus jeunes, portant des pourpoints fortement rembourrés aux épaules, les mollets fortement serrés par des jarretières solidement destinées à embellir leur galbe et surtout par des braies faisant saillir le volume de leur braguette. Mélisende eut un instant la tentation d'en caresser une, mais sur un regard impérieux de son frère, baissa chastement les yeux.

Des trompettes sonnèrent pour permettre aux invités de gagner leur place. L'incident se produisit quelques instants plus tard.

Par un singulier hasard, ou étourderie d'un chambellan, Mélisende se retrouva assise à droite d'Édouard Plantagenêt. Édouard ne parlait évidemment pas un mot de la langue franque et Mélisende pas un mot de la langue anglaise. Ils essayèrent parfois de se parler en latin. Ce fut ridicule, risible et pathétique. Leurs voisins ou vis-à-vis, se retenaient de pouffer tant les efforts des deux malheureux étaient dénués de tout résultat.

À un moment donné, Mélisende, aux dires de son vis-à-vis, un vague conseiller de l'Empereur de Germanie, s'agita sur son fauteuil, parut se lever, se rassit, et ce faisant, un de ses grands pieds alla sans aucune délicatesse écraser les orteils du Prince de Galles. Celui-ci essaya bien de relever son pied mais plus il tirait en arrière, plus la fille paraissait insister, sans se rendre compte, apparemment, de la souffrance visible d'Édouard.

Il se pencha vers elle, qu'il avait à sa droite, et lui fit remarquer qu'elle avait de jolies mains, avant de lui parler de ses pieds mais qu'il y avait là, sur le bord gauche de sa main gauche comme une espèce de corne. Ce qui faisait sourire ce grand dadais jurant bien de se moquer de cette grande fille idiote.

La phrase en question suivie de la phrase de réponse fut traduite en plusieurs langues. Cela donna à peu près ceci :

-    Ce n'est ni de la corne ni de gorille ni de rhinocéros mais un simple cal.

-    Qu'est-ce que c'est un simple cal ? Et comment l'obtient-on ?

Aller et retour des questions et réponses. Réponse de la grande demeurée

-    Je m'entraîne à casser des briques.

Ceci dit, au grand étonnement des divers traducteurs qui crurent s'être trompés et qui lui firent répéter. Édouard ricana tout en essayant de retirer son pied.

-    She is stioupid, fit-il à la cantonade.

-    Et qu'est-ce qu'elle casse à part des briques ?

Réponse : du bois.

-    Du bois ?

-    Oui. Comme cette table par exemple.

Édouard sauta sur l'occasion. Si la fille devait casser la table, elle serait obligée de se lever et de relever, enfin, son pied.

-    Va pour la table. Veut-elle essayer ? Aller et retour de phrases à nouveau.

Réponse : sans problème. Écartez-vous un peu.

La fille se leva donc, repoussant son fauteuil et écarta -plutôt dégagea de gestes brusques- saucières, aiguières, carafons, plats et autres vaisselles. Les autres convives ne s'étaient pas encore reculés, qu'elle abattait d'un coup sec sa main gauche sur la table qui s'écroula alors comme un château de carte, entraînant des viandes et des poissons en sauce, du vin, mais aussi, surtout, des convives.

Édouard, lui, se retrouva par terre, sur le dos. Mais son pied n'était pas écrasé. Il avait quand même gagné au change.

Dans le brouhaha général, les allées et venues des pages et serviteurs, les rires, la scène passa d'abord inaperçue mais force fut de se rendre à l'évidence que bon nombre de convives gisaient par terre, en compagnie de saladiers, de cruches, éclaboussés par les vins et les sauces.

Mélisende, debout, paraissait regarder toute cette piétaille étalée par terre d'un air goguenard.

Sur ces entrefaites, le vieux Bartolomeo, puis Geoffroy, puis l'autre jumelle se présentèrent.

Geoffroy et Alix eurent le temps de jeter un coup d'œil aux transformations très rapides ordonnées par Foulque pour honorer la prochaine arrivée de l'Empereur du Germanie. Oriflammes et écussons rivalisaient eux aussi avec les autres bannières des royaumes d'Occident, notamment l'aigle bicéphale sur fond noir pour l'aigle blanc, et sur fond blanc pour l'aigle noir. L'aigle paraissait en colère. Moins que le conseiller de l'Empereur gisant sous deux chaises renversées.

Il y eut un débat incompréhensible, une tentative d'explication formulée avec des hoquets de rire par la grande demeurée.

Alix ricana elle aussi bêtement, le garçon s'en prenait sans ménagement à sa sœur Mélisende et le vieux Bartolomeo aidait péniblement le Prince de Galles à se relever en proférant mille excuses, du genre « il avait des nièces un peu attardées, et celle-ci en particulier, et, monseigneur ne devrait pas… ». L'autre se releva pendant qu'on l'époussetait des reliefs de son repas.

Puis des pages vinrent ramasser ce qui restait encore au sol et Édouard, furieux, prit congé. Mais on fit des gorges chaudes de ce fameux banquet. « Elle est quand même un peu simplette », fut le leitmotiv des conversations du lendemain. « Je ne la connaissais pas sous ce jour d'attardée mentale », surenchérit une autre faction et un « je crois qu'elles ne savent même pas faire des confitures » compléta le désastre.

Tout autre fut la réaction de ceux qui allaient devenir, pour l'instant sans le savoir, les protagonistes de cette histoire. Cela donna comme résultat à peu près ceci.

D'abord, un convive, fort mal placé à table, avait cependant réussi à se faufiler dans la foule entourant les débris de la table et les invités à terre, sur le dos, faisant contre mauvaise figure bonne allure. Il se fit expliquer la scène et en eut plusieurs versions. La rapidité avec laquelle le garçon, Geoffroy Faraglioni, redressa la situation, lui plut énormément tandis que ses sœurs ricanaient d'un air idiot. Ce garçon a de l'entregent, assurément. C'était précisément lui qu'il était venu rencontrer et n'y était pas encore parvenu dans la cohue générale.

Hermann Von Selza, le Grand Maître des Teutoniques, en acceptait l'augure, et lui, effectivement, l'interpréta comme un élément en faveur de la puissance hégémonique de Venise parce qu'un tel scandale -une jeune femme cassant une table lors d'un banquet offert, assise à côté du fils d'un Plantagenêt, sans soulever autre chose que des amusements, des rires ou de ricanements- prouvait que Venise était au-dessus des convenances pour ne pas dire des lois et qu'une famille comme celle des Faraglioni pouvait se permettre à peu près n'importe quoi avec une nuance de taille. Il valait mieux ignorer les filles, surtout la plus grande car il n'était pas possible d'être bête à ce point.

CHAPITRE III

Les Faraglioni

Lorsque tout fut à peu près remis en place, que les musiciens reprirent leurs luths et cymbales, que le roi Foulque eût donné ses instructions par intendants interposés, Hermann Von Selza s'arrangea pour croiser le chemin de Geoffroy Faraglioni venu se rasseoir.

- Joli spectacle en vérité, lui fit-il, lui barrant en quelque sorte le chemin. Vous me reconnaissez, Comte Hermann Von Selza. Je souhaiterais, à votre convenance, revenir sur le projet que je vous ai présenté, où, ma foi, Venise et votre comptoir trouveraient profit.

- Alors c'est très simple. Passez me voir demain soir à notre villa, sur les hauteurs de Montmuzard, au moment du coucher du soleil.

- J'y serai. Je vous remercie.

Abou Zaya s'approcha d'Ilghazi, un ex-templier devenu, par la grâce l'Allah, un émir kurde.. Ils l'ont fait exprès, n'est-ce pas ? Pour montrer, dès que la table a été cassée, leur regroupement, tous les quatre, c'est-à-dire y compris le vieux Bartolomeo. Attention, envoyait-il comme message -et cela peut tout aussi bien s'appliquer aux relations commerciales entre Venise et ses cousins italiens, Amalfi, Pise... Venise, c'est une puissance commerciale. Et le comptoir Faraglioni, eh bien, ils sont quatre.

- Quatre quoi ?

- Le vieux Bartolomeo et les trois Geoffroy Faraglioni. Et il insista bien sur les « trois Geoffroy Faraglioni »

Et ainsi, au gré des circonstances, d'Albano avait à sa disposition, comme informateur ; Geoffroy Faraglioni, mais sous le travestissement de trois personnes, consubstantiellement identiques.

D'Albano, cardinal de la curie romaine, pressenti pour faire un papabile convenable lors de la mort de l'actuel pape, lui ne s'y trompait plus. Il était de plus le Visiteur Général de l'Ordre du Temple bien au-dessus du Grand Maître. Il dissimulait parfaitement un intérêt appuyé à la plus grande, celle qu'on nommait la grande demeurée, qu'il aurait reconnue infailliblement quel que soit son déguisement.

D'Albano raconta l'incident à Hilduin, l'architecte en chef de l'Ordre du Temple. C'est Mélisende, hein, qui a cassé la table, ce ne peut être qu'elle. Ils ont envoyé un message, mais à qui ? Surtout en ce moment. Ils ont ainsi gagné une partie avec cette mise en scène très réussie. Mais dans quel but ?

-     Oui précisément pour qu'on ait un doute. Le garçon fait parfois une moue un peu efféminée. Alix, lorsqu'elle est étonnée ou va réfléchir, sa lèvre supérieure se soulève imperceptiblement et l'on voit ses belles dents blanches.

-     Et la troisième ?

-     La plus convaincante à mon avis. Mélisende, sous le coup d'une émotion, car elles sont très jeunes ces filles, cligne de l'œil gauche. Elle te regarde, paraît réfléchir, et si elle ne soupçonne pas que tu la dévisages, elle cligne de l'œil.

-     Et ça signifie quoi ces deux tics ?

-     D'après Leïla la servante, que les jumelles sont amoureuses.

-     De qui ?

-     D'abord de leur frère.

-     Hein ! …

-     Si… ça a un nom… inceste je crois, dans votre langage scolastique… entre elles aussi… oui je sais ça fait beaucoup et enfin, troisième version, d'un jeune chevalier bien de sa personne pour Alix, et du cardinal d'Albano pour Mélisende.

Ilghazi regarda Abou d'un air moqueur puis porta son gobelet de café à ses lèvres et avala ce qui restait.

- Quoi !... Elle est amoureuse d'un cardinal ?

- Mais enfin on peut tromper quelqu'un quelques minutes mais on ne peut pas tromper tout le monde tout le temps.

- Sagement pensé, mon vieil ami.

- Car une fille peut bien ressembler de loin à un garçon et encore, mais enfin elles ont des fesses, de la poitrine.

- Naturellement.

- De plus une voix de fille ne peut pas se confondre avec une voix de garçon.

- Bien sûr.

- Enfin, un garçon a une pomme d'Adam et pour ce que j'en connais, les filles n'en n'ont pas.

- Tu as raison.

Là, Ilghazi parut en colère, mais il s'amusait énormément tout en dévisageant le fond de son gobelet.

- Tu as fini de te foutre de moi ?

- Je vais t'expliquer.

- La voix et la pomme d'Adam ont été un concours de circonstances. Rarissimes j'en conviens.

- Je suis peut-être balourd pour un ex-templier devenu kurde, mais...

- Tu vois, toi aussi tu te travestis. Toujours est-il que pour la voix et la cicatrice, il ou elles ont tout un tas d'explications selon le degré de crédulité de l'interlocuteur.

- Exemple ?

- Ça va te plaire… mais je reprendrais bien du thé.

- Eh bien pour les très naïfs et prêts à croire n'importe quoi et leur contraire, elles te sortent l'histoire d'un mari fâcheux ou d'un père offensé dont elles ont, sous couvert d'un garçon, séduit la femme ou la fille. Car elles se font passer aussi dans ce domaine pour des hommes. Alors le type, mari ou père, leur saute dessus au moment de la consommation de l'acte et leur tranche la gorge. Évanouie la pomme d'Adam, remplacée par une superbe cicatrice et extinction des cordes vocales par la même occasion.

- Oui, à la rigueur, ça peut passer. C'est quand même gros.

- Attends mon frère. Moins naïf, une attaque brusquée des Mongols dans une forêt de mélèzes, les Mongols qui appuient leurs poignards sur leur frêle cou, elles se dégagent, tuent bien sûr le Mongol assassin mais gardent la cicatrice et la nouvelle voix.

- S'il faut aller en Mongolie à présent pour…

- Écoute… Beaucoup plus vraisemblablement le chameau. Ça, ça tient magnifiquement la route. Une des filles dort sous sa tente, fait un épouvantable cauchemar, se lève en somnambule, écarte l'auvent de la tente, se prend les pieds dans la corde tendue sur un piquet, trébuche, va percuter un chameau qui baraquait là, qui se relève, s'enfuit, et dont la longe vient très profondément cisailler la gorge de la fille en question…

- D'où la cicatrice et la nouvelle voix.

- Voilà, tu as compris.

- Et la vérité.

- Aucune idée… si… une vague…

- Dis toujours.

- Eh bien… elles se sont fait elles-mêmes la cicatrice. Car il a bien fallu qu'il y ait un commencement, non ?

- Si.

- Une djambia, tu sais, ce poignard yéménite à lame recourbée... que tu passes sous leur joli cou, et crac d'un coup sec tu te l'ouvres, d'où…

- J'ai compris. Cicatrice et nouvelle voix.
- A toi de choisir à présent la version qui te convient le mieux.

CHAPITRE IV

D'Albano

Depuis quelques années en Orient, Visiteur Général de l'Ordre du Temple, Henri cardinal d'Albano, y était venu avec un projet bien précis. À ceux qui l'interrogeaient sur les visées de son mandat, il répondait invariablement « poursuivre les fouilles du Temple du roi Salomon », puis ajoutait, « bien entendu s'il se trouve toujours à Jérusalem », ce qui contraignait ses interlocuteurs à un rire un peu stupide. Et il avait la paix, tout en confiant à Hilduin de s'en préoccuper activement.

Par contre, il avait décidé de réorganiser le service de renseignements de l'Ordre du Temple en recrutant des informateurs qui étaient tout sauf Templiers.

Ayant pris contact pour cela avec les communes commerciales italiennes qui avaient des comptoirs un peu partout en Orient, il avait fini par jeter son dévolu sur le vénitien. Il était fort loin de supposer que son choix lui avait été dicté, d'une manière fort subliminale, depuis quelques mois. Au moment précis où les ambitions du Hohenstaufen s'affirmèrent un peu trop bruyamment.

Son premier choix se porta -et on fit en sorte qu'il se portât- sur un pauvre hère, mendiant, voleur, saint homme suivant les heures, Abou Zaya.

Bien évidemment, quand elles se rendaient à une invitation, les jumelles profitaient de leurs larges vêtements féminins, et des parures de corail, pour dissimuler la ligne blanche de leur commune cicatrice. Elles n'hésitaient pas à les recouvrir d'une pâte ocrée ressemblant à leur peau. Mais leurs voix basses, presque enrouées, les obligeaient à hausser le ton lorsqu'elles ne voulaient pas qu'on remarquât la similitude avec celle de leur frère. Seule Mélisende ne s'y efforçait plus, et mettait cela suivant son humeur sur une allergie, ce qui fait que plus personne n'y prêtait attention.

D'Albano avait certes remarqué la cicatrice de Geoffroy mais n'avait pas décelé au départ celle des jumelles. C'est à partir de cette méconnaissance que les filles décidèrent un jour de s'amuser.

C'est ici que se place l'incident du banquet du Roi Foulques qui défraya les chroniques de l'époque.

Pour y prendre du plaisir en cette période maussade et vérifier qu'on pouvait bien tromper un homme d'Église, les jumelles conçurent une habile manipulation. D'Albano avait demandé au vieux Bartolomeo de lui envoyer son neveu pour lui parler d'une mission aux confins de l'Irak. Les jumelles trichèrent aux dés, Mélisende tricha mieux qu'Alix, elles se disputèrent comme des chiffonnières, et la plus grande dut assommer sa sœur d'un coup de tête sur le nez pour l'emporter.

Mélisende se transforma en son frère Geoffroy. Tout y était : le foulard sur la gorge, les cheveux noirs en catogan sur la nuque, le pourpoint, les braies et les bottes de cuir rouge. La taille bien prise, la jambe nerveuse, les cuisses musclées, et des épaules de galérien, la cicatrice commune aux trois Faraglioni, lui permettant d'avoir une voix très basse et rauque. D'Albano n'y vit que du feu et les jumelles rirent comme deux petites folles du bon tour joué à un pareil homme d'État.

Ce fut Abou Zaya qui lui expliqua tout comme à Ilghazi, la supercherie. Il s'en frotta les mains de contentement. Trois Geoffroy Faraglioni pour le prix d'un seul.

Les mois aidant, il finit par entrevoir la vérité car Alix, emportée par son élan, venue le voir à la place de Geoffroy, lui lâcha tout à trac « Geoffroy a une petite fièvre, la paludisme... ». Il sursauta puis examina le garçon vénitien qu'il avait en face de lui et qui lui souriait en soulevant -c'était sa spécialité, au grand dam de Mélisende- sa lèvre supérieure, Mélisende s'y était vainement essayée devant une glace. « Je ressemble à une jument », avait-elle affirmé plus tard,

« lorsque je m'y exerce ». Quoi qu'il en soit, le cardinal éberlué avait serré ses phalanges de colère, puis ensuite d'amusement.

-   Pourrais-tu, et il était passé au tutoiement pratiquement sans s'en rendre compte, aller à Tripoli dans la semaine. Bien sûr en Geoffroy vénitien. Sauf si ton frère est occupé par ailleurs. J'ai besoin de vérifier un fait, un petit détail.

-   Ce point de détail, Éminence, pourrait-il me valoir un poignard dans le dos ?

-   Mais non… Quoique ce soit un peu dangereux.

-   Ça me plaît. Que faut-il faire ?

D'Albano, cardinal de la curie romaine, pressenti pour faire un papabile convenable lors de la mort de l'actuel pape, lui ne s'y trompait plus. Il était de plus le Visiteur Général de l'Ordre du Temple bien au-dessus du Grand Maître.

Il dissimulait parfaitement un intérêt appuyé à la plus grande, celle qu'on nommait la grande demeurée, qu'il aurait reconnue infailliblement quel que soit son déguisement et, curieusement, plus sous celui d'un garçon.

Le hasard voulut que d'Albano, ce jour-là, retînt Geoffroy plus longtemps que prévu, concernant les nombreux outils qu'il lui avait commandés pour poursuivre les fouilles soi-disant archéologiques. Il voulait son avis sur certains points ce qui fait que Geoffroy dut envoyer un Templier chez lui pour prévenir l'une de ses sœurs d'avoir à recevoir le comte allemand.

Le sort tomba sur Mélisende. Elle reçut donc le teutonique travestie pour l'occasion en un seul Geoffroy Faraglioni et pas seulement par l'habillement. Tout y était. L'allure fort masculine, la carrure puissante, le visage dur, les cheveux ramenés en catogan sur la nuque. Et aussi les yeux bleus, un regard glacial. Et une voix rauque, détimbrée, à la limite de l'enrouement. Ils en avaient ainsi trompé beaucoup de monde, les Faraglioni, car lorsqu'ils s'y mettaient à trois, il était fort difficile à un quidam peu éclairé comme à un Templier fort averti de distinguer les jumelles de leur frère.

Henri cardinal d'Albano n'était pas arrivé en terre Sainte simplement pour s'assurer que l'Ordre du Temple fonctionnait bien, mais surtout pour vérifier une étrange affaire survenue quelques cinquante ans plus tôt, lors du fameux siège de Jérusalem par les croisés de Godefroy de Bouillon. Vérifier et, de plus, enquêter sur les raisons exactes de cette étrange croisade qui prit tout le monde occidental par surprise en 1095, c'est-à-dire quatre ans avant le départ effectif des croisés.

CHAPITRE V

PALERME 1095
Avant la première croisade

Le deuxième acte, qui se déroula à Palerme, vit une autre manipulation d'une différente envergure.

L'Empereur prenait la pose. À contre cœur. La nouvelle mode était venue du nord. Bemardino Luini en avait tiré d'aimables conséquences étant portraitiste. Il était venu de Naples sur l'invitation du Hohenstaufen souhaitant que son portrait non seulement orne certains de ses palais mais encore parlait-il de les envoyer à des cours étrangères. Pour mieux se faire connaître.

Une chevelure blonde, bouclée, descendant sur les épaules, imberbe, les yeux bleus d'un Germain, Luini ne se tenait plus de joie. À contre- jour il mettait en valeur les reflets du soleil sur la chevelure et dissimulait du visage ce qu'il avait de trop anguleux, de trop germain. Il fit un signe. L'Empereur se détendit en s'approchant de la fenêtre.

À ses pieds, un jardin semblable à ceux d'Al Andalous notamment, celui qu'un de ses fidèles lui avait rapporté de cette citadelle surnommée la rouge, l'Alhambra. Le peintre tira le chevalet à lui pour apporter des touches finales. Il disparaissait ainsi de la vue du monarque qui se dirigeait vers sa table de travail pour y lire son courrier avant de reprendre la pose. C'est à ce moment que l'on annonça la visite d'un Vénitien se présentant de la part d'un de ses vieux professeurs.

Le jeune homme, Guccio Verzoni, s'exprimait dans un dialecte vénitien auquel il mélangeait de l'arabe. L'Empereur répondait soit en italien soit également en arabe. Ils étaient faits pour se comprendre. De plus il avait des cuisses charmantes, de jolies fesses, un adorable cul qu'il se plaisait à montrer au gré de ses mouvements dans le haut fauteuil sur lequel il était assis sans y prendre garde plus que cela, ma foi. Le jeune homme était porteur d'une missive écrite de la main même d'Albert le Grand, professeur de théologie à Thuringe, dans le Saint Empire. L'Empereur s'enquit de la santé de son cher professeur.

-	Il se porte comme un charme, Majesté, et il m'a chargé d'une mission auprès de vous afin de faire triompher le christ.

-	Qui en a bien besoin en ce moment, ricana l'Empereur. Le grand Albert, je veux dire Albert le Grand, est un fin psychologue, fit-il en souriant de son propre lapsus que l'autre remarqua en se trémoussant sur son siège.

-	Doublé d'un stratège hors pair.

-	Lui ? De la stratégie, mais en quel domaine ?

-	Militaire, comme il se doit, Majesté. Vos visées sur Byzance pour vous emparer de la capitale grecque sont connues de tous. Il vous manque…

-	Je sais parfaitement ce qui me manque, l'interrompit brutalement le Germain. Il me manque deux choses : le motif et l'argent. Je ne pense pas pouvoir l'attaquer sans raison valable ni sans argent et, de plus…

-	C'est parfaitement résumer la situation, le coupa rapidement le jeune homme. Ainsi Albert le Grand a émis deux idées en une seule.

-	Oh, oh ! Du paradoxe à présent, voyons cela.

Les deux mots tombèrent.

-	Une croisade.

-	Une croisade ? ! Mais jeune homme, avec tout le respect que je dois à mon vieil ami dont je reconnais là la causticité, pour une croisade il faut des croisés.

- C'est vrai ça. Des croisés, du temps, un motif, de l'argent, des chefs, dit-il en comptant sur ses doigts. Voyons, je n'ai rien oublié... si... bien sûr, que je suis bête, un chef, tout au-dessus.

Le jeune homme se leva, tira son lourd fauteuil près de la table de chêne où le Germain appuyait ses coudes. Puis il regarda à droite et à gauche pour s'assurer que personne ne les écoutait.

- Qu'est-ce que vous cherchez ?
- Des espions.
- Il n'y en a pas ici.
- On ne saurait être trop prudent. Donc supposez la prise de Jérusalem par les Turcs. Pas par les arabes et les fatimides du Caire, mais par les Turcs. Une hypothèse de travail.

- Allons donc. Le vizir du Caire détient solidement Jérusalem.
- Supposez que les Turcs prennent Jérusalem, insista-t-il.
- J'ai là une lettre du Vizir du Caire attestant qu'il la détient, répliqua l'Empereur.
- De quand la lettre ?

- De février dernier.
- Elle n'a plus de valeur. Les Turcs, dans l'intervalle, s'en sont emparés.
- Comment le savez-vous, fit le Germain, l'air soupçonneux ?
- J'en reviens. C'est par ailleurs facile à vérifier. Une galère rapide aller et retour. Deux à trois petites semaines pour rejoindre Palerme.
- C'est bon. Admettons. Je vérifierai. Continuez. Donc les Turcs détiennent Jérusalem et ils auraient l'intention de marcher sur Antioche, s'enhardir peut-être plus loin à l'ouest, vous voyez ?

Il laissa, là encore, les mots se distiller dans le crâne de l'Empereur qui envisagea la suite.

-   Alors, oui, c'est possible. Il faudra obligatoirement reprendre le tombeau du Christ à ces sauvages, protéger les chrétiens d'Asie, ceux de Byzance.

-   Vous êtes l'allié de Byzance dans ce cas-là, et non son adversaire, mais vous serez chez lui sans l'avoir attaqué. Vous lui aurez juste porté secours, entre bons chrétiens.

-   Génial ; tout bonnement génial. Himmel Gott, ça change tout !

-   N'est-ce pas, fit d'une voix charmante le jeune homme, avec un si fin sourire que l'Empereur le trouva immédiatement féminin parce qu'il en avait envie.

Il suggéra :

-   Vous plairait-il de continuer cette discussion lors de notre souper ? Pour envisager la suite.

-   La suite ? Quelle suite ?

-   Mais celle de la croisade. Comment en vérité devenir le chef de cette croisade ?

-   Eh, bien, voyez-vous… les grandes lignes sont…

-   Vous me les direz au souper.

-   Les voici cependant pour vous permettre de mieux m'interroger au souper. Les Turcs vont mettre la main sur Édesse, et Antioche, une ville imprenable, est à leur portée.

-   Antioche aussi ? Vous le confirmez ?

Sans répondre Guccio poursuivit.

-   Qui appartient à votre cousin de Byzance et qui brûle de la leur reprendre, peuplée qu'elle est de Grecs.

-   Et on a pensé à moi.

-   Voilà. Votre vénéré maître de Thuringe a émis l'idée, consignée dans cette missive, que si par hasard les Turcs… et encore, il ignorait la chute de Jérusalem…

- Quelle prémonition ! Je le reconnais bien là.

- La base de sa stratégie, Majesté, est de prévoir ce que l'ennemi va bien pouvoir faire ensuite. Voilà comment je vois la chose…

Il se reprit.

- Comment vous, vous devriez voir la chose. D'abord adresser immédiatement un courrier à Byzance pour lui suggérer, hors de toute prévention, de venir l'assister dans la reconquête de territoires perdus, assurer Rome, oui, je sais, Avignon, que si par hasard…

- Je ne peux pas. J'ai un pape bien à moi à Rome.

- Débarrassez-vous-en. Il ne vous sert à rien. Collez-le au château Saint Ange pour quelque temps. Une méprise. Un cruel malentendu. Faites en part à Avignon. Assurez le pape, celui qu'ils ont en France, de votre indéfectible soutien.

- Merci. Je saurai comment lui présenter la chose. Mais il faudra…

- Qu'il lève vos excommunications… n'est-ce pas ? Le cardinal de Bellechose en fera son affaire.

L'Empereur prit l'étranger par l'avant-bras.

- Faisons quelques pas.

Il sentit le moelleux de la chair sous la fine texture du vêtement et jeta comme par mégarde un regard plus bas, dans le dos.

- Je vous raccompagne dans vos appartements. Je vous attends pour le souper. Mais… une croisade… quelle ingénieuse idée… je vois déjà mes galères armées de vigoureux gaillards…

- Tant mieux. Il vaut mieux des galériens que des putains.

Les deux hommes éclatèrent de rire à cette fine plaisanterie. Et Verzoni le quitta sans mettre trop d'ostentation dans ses courbettes, mais avec un ineffable sourire sur les lèvres. Il réussit même à le mettre dans ses yeux. De tout cela, l'Empereur lui en fut infiniment reconnaissant.

Las, l'Empereur soupa seul et de fort méchante humeur. Le joli petit jeune homme avait disparu. Nul ne l'avait revu. Or, personne n'avait quitté le palais, lui affirma sa garde. A part, bien sûr, les femmes du village voisin dont le service était terminé.

Le monarque germanique était fort marri de sa déconvenue. Son visage trahissait sa colère. Il s'en ouvrit d'une façon obligée à Bernardino Luini.

- Te rends- tu comptes que ce mystérieux visiteur a mystérieusement disparu ?

- Disparu, Sire, comment cela ? Dans votre palais ?

- Comment a-t-il pu faire, s'exclama l'Empereur. J'aimerais pourtant bien le retrouver. D'abord... mais il n'acheva pas sa phrase... ensuite pour l'entendre me donner davantage de détails sur cette expédition.

- Il y a un moyen, suggéra le peintre.

- Et comment veux-tu retrouver dans Palerme un individu dont nous ne pouvons pas faire la description ?

- Moi, si.

- Tiens donc...

- Sire, pendant que vous parliez, et en attendant que les couleurs sèchent sur votre portrait, j'ai dessiné, sans qu'il s'en aperçoive, les traits généraux de votre visiteur.

- Himmel Gott ! Quelle trouvaille ! ... Fais voir...

Luini lui présenta l'esquisse. Le Hohenstaufen en fut saisi d'étonnement.

- Mais c'est exactement lui ! Ses yeux bleus, d'un bleu un peu spécial, cette chevelure noire, un teint d'ébène, d'oriental, dirais-je, le haut col de son pourpoint où il enfonçait son cou, mais surtout...

- Surtout, Sire ?

- Sa façon de narrer son entretien avec Albert le Grand, sa

manière si particulière de formuler des questions, d'avancer des hypothèses. Par tous les dieux, tu as exactement transcrit beaucoup plus que son simple portrait. Maintenant je le reconnaîtrai entre mille. Pourrais-tu…

Le peintre, tout à son sujet, eut l'inconvenance de lui couper la parole.

-   Je viens d'en faire deux copies.

-   Ah, bravo ! Vraiment tu mérites ton salaire. Si avec ça on ne le retrouve pas…

Hélas, on ne le retrouva pas. Mais l'Empereur conserva précieusement les deux portraits de l'énigmatique personnage qui trouvèrent une bonne place dans sa bibliothèque. Il se plaisait parfois à en sortir un pour le dévisager et y déceler les arrières pensées.

Mais l'idée était séduisante et il reverrait certainement ce charmant Vénitien. Il dicta à un clerc une missive à l'attention de son cher et vieil ami à Thuringe. Quand la réponse parvint en Terre Sainte, trois mois plus tard, l'Empereur bataillait sous les remparts d'Antioche. La lettre disait à peu près ceci :

« Très cher filleul,
« Votre écrit m'a rempli de joie et d'incompréhension. Je n'ai jamais « eu d'élève du nom de Guccio Verzoni et je n'ai aucun talent de « stratège. De plus je ne vous ai jamais suggéré de mettre sur pied une « croisade ».

Mais il était trop tard pour que le Germain en prenne connaissance. Les dés étaient jetés.

CHAPITRE VI

Abbaye de Pontigny 1095
Avant la première croisade

L e troisième acte fut une agréable pantomime magnifiquement jouée à leur insu par Renaud d'Enghien, Godefroy de Bouillon, et le cousin du roi, Robert d'Artois, mais avec la complicité, toute bénévole au départ, d'affidés ne comprenant guère plus que ce qu'on voulait leur faire entendre. Le tout à leurs dépens. Ils se crurent des acteurs consommés. Ils n'étaient que des marionnettes.

Le cardinal de Bellechose, archevêque de Reims, éventuellement papabile malgré son grand âge, avait tenu à recevoir les trois personnages dans son palais. Il siégeait derrière une longue table de travail surchargée de rouleaux de parchemins, de cassettes finement ornées, et devant une impressionnante bibliothèque où figuraient en bonne place des traités arabes parlant d'astronomie, de religion, traduits en latin médiéval. Et sous son coude droit, un exemplaire du Coran. Ce qui fut immédiatement remarqué, car il en tapotait machinalement la couverture de cuir.

Ils étaient entrés tour à tour, s'étaient inclinés devant le prélat, avaient baisé son anneau, et, s'étant assis, attendaient avec une légère impatience. Le cardinal se leva, non pour les saluer à nouveau, mais pour tirer un cordon près de la cheminée. Un homme mince, longiligne, se glissa telle une ombre dans la pièce. Les trois hommes se regardèrent indécis car le cardinal les fixait, certes, mais perdu quelque part, derrière eux ou en arrière d'eux.

Des pantins animés par une main mystérieuse, échangeant sans s'en rendre compte masques et costumes. Des silhouettes d'un théâtre d'ombres dans lequel chacun des acteurs est convaincu de jouer le rôle principal, et où personne ne tient le rôle de son véritable personnage.

Le cardinal de Bellechose était trop fin, trop matois pour ne pas percevoir ce déséquilibre. Il s'en était ouvert, il y avait fort longtemps, à un de ses supérieurs inconnus et invisibles qui hantent ce bas monde et qui ont l'air de vous écouter, sans vous répondre, et de vous regarder sans rien dire.

- Il m'est venu l'autre nuit où je ne dormais pas -je ne vous ennuie pas ?- une espèce de rêve éveillé…

L'autre n'avait rien changé à sa démarche, ce qui fait que le tout jeune abbé, s'étant arrêté, fut obligé de précipiter ses pas.

Ni l'un ni l'autre ne prêtaient attention à la douceur de cette fin d'après-midi d'été. Les abeilles batifolaient sur les lavandes. Les grenouilles du marais voisin s'en donnaient à cœur joie. Des chants lointains de paysans rentrant dans leurs chaumières, leur travail terminé, résonnaient. On était loin de tout. Cet homme l'indisposait. Devait-il poursuivre ? Il acheva donc son récit.

- J'étais éveillé dans mon rêve et tout était clair.

L'autre le regarda, légèrement plus grand que lui. Un fort bel homme en vérité. Quelque féodal d'une haute lignée ? Et à sa profonde stupéfaction, il lui adressa la parole.

- Je dois repartir pour l'Espagne. Enfin, l'Espagne musulmane, pour être plus précis, dit-il avec un petit rire fort désagréable, comme s'il venait de faire une plaisanterie dont il était le seul à goûter le sel. Savez-vous que les rues de Cordoue sont éclairées, la nuit, au point qu'on se croirait en plein jour, qu'il y a plus de volumes dans les quelques vingt-cinq bibliothèques de la ville que dans toute cette chrétienté-là, continua-t-il sur un ton d'une rare amertume. A Paris, la nuit, même un chat peut vous égorger en un rien de temps.

De Bellechose ne savait plus à quoi s'en tenir. L'autre ne venait-il pas de lui sortir un curieux discours fort éloigné de la narration de son rêve ? Et de la curieuse idée qui venait d'en germer ?

Intrigué par la bizarrerie de ces rencontres, il s'était entraîné, alors très jeune, à poser la question :

-     Puis-je, sans vous manquer de respect, vous demander votre nom ?

L'autre, ne se fit pas prier, contrevenant aux craintes de Bellechose.

-     Ashmole.

Tout en lui souhaitant le bonsoir, perdu dans une profonde confusion mentale, le jeune prêtre n'avait en rien réagi. Déjà il s'éloignait. Il n'allait pas lui courir après ! Et les paroles prononcées ne l'éclairaient en rien. Avait-il seulement saisi l'importance de l'idée ?

Il ne l'avait jamais revu. Mais il en avait, depuis cette dernière rencontre, revu d'autres, à certains moments importants de sa vie et de sa carrière, qui lui avait semblé comblée, par sa fulgurante ascension. De ce fait, au cours de sa longue carrière épiscopale, il s'était créé tout un solide réseau de relations qui lui devaient beaucoup, ne lui refusaient rien le moment venu. Sauf certains, évidemment.

D'autres s'étaient présentés, l'avaient écouté, n'avaient jamais donné d'avis ni de conseils. Lui seul parlait. Et l'idée qui, d'une façon récurrente, lui revenait à des instants qu'il ne soupçonnait pas. Lors de ces épisodiques rencontres, totalement imprévisibles, mais correspondant à des événements fort heureux dans sa carrière, de Bellechose, ne craignant plus d'indisposer son interlocuteur, fort peu loquace par ailleurs, posait alors l'inévitable question.

-     Votre nom, je vous prie, pour que je m'en souvienne ?
-     Mais vous vous en souvenez déjà, voyons, Ashmole.

Le jeune évêque profitait de la brèche ouverte.

-     Mais j'en connais un, je veux dire un autre homme qui se prénommait Ashmole. Seriez-vous… ?

-     Je ne suis pas son fils mais son héritier.

Et l'attitude de l'autre marquait clairement à présent la limite à ne plus franchir. Le dernier en date, il le connaissait bien, très bien même, par cœur aussi… Un très singulier personnage que ce secrétaire. Il n'avait pas encore osé l'interroger sur son nom.

Le cardinal avait reçu une missive venue d'Orient. Il l'avait ouverte, intrigué. Elle émanait du Comte de Champagne, parti depuis fort longtemps en Orient à des titres divers. D'abord effectuant un pèlerinage pénitentiel à Jérusalem, puis voyageur en Arménie, ensuite explorateur dans les hautes contrées d'Asie, et chercheur infatigable en Perse. Quel âge pouvait-il avoir à présent ? Âgé, n'est-ce pas ? Oui, assez âgé je dirai. Voyons ce que dit la missive.

Après les salutations d'usage, les questions relatives à la santé du cardinal, le comte présentait une requête.

-     Si par hasard, mais très prochainement, un jeune moine se présente à toi de ma part, reçois-le immédiatement.

Le ton était celui d'une prière couplée d'une injonction fort étrange. D'ailleurs le comte ajoutait :

-     Bien que je ne le connaisse pas, je te saurais gré de l'écouter attentivement. Très attentivement même.

Puis les habituelles circonvolutions fleuries.

Toujours vêtu de noir, mais non en moine, le jeune homme allait et venait, sans perdre son temps, le haut de son col largement ouvert sur le cou et la gorge, une voix détimbrée, rauque, à la limite de l'enrouement, l'ironie facile, cinglante, coupée parfois de fous rires idiots, comme un adolescent ravi de la bonne blague jouée à ses camarades. Voilà pourquoi il pensait le connaître par cœur.

Car à certaines intonations de sa voix, le cardinal de Bellechose savait pertinemment ce qu'il allait ajouter. Et, chaque fois, il gagnait. Et l'autre, qui bien sûr s'en était aperçu, s'inclinait devant lui avec un fin sourire s'ouvrant sur des dents très blanches ressortant sur sa peau basanée.

Au soir de sa vie, il ne déplaisait pas au vieux cardinal de Bellechose, de s'apercevoir que les grandes lignes de son idée d'autrefois étaient en train de se dessiner. Se pouvait- il qu'il y eût, dans cette chrétienté d'Occident, des hommes, comme lui, dotés d'une singulière vision du monde, de son évolution, et qui, sans se rencontrer, convergeaient dans ce sens en pensée et, en partie, en action ?

Lui, le cardinal de Bellechose, qui avait fait et défait des papes, sacré des rois et des Empereurs, dirigé des conciles, n'aurait pas à savoir le moment exact où son idée, communiquée à l'Autre comme il l'appelait, serait passée aux actes. La Providence n'y était pour rien. Ni la grâce de Dieu. Seulement les actes d'hommes résolus.

-   Dans quelques années, Éminence, sifflotait le secrétaire en esquissant un pas de danse fort incongru dans un lieu épiscopal, vous en rirez…

-   Mon secrétaire, fit-il, comme si la chose allait de soi, en reprenant ses esprits.

L'homme s'inclina avec désinvolture, frisant l'impertinence, vêtu de noir des pieds à la tête, les mains gantées de noir également, et sous son bras un écritoire, et chose rare, des feuilles de papier dont les personnages avaient entendu parler. Puis, sur un signe du cardinal, il sortit à nouveau en ramenant une cassette recouverte de cuir rouge bien ciré qu'il posa délicatement devant les trois hommes sans dire un mot, et tira à lui un tabouret de bois. Le cardinal reprit la parole.

-   J'apprécie infiniment votre courtoisie de rendre visite à un homme souffrant et très âgé. Je n'en ai plus pour longtemps, fit-il de la main droite comme pour prévenir des manifestations hypocrites.

Aussi convient-il de vous faire part d'un projet dont vous pourriez bien être les instigateurs.

Voilà, la chose était dite. Très rapidement. Ils entendirent très correctement « projet » et « instigateurs ».

- Ouvrez, mon fils, cette cassette.

Le jeune homme prit son temps, passa devant les trois hommes, masquant de son dos la vision qu'ils pourraient en avoir, l'ouvrit d'une petite clef en or, leva le couvercle, monta d'un cran le plateau de velours du fond, fit quelques manipulations de ces doigts agiles, et s'esquiva en faisant un pas de côté comme un danseur, en désignant l'intérieur du coffret.

- De l'or !

Les exclamations fusèrent sans même qu'ils s'en rendissent compte.

- Servez-vous, je vous prie, recommanda le cardinal, avec douceur et componction

Les trois hommes se dressèrent, se bousculèrent légèrement et se rassirent en tenant chacun quelques pièces, des livres-tournois circulant dans le royaume de France. Mais elles étaient en or et non en alliage or et argent.

- Du travail d'alchimiste, hasarda le cousin du roi ?

- Vous avez fait fondre les reliquaires de la basilique, s'enquit Renaud, d'un air qui se voulait ironique ?

- Est-ce du plomb recouvert de feuilles d'or, questionna Godefroy de Bouillon, se voulant sceptique ?

- Mais non, cher ami, du bel et bon métal. Je veux dire de l'or pur. Vous pouvez le croquer si l'envie vous en prend. Les changeurs ne seront que trop heureux de vous échanger ces pièces contre des pièces rognées de notre présent roi et de mauvais aloi.

- De l'or pur ? Mais d'où vient-il donc, fit le Prince de Flandres en haussant les sourcils qu'il avait fort broussailleux ?

- Répondez mon fils, fit le cardinal en se tournant vers son secrétaire qui n'en perdait pas une miette.

- D'une contrée fort lointaine, si mes souvenirs sont exacts.

À ces mots, les trois princes du royaume dévisagèrent avec suspicion et inquiétude ce jeune morveux qui n'avait pas l'air de savoir d'où venait exactement l'or.

- Si vos souvenirs… hasarda Godefroy de Bouillon.

- Sont exacts, compléta le secrétaire. C'est ce que j'ai dit. J'ai tellement voyagé, voyez, mon teint a foncé au soleil des déserts d'Orient, que je ne m'en souviens pas très bien.

Ainsi ils n'en sauraient pas plus, voulait signifier ce secrétaire, et le cardinal sourit benoîtement, comme d'une erreur de jeunesse.

- Cet or vous intéresse-t-il, finit-il par demander, comme si la chose n'était pas assurée ?

- Mais bien sûr, s'écrièrent-ils en chœur !

- Vous ne demandez pas ce qu'il faut faire pour en obtenir disons, chacun, l'équivalent de cette cassette.

- Voyons, Éminence, avec le respect que nous vous devons, balbutia le Prince de Flandres, il faudrait…

- Oui, mon cher fils…

- Il faudrait une motivation bien sérieuse.

- Vous plairait-il que je vous l'exposasse ? Ou plutôt je vais laisser mon secrétaire vous en parler. Il raconte mieux que moi, et puis il a vécu là-bas.

- Là-bas où, demanda Godefroy ?

- Mais à Jérusalem voyons !

- Ah, Jérusalem ! Et pourquoi Jérusalem ?

- Il était une fois, commença le secrétaire… un roi puissant… très puissant même…

Lorsqu'il eut fini, les trois hommes étaient fascinés, sous le charme, inquiets en même temps, et demandèrent d'une seule et même voix:

-   Que faut-il faire Éminence ?

-   Il va, à nouveau, vous l'expliquer.

-   Voyez-vous, argumenta le jeune homme, il faudrait que très rapidement, en l'un de vos palais, se trouvent rassemblés des hommes en qui vous n'ayez pas forcément confiance, mais des gens aguerris, et peu scrupuleux ma foi, c'est le mot exact, Éminence.

Et le cardinal approuva, toujours benoîtement.

-   Vous en rassemblerez, disons une petite cinquantaine, et vous leur tiendrez un certain discours. Un seul d'entre vous parlera comme étant désigné par le sort. Ce serait évidemment à vous, Éminence, de désigner un de ces trois illustres personnages.

-   Compléter votre pensée, mon fils.

-   Voici, j'écris vos trois noms sur une feuille de papier que je plie soigneusement et que je glisse dans cette cassette toujours ouverte. Je les mélange. Vous plairait-il, Éminence, d'en tirer une pour désigner celui de ces trois personnages qui prendrait la parole dans cette future réunion ? Vous êtes d'accord, messires ?

Ce qui frappait, pour un spectateur non averti et faisant irruption dans la salle, où brûlait dans la cheminée un tronc d'arbre entier, était qu'aucun des trois princes n'avait encore demandé de quoi il s'agissait. Seul l'or comptait pour eux et le cardinal, ou plutôt son secrétaire, jouait là-dessus. A quoi serviraient une cinquantaine de spadassins, même de haut lignage ? On verrait ce point, plus tard.

Ils approuvèrent là encore d'une seule et même voix, haletant sous le poids de la révélation. Le cardinal approuva, tendit le bras, sa main surchargée de bagues alla chercher une feuille qu'il déplia et lut.

-   Godefroy de Bouillon… Mais c'est merveilleux. Je reconnais bien là, mon fils, la main de dieu.

Bref, tout y passa. Les deux autres firent grise mine. Puis le secrétaire enchaîna sur des détails d'organisation. Le jeune homme, comme par inadvertance, soupesait les pièces d'or, les faisant retomber et tinter comme pour rappeler aux deux personnages en proie à une légitime frustration, qu'ils n'avaient pas tout perdu. L'or n'a-t-il pas, en effet, un aspect magique ? Lorsqu'ils eurent quitté la grande pièce en s'inclinant longuement et respectueusement, le cardinal se permit un petit rire, que l'autre approuva en faisant claquer sa langue contre l'intérieur de sa joue.

-    Voyons autre chose, fit monseigneur de Bellechose, car je suis fort curieux. Un fait me taquine l'esprit.

Il déplia soigneusement les deux autres papiers. Godefroy de Bouillon, et Godefroy de Bouillon à nouveau. Trois Godefroy de Bouillon. Il regarda son secrétaire, interrogatif.

-    Il fallait bien mettre toutes les chances de notre côté, émit sentencieusement le secrétaire ?

-    Vous avez bien fait de choisir le plus bête.

CHAPITRE VII

Château de Renaud d'Enghien 1095

L e jeune secrétaire avait seulement remonté haut sur son cou et sur sa nuque le revers de ce qui pouvait passer pour une cape dont le capuchon lui masquait la moitié du visage. Il rejoignit rapidement Godefroy de Bouillon qui s'apprêtait à partir avec son escorte après s'être entretenu à voix basse avec ses deux partenaires.

- Par ici, messire, et il le prit, presque familièrement, par le coude comme s'ils étaient de vieux amis et que la barrière de classe ne les séparait pas.

Le comte voulu se dégager de la poigne solide puis il réalisa qu'il allait être le débiteur de ce petit jeune homme. Il se contint donc, et maugréant cependant, il le suivit ou plutôt l'accompagna.

- Allons jusqu'au bout de cette allée, c'est-à-dire la chapelle. Nous y serons plus à l'aise. Jetant un coup d'œil à son compagnon, le Sire de Bouillon s'aperçut qu'il maintenait sous son autre bras, serrée, la fameuse cassette. Se pouvait-il que déjà… ?

- Par ici, et le secrétaire de désigner un banc dans une chapelle latérale. Le comte était surpris qu'une discussion politique pût avoir lieu dans un site religieux. Il fut sur le point de le lui dire, mais là encore, il retint ses paroles.

- J'ai compté. Mais vous pouvez vérifier. Il y a là une trentaine de belles pièces d'or à l'effigie de notre bien aimé roi. Il faillit dire « de votre bien aimé roi ». Choisissez-les bien, mon cher comte, poursuivit-il, toujours avec cette familiarité déplaisante, je veux dire vos futurs acolytes. Du beau linge, évidemment, du beau lignage. Hélas, il en faut. Je suis sûr que vous n'aurez aucun mal à en trouver.

Nous vous connaissons bien et le cardinal de Bellechose a eu la main fort heureuse en tirant votre nom.

- J'en suis très flatté.

- Alors tout est pour le mieux. Voici qu'elles sont ses... il faillit dire mes instructions, mais se reprit, ses recommandations.

L'autre l'écoutait de plus en plus stupéfait.

- Ce sera délicat.

- Certainement.

- Il risque d'y avoir des défaillances.

- Sans aucun doute.

- Certains pourraient déserter, trahir, nous livrer.

- Cela va de soi.

À court d'argument, car le jeune homme semblait avoir une réponse toute prête, il finit par acquiescer.

- Bon, je vais essayer.

- N'oubliez pas, mon cher comte, que vous êtes officiellement le chef de cette expédition que, pour des raisons évidentes, nous nommerons croisade.

- Mais pour une croisade, il faut... voulut l'interrompre le comte.

- Par pitié, messire comte, nous savons tout cela. Ne croyez-vous pas que nous y avons longuement songé, je veux dire essentiellement Monseigneur de Bellechose.

- Cela va sans dire.

- À la bonne heure ! que diriez-vous si le Pape prêchait la croisade, au plan religieux s'entend ?

- Le ferait-il ? Il est chassé de ses États pontificaux, mon cousin le roi de France le retient dans un palais sordide.

Et voyant l'autre pencher la tête de côté comme pour approuver chacun de ses mots avec une légère condescendance, il s'arrêta, attendant la suite.

-   Nous y avons aussi pensé. C'était plus une affirmation qu'une question.

-   Ce serait effectivement une bonne chose.

-   Il est indispensable, continua le secrétaire, si vous voulez être, définitivement, le chef de cette expédition armée, de garder le plus grand secret.

Le « définitivement » fut articulé pour en séparer les consonnes et les syllabes et en faire cheminer les onomatopées lentement jusqu'au cerveau.

-   Je vois que monseigneur de Bellechose a tout prévu.

-   Il a tout prévu, en effet, même… Le petit secrétaire s'arrêta comme pour lui demander la permission de poursuivre.

-   Comme... ?

-   Comme une défaillance… car la nature est humaine, hélas, vous savez, oui, vous le savez…

-   De qui… ah, oui, nos partenaires.

-   Mais non, mon cher comte, de vous-même.

-   Vous n'y pensez pas, sursauta-t-il avec indignation ! !

-   Oh, si ! Deux précautions comme ils disent en Italie... Bref, je vous raccompagne. Je serai dans votre château le samedi en huit.

Ils se relevèrent. En même temps. Le comte plus large et plus lourd que ce freluquet obséquieux, familier et fort déplaisant. Il avait envie brusquement de le gifler pour le remettre simplement à sa place. L'autre sentit bien sa tournure d'esprit.

-   Je remonte chez le cardinal. Il sera satisfait de votre accord, soyez en remercié.

Godefroy de Bouillon tourna les talons sur un léger signe du bras. Salue-t-on le secrétaire d'un cardinal qui n'est qu'un valet, après tout. Bien sûr que non.

Une dizaine de jours plus tard, le secrétaire, toujours vêtu de noir, se présenta chez le cardinal et lui narra le déroulement de la réunion.

- Ils sont tous partants, sauf deux d'entre eux qui sont malencontreusement passés de vie à trépas. Le prix à payer, sans aucun doute.

- Racontez-moi ça.

- Eh bien voilà. Vous allez rire.

Votre sire de Bouillon a donc rassemblé un petit cénacle de relations, aussi bien des gens de sac et de corde que des princes de haut lignage. Exclamations, étonnements, surprise, devant la cassette aux pièces d'or.

- C'est vous qui les avez fait frapper, questionnent-ils ?

- Mais bien sûr.

- Et avec quel or… ou… car ici nous n'avons pas de mine.

- Je vais vous expliquer. Mais auparavant, si vous voulez aussi en profiter, il me faut le silence.

- Mais bien sûr, c'est juré !

- Mieux que cela.

Il s'est fait apporter, sur ma recommandation, une très belle et très épaisse Bible enluminée. Ils ont juré, tous, alors sur la Bible.

- Vous pouvez en avoir, disons, l'équivalent d'un château fort. Plus même, avec des dépendances, des filles à gogo.

Cela changea complètement la donne. Les autres étaient terriblement intéressés. Ils venaient de mordre à un super effet.

- Nous sommes toute ouïe.

- Pardi, fait-il ! Alors il faut signer ce parchemin par lequel vous reconnaissez… Voilà, il s'agit d'une croisade.

Le grand mot était lâché. Une tempête d'exclamations.

- Une croisade ? !... Mais vous n'y pensez pas !

- D'abord nous ne sommes pas en guerre avec les infidèles.

- Jamais le pape ne viendra.

Bref, tout y passa. Monseigneur vous en auriez ri de saisissement.

- Très bien, ceux qui ne veulent pas peuvent quitter la salle. Ils se regardent. Deux se lèvent de la longue table, saluent le maître de céans, et quittent le lieu. Leurs cadavres ne furent jamais retrouvés.

Toujours est-il que les survivants -qui ne savent pas encore à quoi ils ont échappé- suivent de bout en bout la présentation du maître de maison.

- Une croisade Messire, mais pourquoi faire ?

- Très bonne question, mon ami. Pour nous emparer de Jérusalem.

Certains font aussitôt valoir de solides arguments. Un, ça coûte très cher. Deux, il y aura des pertes. Trois, les autres là-bas ne vont pas se laisser faire… Il les laissa parler. Puis quand ils eurent épuisé argumentation, contre argumentation, thèse, antithèse, synthèse…

- Épargnez-moi, mon cher fils, votre rhétorique.

- Bref, notre Godefroy leur a dit : « nous allons monter une croisade avec l'appui des rois, de l'Empereur, et avec l'aide efficace du pape dont on fait les fins de mois, vu qu'il réside dans le royaume de France. On lui a promis de lui rendre ses États pontificaux de Rome si ça marchait. Il va donc nous prêcher une admirable croisade en insistant sur deux points.

…Un : nos pauvres frères d'Orient sont torturés et massacrés par les Turcs. Et deux : il faut reprendre une bonne fois pour toutes le tombeau du christ aux infidèles. Par contre - et devant leur scepticisme qui graduellement va en se transformant en un très vif et très sincère enthousiasme - nous n'allons pas faire de cadeau une fois là-bas. En terre dite sainte, nous allons massacrer à notre tour la population un peu partout et surtout à Jérusalem. Nous y mettrons le feu, nous tuerons le maximum d'habitants afin qu'il ne reste plus personne, que la ville soit vidée de ses habitants. Ce point est très important, vital même pour la suite des événements.

Et voilà que réapparaît, quelques heures plus tard, au petit matin, après force libations, le parchemin qu'il leur fera signer et par lequel ils s'engagent, en contrepartie de solides garanties d'or, à massacrer le quartier arménien, le quartier juif, le quartier mahométan et pour finir, le quartier des chrétiens. Il va mouiller ainsi tout le gratin d'Occident. C'est comme ça, leur dira-t-il, et pas autrement. Car maintenant, vous en savez trop et si vous ne signez pas, vous signez par la même occasion votre arrêt de mort. Des arbalètes sont en ce moment dirigées sur vous du haut de ce balcon. Levez simplement les yeux.

Brouhaha quand même, car ces types ne sont pas de femmelettes. Ils ont des couilles, oh, pardon Éminence… mais finalement ils haussent les épaules, baissent les bras. Au nom de la raison. Car ils sont tous impliqués. Le cas est trop gros, trop grave, jamais on ne les pincera. Ils comptent là-dessus. Plus on est de fous…

- Merci, je connais aussi le proverbe en latin

- Et ils ont de gros besoins d'argent. Les petites guerres, les grandes maîtresses, etc.

- Il y avait là, en plus de nos trois compères de l'autre jour, Godefroy de Bouillon et les deux autres, Bohémond de Tarente, le comte de Saint Gilles, le prince de Flandres, le comte Schwarzenberg, et d'autres encore. Du très beau linge, croyez-moi. Toute une cohorte d'assassins, de violeurs, d'excommuniés même, pas regardant du tout…

Soudain le cardinal tressaillit. N'avait-il pas cru voir, alors que le jeune homme riait à gorge déployée de la bonne farce ainsi jouée, comme une ligne blanche, quasi imperceptible, sur son cou ? Semblable, songeait-il, à la cicatrice que laisserait un jour une dague ou un coup de cimeterre, ce que les musulmans manient si bien, le «

sourire » arabe. Un coup certes bien appliqué qui lui serait alors donné quelques années plus tard. Puis il se secoua. Il avait rêvé, car il n'y avait aucune ligne blanche sur la gracilité du cou.

- Dites-moi, mon jeune frère ?

- Oui, Éminence.

- Pourquoi toute cette mise en scène, cette superbe manipulation ?

- Monseigneur, c'est la suite logique de votre brillante idée d'il y a cinquante ans, non ? Cette croisade sera vécue comme une grandiose aventure ! Pour nous, une géniale imposture. C'est parfois la même chose. Il faut envoyer des dizaines de milliers d'hommes en Terre Sainte pour y asseoir une occupation durable. Et il faut prendre Jérusalem car tout partira de là. Une croisade doit être prêchée, c'est le moment opportun. Vous savez cela. Il faut des croisés, des chefs de guerre, des règlements de compte entre eux pour qu'ils ne cherchent pas midi à quatorze heures, bref qu'ils nous laissent travailler en paix, ensuite et enfin pour la plus grande gloire du Temple. Amen.

- Vous avez bien dit, amen ?

- J'ai bien dit amen, monseigneur.

- Vous avez bien dit le Temple, aussi ?

- J'ai bien dit le Temple aussi.

- J'avais donc bien entendu. Vous me tiendrez au courant.

- Disons que vous serez très régulièrement tenu au courant.

- Par vous ?

- Ou par quelqu'un qui me ressemblera. Mais vous le reconnaîtrez immédiatement. Aucun doute là-dessus.

Il murmura à voix basse « et moi de qui suis-je le jouet ? » Le cardinal crut avoir mal entendu, puis il passa la main sur son front pour y essuyer quelques gouttes de sueur, et sur ses yeux fatigués. Il les ferma un instant. Quand il les rouvrit, le jeune homme avait disparu.

CHAPITRE VIII

Le monde vient de tourner 1095

L e cardinal de Bellechose eut, ce matin-là d'avril, un éblouissement qu'il mit sur le compte d'un malaise inévitable, d'un âge fort avancé. Il avait donc voulu, selon son habitude, faire une courte promenade, suivi à quelques pas respectueux, par deux jeunes moines prêts à intervenir si quelque chose ou quelqu'un de fâcheux se présentait. La destination ? La vieille chapelle à moitié en ruine située sur une colline en bordure de l'abbaye, que l'on rejoignait par un assez large sentier forestier.

L'aube était levée depuis longtemps, mais de larges volutes de brouillard s'élevaient des champs, où les paysans relevant de l'abbaye, s'activaient déjà. La chapelle en question appartenait autrefois à un couvent de moniales situé à proximité, et où les serfs se rendaient pour la messe dominicale. Mais depuis la construction, et surtout l'extension, des deux abbayes, la chapelle avait été abandonnée. Seules de temps en temps des moniales venaient la nettoyer et l'entretenir un peu.

Était-il mu par un pressentiment issu de son subconscient, quelques heures auparavant ? Le résultat d'un assez mauvais rêve avec ces curieuses insomnies dûes à des réminiscences ? Sans parler de la conjuration dont il lui paraissait davantage être le jouet que l'initiateur.

Contrairement à ses habitudes, une fois rendu aux abords immédiats du lieu religieux, il ordonna à ses moines de l'attendre, sans les inviter à le rejoindre. Ils voulurent protester que si, par hasard, il advenait… Il ne voulut rien savoir.

Il remarqua, avant de pousser la lourde porte, que l'herbe paraissait avoir été foulée par des pieds assez grands, et fort récemment. Il s'en étonna. Une nonne venue essuyer une poussière tenace ? Mais il lui sembla plutôt que quelqu'un l'avait précédé pour d'autres raisons. Il poussa la porte qui gémit effroyablement, ses gonds rouillés depuis longtemps prenant un malin plaisir à en ralentir l'ouverture.

Le silence s'empara de lui et l'absence de lumière l'entoura, car les rares interstices ménagés dans la pierre avaient été obstrués pour empêcher la pénétration des oiseaux. Un froid sépulcral l'enveloppa. Pourquoi était-il venu là, au moment où ses fantasmes et cauchemars réapparaissaient, plutôt que de prolonger son habituelle promenade jusque sur les hauteurs de Pontigny ?

Il ne savait comment expliquer son attirance, ce matin-là, pour ce lieu ignoré à présent de tous. L'air l'emprisonnait dans une chape d'humidité, le salpêtre apparaissait aux pieds des murs, une moisissure verte couvrait les piliers. Même du lierre grimpait sur l'un d'entre eux. Le nettoyage des moniales laissait à désirer !

Il s'enhardit et s'avança, devinant d'une façon imprécise la géographie du lieu. Mais puisqu'il n'y avait plus de banc ni de chaise, il ne risquait pas de s'asseoir. Une atmosphère indéfinissable se dégageait du lieu saint, comme si une présence était venue s'y imposer. La personne qui l'avait précédé était-elle repartie ou s'était-elle au contraire attardée ?

Une présence…
L'obscurité fit place graduellement à un léger éclaircissement ou du moins sa vue s'accoutumait mieux et s'accommodait des fenêtres, de la clarté tombant des fenêtres. Il chercha des yeux, plus haut, le long des corniches, s'il ne s'y trouvait pas quelque musaraigne ou mulot. Puis il redescendit son regard vers le maître autel, où il s'arrêta, stupéfié.

Là, devant lui, à genoux, devant le maître autel, quelqu'un, effectivement, priait, la tête inclinée vers le sol, recouverte par la capuche blanche de la vaste cape qui l'enveloppait, une corde la serrant à la taille. Il reconnut le vêtement des moniales du couvent voisin. Mais pourquoi était-elle seule, car immédiatement la connaissance de la Règle bénédictine lui vint à l'esprit. Qu'il s'agisse des frères ou des sœurs, ils ne pouvaient se déplacer que deux par deux.

L'orante ne l'avait pas remarqué, et si elle avait entendu quelque bruit, cela ne l'avait pas dérangée dans son oraison. Le cardinal ne savait que faire. Il n'allait pas l'interpeller ni l'interrompre. Donc il lui fallait se retirer. L'air glacé, humide, circulant dans la chapelle achevait de l'indisposer.

Et soudain, le monde autour de lui parut changer, se mettre à tourner, tourbillonner. Il se sentit emporté par une vague, non, plusieurs vagues, une série d'ondes bienfaisantes se propageant en lui. Le monde, son monde, changeait, se transformait comme dans une expérience alchimique. Était-ce la contemplative qui était responsable de son état, et s'en sans douter par ailleurs ?

Elle ne bougeait toujours pas, perdue dans un insondable abîme, ou dans des cimes fort lointaines. Et de ce monde qui tournait, surgissaient irrésistiblement des visions sensiblement différentes de celles auxquelles il était habitué. Que se passait-il donc ? Était-il brusquement devenu non un visionnaire, mais un « voyant » ?

Était-ce le résultat d'une longue invocation de la contemplative à son dieu intérieur, ou à un dieu universel ? Se rendait-elle compte de ce qu'elle venait de provoquer ? Elle sensibilisait le monde, lui semblait-il, à des perspectives entièrement nouvelles, comme si une aube de révolution allait, un jour, se lever.

Il eut, comme à son habitude, ce qui lui avait valu sa carrière éblouissante, une intuition fulgurante. L'avait-elle attendu pour lui faire, enfin, percevoir des terres nouvelles, où l'esprit pouvait s'aventurer, où l'histoire changerait de cours, s'inverserait, où il participerait à la création de quelque chose d'irrésistible. La foi de la contemplative était telle qu'il voyait parfaitement à présent, des images très précises de l'avenir.

Il dut cependant s'adosser à un pilier pour ne pas plier les genoux et s'affaisser sur le sol dallé. Et il s'évanouit. Son malaise dura quelques secondes, ou une heure. Il fut incapable de se prononcer. Il accommoda une nouvelle fois sa vue à l'obscurité, se redressa lentement le long du pilier, parut reprendre vie et connaissance, et ses yeux se tournèrent enfin vers le maître autel.

Il n'y avait pas de religieuse. Ou il n'y avait plus de religieuse. Il chercha dans les profondeurs de la chapelle, pour vérifier si elle ne s'activait pas à quelque tâche ménagère une fois son oraison achevée. Il dut se rendre à l'évidence une fois l'édifice parcouru en tous sens. Il n'y avait plus personne.

Avait-il eut une vision ? Ou plutôt un malaise ? Son cerveau, avait-il déjà noté, lui jouait des tours. Il perdait parfois la mémoire, ne se souvenait plus de quelque chose… Mais pas là. Là, au contraire, tout était très frais dans sa mémoire. Il n'était pas le jouet d'un cauchemar, quant aux visions. À qui pouvait-il se confier ? La réponse vint immédiatement. À personne. À personne évidemment. Qui croirait une telle fable ?

Il sortit de sa torpeur méditative, fit quelques pas vers la sortie, tira à lui la lourde porte, et apparut sur le seuil s'apprêtant à y trouver ses deux moines fort inquiets. Visiblement ils étaient restés là où il les avait plantés, non loin de la chapelle, et pas le moins du monde anxieux de sa longue absence.

Allaient-ils l'interroger sur la moniale ? S'il n'y avait personne, il passerait pour un fou, ou un homme malade, et âgé. Donc il se tairait. C'était plus sûr.

- Cela m'a fait du bien, leur fit-il en le pensant fortement.

Les deux moines approuvèrent doctement ce jugement venant de leur supérieur.

Peut-être se confierait-il, le moment venu, à son jeune secrétaire. Celui-ci, précisément, se matérialisa au détour d'une allée, toujours vêtu de noir. Les deux moines lui prêtèrent un regard peu aimable, mais il ne s'en soucia pas.

-    Me cherchiez-vous, fit-il au cardinal de Bellechose ?

CHAPITRE IX

Sac de Jérusalem 1099

La femme fuyait, tâchant de mettre le plus de distance entre elle et ses poursuivants. Mais il en surgissait de tous les côtés. La surprise avait été totale, subite, inattendue. Grassement payés puis proprement assassinés par la suite, les gardes aux portes de la ville les avaient entrouvertes pour permettre la ruée des sauvages soldats de la chrétienté de Rome. S'étant donné le mot, les troupes se ruèrent sur les différents quartiers : juif, mahométan, arménien, byzantin.

Une seule mission : en tuer le plus possible, mettre le feu à toutes les maisons, mais épargner l'esplanade du Temple. La soldatesque s'en donnait à cœur joie, la résistance ayant été rapidement éliminée, les derniers guerriers turco-égyptiens surpris dans leur sommeil étaient vite passés de vie à trépas. De rares combattants menaient d'inefficaces combats. Attaqués mais submergés par des dizaines de milliers d'infidèles, ils succombaient les uns après les autres. Aussi s'en prenait-on à présent aux fillettes, jeunes filles, femmes de tous âges.

Quelques garçons furent épargnés car ils avaient de jolies fesses. Les vieillards passés au fil de l'épée, les femmes enceintes, éventrées. Et le feu se répandit partout grâce aux poutres en bois, aux toits de chaume, à l'absence d'eau, à la chaleur torride de ce mois de juillet 1099.

Pourtant, on avait largement raconté les semaines précédentes, et la rumeur s'en était répandue aussi violente que le vent du désert, les cités assiégées puis dévastées par ces chrétiens venus d'Occident soi-disant pour récupérer le tombeau de leur christ.

À cette invasion barbare s'étaient ajoutés les actes inqualifiables de cannibalisme. Les témoins le rapportèrent aux chroniqueurs arabes venus plus tardivement se renseigner. Il n'y avait plus aucune force armée à opposer au déferlement des légions nouvelles de Rome, les dignitaires musulmans, ou autres officiers ayant pratiquement tous péri.

La femme se trouva coincée entre un éboulis d'une maison en torchis et des poutres tombées de la tour de David. Elle était jeune. Dix-sept ans. Elle ne disposait que d'une dague pour se défendre. Elle s'accroupit contre les murs chauffés à blanc de la tour de David où les Normands de Bohémond de Tarente menaçaient de mettre le feu tandis qu'un légionnaire de Sicile s'arrêtait pour pisser.

Elle lui cisailla les jambes au moment précis où il se concentrait et lui enfonça de toutes ses forces sa dague dans sa poitrine. Il eut un hoquet de surprise et de souffrance et s'affaissa. Il serait tombé à terre si elle ne l'avait retenu pour éviter que le bruit n'attirât d'autres soldats. Vite elle le déshabilla. Heaume, casque plat, cotte de maille descendant jusqu'aux genoux, chaussures à semelles de cuir lacées haut sur le mollet et mitaines en limaille. Le tout ne prit que deux minutes.

À l'abri d'un mur effondré et sous une voûte menaçant de céder, elle se redressa. Elle n'avait plus rien à voir avec celle qu'elle était l'instant auparavant. Puisqu'elle parlait leur langue, elle se joignit à une patrouille lancée à la poursuite d'autres femmes. Elle suivit le mouvement qui les amena sur l'esplanade du Temple où régnait la plus invraisemblable confusion.

-    Toi, va donc rejoindre tes compagnons, lui fit un officier du comte de Toulouse, en lui désignant des arbalétriers siciliens, reconnaissables à l'aigle des Hohenstaufen arboré sur l'épaule.

Comment l'éviter alors qu'elle ne parlait pas un mot du dialecte germanique. Elle décida de rejoindre un vénitien puisque les Germains occupaient aussi le Trentin et la Vénétie. Un officier la dévisagea en se demandant où il l'avait déjà vue, haussa les épaules comme si le fait n'avait aucune importance, et lui commanda de rester là en attendant la venue de leur seigneur et maître. Elle était en nage, la sueur dégoulinait entre ses seins, ruisselait depuis ses omoplates jusqu'aux reins et elle tremblait comme une feuille. Elle dut s'asseoir pour ne pas s'évanouir tant la tension était forte. Elle sentait le sang s'écouler d'une plaie sur la gorge, recouvrant goutte par goutte sa poitrine.

- Tiens, bois ça. Ça te remettra.

Et un arbalétrier, lourd comme un bœuf, lui passa une flasque en cuir contenant de l'eau-de-vie tord boyau. Elle en avala une bonne gorgée, toussa, devint rouge comme une pivoine et son estomac lui parut s'embraser.

- T'as tout d'une fillette, lui fit l'arbalétrier en reprenant son bien.

- Si tu savais, lui fit la fille d'une voix enrouée.

- Eh oui ! Je sais. C'est pas beau à voir. Enfin, c'est presque fini. Les gros pontes vont arriver maintenant. Ils ne vont même pas nous regarder et pourtant c'est nous qui avons fait tout le boulot, non ?

- Si.

Il vint s'asseoir à côté de la fille.

- Tu sais ce qu'il faudrait à présent ?

- Hon, hon.

- Je suis d'accord. Deux filles, des arméniennes aux crânes rasés… Tu sais pourquoi ?

Non, elle ne savait pas pourquoi.

- Je vais t'expliquer. Lorsque la fille au crâne rasé est à genoux devant toi… tu comprends… eh bien ce crâne rasé donne paraît-il des sensations inimaginables. Qu'est-ce que tu en penses ?

- Rien.

- Tu as raison. Tant qu'on n'a pas goûté, hein ?

- Avant les filles, fit-elle, je mangerais bien quelque chose.

- Mais moi aussi mon garçon, je m'en vais te chercher ça.

La fille se leva presque au même moment pour échapper à la protection dangereuse de l'arbalétrier.

- Eh, toi là-bas, ne t'en vas pas !

- Je reviens, fit-elle.

Il la rattrapa.

- Tu es fou d'aller par-là, c'est défendu.

- Défendu ? Et par qui ?

- Mais tu le sais bien... L'Empereur... les fouilles... l'esplanade.

Elle répéta machinalement. L'Empereur... les fouilles... l'esplanade. Et de l'abattement, de la fatigue extrême, elle passa à une exubérance panique.

- Ah, mais c'est d'un drôle non !... tu ne vois pas ?... On a tué des dizaines d'habitants... moi-même... il n'y a pas une minute... tout ça pour l'esplanade, l'Empereur et les fouilles... ils n'auraient pas pu nous ouvrir les portes du sanctuaire si on leur avait demandé gentiment ?

- Mon garçon, tes propos risquent de te valoir la corde. Allez, viens te rasseoir.

Lorsqu'elle s'assit, elle perçut bien le regard du soldat sur ses cuisses.

- Tu sais, lui fit-il après un temps de réflexion, cet après-midi, juste après le ravitaillement, on pourrait se reposer, toi et moi, juste pour oublier.

- C'est une idée. Pour oublier.

Cet après-midi-là, elle fit passer de vie à trépas son deuxième teuton. Puis elle se leva, s'épousseta soigneusement, rangea ses flèches d'arbalète, passa celle-ci sous sa ceinture de cuir, se passa de la terre sur le visage pour dissimuler davantage encore l'aspect féminin et s'efforça de s'éloigner de l'esplanade du Temple, malgré son extrême fatigue.

Car un cortège, lentement s'avançait, précédé d'une garde imposante. Des types forts comme des aurochs, solides comme des chênes centenaires. Puis des pages, des jouvenceaux aux joues rebondies et aux cuisses légères. Puis un type très grand et très mince, tête nue, une belle chevelure blonde, une cape jetée négligemment sur sa cotte de maille. Une simple épée passée au côté. Des mains nues qui virevoltaient en exprimant à ses compagnons qui tentaient de suivre aussi vite que lui, ses projets.

-     Nous allons donc commencer par là.

Bien qu'elle fût au milieu d'autres soldats, le grand type à la chevelure blonde bouclée tournant à ce moment la tête vers l'esplanade du Temple, tomba sur elle. Il eut un geste d'étonnement comme s'il venait de voir un fantôme. Déjà elle se glissait derrière d'énormes Teutons, s'esquivait à l'ombre d'un mur, tandis que l'homme s'arrêtait marquant une surprise sans bornes. Ses courtisans, ne sachant comment interpréter son attitude, la calquèrent sur lui. Puis il jeta hâtivement des ordres.

Renaud d'Enghien parcourait la ville en tous sens, du moins ce quartier de l'Esplanade.

-     Je suis sûr que c'est lui, avait jeté Godefroy de Bouillon. Il est en soldat des Hohenstaufen mais je le reconnaîtrais entre mille. Très grand, longiligne, un visage ironique. Il mangeait calmement à côté d'un guerrier teuton. Ses vêtements étaient couverts de sang. Lui aussi il a du s'en donner à cœur joie. Retrouvez-le.

Facile à dire dans cette ville en flammes où tout le monde fuyait à la moindre approche des combattants francs. Il se résigna en un mauvais latin mâtiné d'italien à interroger les Siciliens de l'Empereur. Il n'obtint aucune réponse. Lorsqu'ils se retrouvèrent le soir venu avec Godefroy de Bouillon, Robert d'Artois, parut fort surpris.

- Vous dites qu'il ressemblait à ce type qui commandait en quelque sorte au cardinal ?

- Exactement. Difficile de ne pas le reconnaître. Une silhouette inoubliable. Surtout ses gestes. Il parlait à un teuton. Inoubliable sa façon de se comporter.

- Mais cela paraît impossible. S'il participe vraiment à la croisade, il doit être un de ses chefs, en dehors de nous, même s'il se dissimule sous un autre nom. Je suis sûr qu'il va faire sa réapparition. Mais ce ne sera pas à nos dépens, je vous le jure.

CHAPITRE X

JÉRUSALEM 1099

P oussé par une pression indicible, il descendit progressivement son bras le long du corps étendu à ses côtés, mais n'approcha pas immédiatement sa main. Le jeune homme semblait dormir, détendu, relâché ou en complet abandon. Nu, avec seulement autour des hanches un pagne de lin.

Demain, il se confesserait, se mortifierait, s'imposerait des pénitences insensées, porterait un cilice pendant des jours, jeûnerait. La tentation était trop forte par rapport à son propre corps, qui réagissait comme il ne l'avait jamais fait depuis longtemps. Une tentation d'un feu ardent se répandait dans ses veines, enflammant ses reins. Il était désormais incapable de se contrôler.

L'ironie du sort voulut qu'à ce moment précis, il se vit marcher à genoux à Jérusalem. Satan n'était pas loin. Et l'autre, à ses côtés, dormait paisiblement, avec un souffle régulier, un mince sourire sur les lèvres, comme poursuivant un rêve fort agréable, probablement d'inestimables profits lors d'une prochaine expédition de ses caravanes. Ou bien être séduit par un djinn femelle, ce qui est le fantasme de bien des musulmans.

Bien sûr, tout en ne dominant plus ses doigts qui lentement s'approchaient de leur proie, il se trouvait des excuses avant l'inévitable confiteor. N'était-il pas dit et répété dans leur petit cercle que ce garçon avait parfois une moue bien féminine, un sourire narquois mais charmant, un cou fort fragile, des fesses bien roulées, toutes choses dont il se servait à merveille pour impressionner ses relations. Mais c'était aussi un bagarreur de première, un type dont il fallait se méfier.

La tentation devenait de plus en plus violente, irrésistible. Il sentait une formidable érection s'emparer de son ventre. Demain, à coup sûr, il serait chassé de la maison du Temple pour s'être livré sans retenue, mais avec un indéfinissable plaisir, à la sodomie. Un amour défendu vous tend assurément les bras à défaut des cuisses. Et l'autre qui semblait ne se douter de rien. C'était impossible. Il devait le sentir dans ses reins, ou alors il était à mille lieues de se douter que ce chevalier fort âgé était agité de pensées les plus libidineuses et sulfureuses qui soient.

Il se donnait de très bonnes raisons, à défaut d'excuses. D'abord, pourquoi cette rencontre, inattendue, donc voulue par la Providence ? La Providence, en la circonstance, avait bon dos, conclut-il avec un petit rire vite réprimé. Mais indépendamment de la rencontre, comment ne pas reconnaître immédiatement la complicité des regards, des mains qui se cherchent, ou se posent sur les épaules par une familiarité qui ne trompe évidemment personne.

Demain, ses amis, les plus perspicaces, en feraient des gorges chaudes. Et la fraternité des combats, qu'est-ce que vous en faites, leur répondrait-il ?

Sa main s'égara sur des hanches veloutées, très douces au contact des doigts, des hanches ambrées, brunes, ocrées, selon la position du dormeur qui venait brusquement de se retourner et se trouvait à présent sur le dos. Il ne résista plus, ses doigt crochetèrent le lacet tenant le pagne et le dénouèrent avec une facilité déconcertante qui le surprit quand même. Le garçon venait d'ouvrir les yeux, des yeux très bleus, se détachant sur la matité du teint, tout en profitant pour faire glisser un peu plus son pagne sur ses cuisses.

Les doigts du chevalier errèrent un court instant sur le ventre légèrement bombé de l'autre, ne rencontrèrent d'abord rien si ce n'est, avec surprise, un sexe parfaitement épilé. Le jeune homme le prit alors dans ses bras pour l'attirer encore davantage en lui. Les doigts se hasardèrent alors…

Pour trouver, écartées, les lèvres d'un sexe de miel.

- Je suis une fille, murmura l'autre de sa voix rauque. Tu en as mis du temps

Hughes de Champagne, tout en chevauchant à travers le désert syrien, se remémorait une nuit, ou plutôt le matin d'une incertaine nuit.

Il se passa, sous ses yeux agrandis d'effroi, une transformation imprévisible, et inattendue une heure auparavant. Il était dans un demi-sommeil quand il perçut bien une absence à côté de lui. Ainsi la fille s'était levée. Il reprenait graduellement connaissance quand il sentit une présence différente, dans la vaste pièce. Quelqu'un s'y tenait qui ne s'y trouvait pas auparavant.

Ce fut brutal, comme un avertissement, comme si le monde, autour de lui, avait changé. Il refusa de croire à ce que sa prescience lui indiquait, et préféra, oh, un très court instant, baigner dans une irréelle béatitude, à laquelle il n'avait pas été habitué depuis fort longtemps. Il lui faudrait, et cela lui arracha quand même un mince sourire de contrition, s'en confesser. Obligatoirement. Il ouvrit les paupières pour deviner dans l'aube naissante, à travers le mince rideau qui recouvrait la fenêtre, une silhouette inconnue.

La personne, penchée sur un tabouret, laçait ses pantalons bouffants, puis se redressa, enfila de courtes bottes de cuir rouge à petits talons. Elle tirait à présent sur son pourpoint pour le faire descendre sur les cuisses, et l'ajusta avec une large ceinture de cuir, dans laquelle il inséra une djambia, ce poignard yéménite à lame recourbée. Puis il vint se pencher sur un petit miroir rotatif où l'on peut attentivement viser le haut comme pour atteindre le bas. Il s'y regarda, juste le temps d'appliquer avec un brin de coton, trempé dans de l'eau de roses, le khôl pour ses yeux.

Hughes sursauta. Il avait les yeux grands ouverts et il voyait ce que le miroir lui reflétait. Le visage, incontestablement celui de la fille avec qui il venait de faire l'amour et qui, s'en préoccuper de lui, achevait de se transformer en un visage très masculin.

Puis la silhouette tira ses cheveux en arrière pour les attacher sur la nuque avec un filet de résille noire. La silhouette ne lui renvoyait plus l'image d'une fille recherchée après le sombre carnage d'il y avait seulement quelques jours, mais celle d'un homme grand, athlétique, décidé, et dont les yeux bleus glacés ne démentaient pas l'allure générale. Un homme dont il fallait se méfier.

- Satisfait de l'examen, frère Hughes ?

Par le dieu tout puissant, la même voix rauque, à la limite de l'enrouement.

- Vous ? Comment êtes-vous entré ?

Aussitôt arrachée à des lèvres balbutiantes, la question ne l'étonna point par sa stupidité.

- Tu n'es quand même pas… ? Par dieu, oui… Tu veux dire… non, je ne te crois pas...

Ce que sa raison lui refusait d'admettre était qu'il venait de faire l'amour avec une fille qui se révélait à présent être un garçon. Il l'avait tenue dans ses bras, il avait embrassé ses lèvres. Pour être honnête, il devait admettre que la fille avait souvent pris l'initiative.

De rares initiatives, et imprévues. Mais elle ne pouvait être à la fois ce garçon plein d'audace et d'autorité.

- Vous en ai-je donné pour votre argent, frère Hughes ? Je gage que vos belles catins de Champagne en savent dix fois moins que moi sur ce beau sujet qu'est l'amour.

Sûrement, se surprit-il à marmonner.

- A la bonne heure ! Voici une réponse qui mérite un baiser, ici, entre mes seins.

- Non… non.

- Je plaisantais, frère Hughes. Il vous faut faire une confession et recevoir une absolution. Si vous voulez je puis m'en charger, car je connais votre latin. Maintenant il faut que nous parlions.

- Mais de quoi ?

- D'aujourd'hui. De ce qui va se passer maintenant.

Complètement réveillé, il fit signe qu'il acceptait mais voulait d'abord se rhabiller. Le garçon alla s'asseoir sur un tabouret près de la fenêtre et regarda au dehors.

- Des types suspects dans la ruelle et qui ne se dissimulent même pas. Allons, il va falloir faire vite.

- Mais de quoi parles-tu ?

- De la suite, frère Hughes, réveille-toi bien, je t'offre une bière dans la cuisine. Comme les anciens Égyptiens savaient la faire, à base de sorgho.

- Parle-moi plutôt de toi et de la suite, l'interrogea le comte.

- Bien sûr… Bon… La croisade, c'était pas terrible, n'est-ce pas ? Pire même que nous pouvions imaginer. Le prix à payer. Toute avancée se paye en échecs, en souffrance. Mais on y est. C'est ce qui compte après tout. Voilà, en gros, en très gros, comment je vois la situation. Tu me suis ? Tu sauras, frère Hugues, en faire bon usage.

L'homme sentait sa tête et ses sens vaciller. Il allait perdre la raison avec ce type impossible. L'autre lâcha très vite :

- Il faut que je me tire de ce trou très vite. Oui, les types en bas, ils nous recherchent.

- Toi ? En tant que quoi ?

- Trop long à expliquer. J'ai bien connu l'Empereur des Germains. Enfin, c'est vite dit. Je lui ai parlé en tout et pour tout une fois. Mais ça valait la peine. Il me recherche ici.

Le chevalier alla s'accouder à la fenêtre et jeta, sans se retourner mais avec effroi :

- Je... Je te reverrai ?

C'était plus une supplication qu'une question.

- Sûrement… Enfin, quelqu'un qui me ressemblera.

Qui se présentera sous le nom de Ashmole ? La question était partie instinctivement.

Il renouvela sa question.

- Tu ne réponds pas ?

Il fit volte-face. Le jeune homme avait disparu.

Il prit alors dans la journée le chemin vers la Perse

CHAPITRE XI

JÉRUSALEM 1099

J e n'ai eu nul besoin d'avouer quoi que ce soit. Hughes était beaucoup trop perspicace, sujet à un tas de questionnements intérieurs, voire même de soupçons tendant à se muer en certitude pour ne pas m'avoir devinée. Quoi, une femme fuyant la soldatesque pourrait... ?

Une femme… Il avait toujours été question d'un jeune moine. Mais le cardinal, dans une de ses dernières missives, où il lui parlait fort longue-ment de son audacieux, turbulent et imprévisible secrétaire, n'avait-il pas mentionné comme par hasard qu'il avait cru voir sur la gorge de celui-ci comme le signe avant-coureur d'un coup de dague ou de cimeterre.

L'insistance de Godefroy de Bouillon à retrouver ce soldat teuton ressemblant à s'y méprendre à ce damné secrétaire, celle du Hohenstaufen retrouvant dans ce guerrier faisant la haie au milieu d'autres teutons, la silhouette longiligne du Vénitien de Palerme qui l'avait superbement berné, et surtout son indéfinissable regard mâtiné d'ironie, avait attiré l'attention du comte de Champagne plus que de raison.

Je pouvais lire dans le crâne de mon frère Hughes ces circonvolutions. Alors parlerait- il ? Ne parlerait-il pas ? Allait-il me balancer à moi qui ne suis qu'une péronnelle de quelques printemps :

-     Ton nom est bien Ashmole ?

Qu'est-ce que je répondrai ? Par un éclat de rire, un pied de nez impertinent, un sourire insolent ? Je vais vous dire une bonne chose. Là-bas, en Occident, je me suis bien amusée finalement. Mais attention, ce n'était pas facile.

Il m'a drôlement regardée l'autre soir, et m'a questionnée sur mes yeux bleus. Je n'ai pas su quoi lui répondre. Il s'est approché de moi. Je tremblais comme une feuille. Il a plongé son regard dans le mien comme s'il ne voulait pas revenir en arrière.

Il m'a vue pendant plusieurs jours sortir en garçon. Il brûle de me suivre pour savoir où je vais. Je suis très repérable en femme, car il n'y a presque plus de femmes arabes, ou alors de très très vieilles.

J'ai deux chambres dans la demeure qu'il a réquisitionnée. Une avec un lit plus grand, je veux dire plus large. C'est là qu'il venait me rejoindre pour son salut ou sa damnation. Il a accepté sans sourciller.

- Au fait, lui ai-je confié, c'est toujours là où je séjournais lorsque j'étais de retour. C'est vraiment curieux comme coïncidence ?

- De retour d'où ?

- Mais vous savez bien, Frère Hugues.

Les événements malheureusement se précipitèrent. Ils ne nous donnèrent pas l'occasion de trop discuter. Nous restâmes, lui et moi, avec un flot de questions dont nous avons déjà les réponses. Un peu compliqué à comprendre, c'est vrai. Nous dûmes sans coup férir nous enfuir. Mettre de l'espace et du temps entre nos poursuivants et nous. Toutes catégories de poursuivants confondues.

Les Teutoniques battirent la campagne, c'est-à-dire qu'ils fouillèrent minutieusement les décombres de la ville, franchirent violemment les seuils des rares maisons encore debout, à la recherche du type qu'avait reconnu l'Empereur. Comme il avait emporté, par superstition, les deux portraits de l'italien de Païenne, il les fit circuler. C'est lui, martelait-il à ses confidents. Vous me le retrouvez mais vous ne touchez pas à un cheveu de sa tête. Amenez-le moi, vite !

Harassés, découragés, à la fin de la dixième journée, ils revenaient au camp quand un de leurs espions les renseigna. Une piste se présentait enfin.

Les chevaliers teutoniques firent leur rapport à Otto de Brabant, le connétable de l'Empereur germain qui décida d'interroger lui-même l'informateur.

-    Puisque la plupart des demeures étaient en ruine, nous avons retrouvé, non sans mal, la demeure où Hugues de Champagne a séjourné, et où à l'évidence a été logée une femme inconnue, et le type dont nous parlions l'autre jour. Les pièces constituant l'appartement du comte sont vides, sauf quelques meubles d'usage courant. Vides également les armoires, coffres, tiroirs de table.

…Il ne semble pas que ce seigneur soit parti à la va-vite. Puis nous avons perquisitionné l'autre appartement, celui où logeait cette fille ; appartement séparé de l'autre par un escalier circulaire, avec entrée particulière. Appartement plutôt petit, cuisine et dépendance au rez-de-chaussée, sans intérêt à part les fruits secs. Tout bien rangé : écuelles, casseroles, gobelets. Le ménage a été bien fait. Par contre à l'étage les choses sont différentes.

…Il apparaîtrait qu'elle soit partie sans emporter un seul vêtement car toute sa garde-robe y figure encore. Plus des objets ou autres babioles. L'autre chambre serait celle d'un autre homme que le comte, selon nous, avec ici et là des objets et vêtements, mais appartenant à un homme plus jeune que le comte. Voilà, c'est tout messire. Je suis déçu de ne pas pouvoir vous apporter des indices meilleurs.

-    C'est bon. Je vous remercie. Je vais peut-être y faire un tour plus tard.

Il décida de se rendre l'après-midi même dans la villa située près du quartier arménien en partie brûlé. Il se fit accompagner par deux solides gaillards pour prévenir une embuscade toujours possible. Il les posta aux deux portes puis il pénétra par le jardin déjà abandonné. Il visita rapidement le rez-de-chaussée puis la chambre du comte.

Vides, évidemment. Par acquis de conscience, il inspecta les commodes, le lit, les fenêtres, puis il se rendit à l'étage supérieur pour inspecter les deux chambres mentionnées.

Il cherchait autre chose que des vêtements ou d'improbables documents. Il se demandait pourquoi le comte avait vidé complètement les pièces, et pourquoi la fille avait tout laissé ainsi. Étaient-ils partis séparément ? Le comte pour un voyage sans retour. La fille parce qu'elle pensait revenir. Il s'attacha pourtant à ses objets. Et l'autre homme, qui était-il vraiment, car c'était à lui que son maître s'intéressait plus particulièrement ?

Lui, il percevait, contrairement à ses enquêteurs, non une collection de vêtements sans signe particulier mais les traces d'une jeune vie très révélatrices d'une certaine essence. Il ouvrit par exemple un flacon, l'approcha de ses narines, puis le reposa. Odeur très curieuse, légèrement ambrée. Il prit une coupelle de terre cuite avec un résidu d'encens. Il en retrouva la même empreinte puis le sentit à nouveau. Froid, bien sûr, mais conservant néanmoins une certaine senteur.

Deux bougies étaient presque consumées. Il en alluma une et sentit immédiatement le parfum qui s'en échappait : muscade puis myrrhe, successivement. Il tenait à présent un long peigne de corne. Deux longs cheveux encore, dont l'un très noir, l'autre gris, presque blanc. La fille et le comte ?

Il poursuivit son inquisition en ouvrant les bahuts et les tiroirs attenants. Une fine lingerie de baptiste et de coton, des pagnes en lin, des robes très longues à la manière arabe, deux écharpes de soies vertes, des mules à hauts talons, passepointées de fils d'or. Des vêtements coûteux, absolument pas à la portée d'une fille de dix-sept ans rescapée d'un carnage. Le comte, toujours, offrant des cadeaux à sa très jeune maîtresse.

Que pouvait-il lire de la personnalité de la jeune femme dans la cohabitation de vêtements assez luxueux pour l'époque, mais qu'elle n'avait pas emportés ? En avait- elle emporté d'autres lorsqu'elle s'était enfuie ? Et si on l'avait enlevée, ou tuée ?

Tout se mélangeait dans sa tête. Il poursuivit ses recherches et passa dans l'autre pièce, celle du jeune homme, car cela lui importait au plus haut point. Il commença par les vêtements : chausses, braies, sandales de cuir, bottes montantes de cavalier, gilets de protection, ceintures. Un bat-flanc pouvant constituer le lit en face de la petite fenêtre fermée par un moucharabieh. Qui était-il ? Un valet, écuyer du comte, l'amoureux de la fille, au nez et la barbe du chevalier champenois, logeant ainsi deux personnes alors qu'il n'en avait probablement qu'à la femme ? Était-il celui que son maître recherchait avec autant de frénésie et d'avidité ?

Sur une table basse, composée d'un très fin écritoire de bois de cèdre, entourée de plumes, et, trempant dans des fioles encore ouvertes, des feuilles de papier vierges.

Il en avait entendu parler. Les arabes s'étaient emparés d'un procédé lors d'une victoire sur les chinois et avaient ensuite créé une fabrique de papier à Bagdad. Mais qu'un garçon pris dans l'engrenage d'un siège des plus brutaux ait en sa possession ce papier très, très cher, était curieux. Avec qui correspondait-il donc ? Le comte ? S'il était parti en lui laissant le soin de lui écrire ce qui allait se passer ? Mais savait-il seulement écrire ? Et en quelle langue, arabe ou franque, ou italienne ?

Il ouvrit l'armoire. Un garçon très grand par la taille des bottes et des braies. Musclé, par la largeur des chemises. Il reposa le tout et repassa par la chambre de la fille. Il sortit de la penderie à nouveau une tunique arabe. Elle était longue, donc la fille était grande aussi, ce qu'il vérifia par la taille des mules.

Il s'apprêtait à quitter la pièce quand, mû par une intuition, il revint sur ses pas et reprit les feuilles de papier qu'il avait abandonnées rapidement, les considérant comme vierges. Il les avait retournées trop vite. Sur le verso de la seconde, quelques lignes, tracées à l'encre violette, par un calame bien taillé. En langue franque, c'est-à-dire un latin mâtiné de germain et que l'on prononçait presque phonétiquement.

Il y avait d'écrit ceci : « vous tous qui combattrez, et qui êtes encore trop séparés, sachez… », et la deuxième ligne s'arrêtait au verbe. Mais il omit de vérifier la dernière, en parcourant cependant en diagonale les feuillets.

Il relut la phrase énigmatique. Un futur, deux verbes au présent. Une exhortation, une supplique, une oraison... mais adressée à qui ? Il décida de l'emporter en la pliant soigneusement pour la glisser ensuite dans le revers de sa botte gauche. Et qui en était l'auteur ? Le comte ? Le garçon ?

Une belle écriture, d'un clerc à n'en pas douter. D'un moine en quelque sorte. Une écriture lentement tracée, par un scribe très attentif, mais qui fut brusquement interrompu. À verser au dossier, donc, mais qui se remplissait d'énigmes supplémentaires. Et le garçon, qui était-il ? Pour qui se faisait-il passer aux yeux de tous ? L'Empereur serait ravi de l'apprendre si seulement il lui mettait la main dessus. Personne n'en avait plus entendu parler.

Il avait été plus qu'avare en confidences sur les intentions réelles de ce jeune homme rencontré pourtant il y avait plus de quatre ans. Il revint à la commanderie, perplexe, suivi par son escorte. Mais nul ne troubla son retour. Il prit immédiatement sa décision. Il lui paraissait plus vraisemblable et efficace de s'enquérir du garçon. Il oublia la fille.

L'Empereur écouta son vassal tout en réfléchissant. Tiens, tiens, marmonnait-il, se pouvait-il que ce garçon soit le parent, le frère, le jumeau, de cet insolent vénitien venu lui soutirer, à son nez et à sa barbe, un Empereur pour une croisade. Il avait pris connaissance de la missive de son vieux professeur. Mais les dés étaient jetés, sa propre conquête de Jérusalem solidement établie et finalement il en avait ri. Maintenant il s'agissait de tout autre chose : qui était cet énigmatique Comte de Champagne ?

Le père du jeune homme, ou son seigneur et maître ? Un chef de croisade ? Allons donc, il fallait chercher plus loin ou plus haut. Lui-même n'avait-il pas été superbement manipulé ? Une idée bizarre lui traversa l'esprit. Il chercha à la retenir. Puis il y renonça.

Il réfléchissait à haute voix.

-    Quelqu'un, les voisins, ou ce qu'il en reste, un mendiant, doivent obligatoirement avoir aperçu, entendu, les trois habitants de cette demeure. Parce qu'il faut, s'ils sont partis, savoir quand, comment et éventuellement où.

-    Précisément Sire, ce troisième personnage, le garçon. Et s'il ne s'agissait que de l'écuyer du Comte. Dès lors il n'y a plus de problème. Il est seulement parti avec lui. Le comte de Champagne, poursuivit Otto, est un grand seigneur du Royaume de France déjà venu en terre Sainte pour des pèlerinages pénitentiels. Si on veut bien croire à cette fable. Mais il se trouvait ici lors de l'arrivée de notre croisade.

-    Cherche-le, te dis-je.

À son tour, Renaud d'Enghien, après mûre réflexion, après avoir visité à son tour la demeure du Comte de Champagne ayant obtenu pour une somme rondelette le même renseignement que le teutonique, par le même soi-disant informateur, rendit compte de son enquête et se vit ordonner par Godefroy de Bouillon de mettre la main sur des occupants de la demeure abandonnée par tous les moyens.

-    Si le garçon a subitement disparu en n'emportant rien, martelait l'homme en face de Godefroy, c'est qu'il y avait urgence. Oublions la fille pour l'instant. Ils l'ont trouvée au milieu des ruines. Elle ne nous intéresse pas. Le garçon, si. Ils ont dû, avec le Comte, concocter un plan de sauvegarde pour se protéger. Donc, il faut les protéger. Mais comment ? Et où ? Redonne-moi la feuille de papier, la dernière… c'est presque illisible.

-    Voyons cela... « Lorsque vous y serez, se produira l'événement ». Des mots, n'est-ce pas, au milieu de la page, sans commencement ni fin et sans réelle signification faite d'éléments les précédant ou les suivant. Par ailleurs, comme vous le remarquerez, l'encre a non seulement séché mais elle a dû être exposé à la lumière, car l'écriture est quasiment illisible. Il faut être dessus pour le décrypter.

Godefroy de Bouillon n'était pas content du tout, surtout lorsqu'il se mit à soupçonner que le fameux secrétaire de Bellechose avait bien pu séjourner dans cette demeure, à deux pas de l'Esplanade. Oui, mais à quel moment ? Il s'arrêta et reprit.

-       Par contre, comment se fait-il que ce diable de secrétaire si entreprenant en 1095, ne se soit pas manifesté pour continuer ses machinations ?

-       Je n'en ai aucune idée, fit Renaud d'Enghien.

-       Non, je ne vois pas non plus, fut la réponse lapidaire de Robert d'Artois.

Godefroy de Bouillon serra les poings de rage. Normalement cet intrigant aurait dû être du voyage ou avoir déjà séjourner ici. Ce qui ne semblait pas être le cas.

CHAPITRE XII

Les traces de 1099

- Je dois y aller.

La phrase surgit presque brutalement dans sa tête alors qu'elle n'y pensait pas ou plutôt ne voulait plus y penser, et elle la formula de sa voix rauque aux vents du désert. Certaines choses n'acquièrent une réalité qu'une fois énoncées à haute voix. Les paroles qu'elle venait de prononcer sans même le vouloir, résonnèrent dans l'air surchargé d'ondes telle une cloche d'airain ou une simandre en bois. Comme si une partie inconsciente de son être était déjà arrivée à une conclusion évidente.

Puis elle s'y fixa, refusant de se laisser distraire par d'autres mouvements tout aussi impétueux. Du genre « mais qu'est-ce que tu vas bien pouvoir trouver là-bas, ou « tu te vois traversant toute seule un immense désert », ou « eh bien pour te poursuivre, ils vont te poursuivre, tu ne l'auras pas volé », ou « et ce grand chevalier, il va s'estimer floué, berné, par une jeunette de rien du tout ».

Enfin elle fixa une pierre à côté d'elle, comme si cet objet pouvait constituer une protection, un bouclier, contre d'autres tentations. Puis elle perdit lentement la notion du temps. Ce fut sa jument qui, commençant visiblement à s'impatienter, vint lui mordiller l'épaule gauche, ce qui la fit basculer en avant.

- Tu as raison ma vieille, il faut y aller.

L'autre répondit par un hennissement, qui pouvait passer pour un acquiescement.

- Bon, on y va.

Elle sella son cheval, lui donna un demi biscuit, resserra les brides, ajusta ses étriers, puis remonta le foulard sur sa blessure une fois sur le dos de sa monture.

Je suis une femme, certifia-t-elle aux vents, et j'ai effectivement là sur le cou une très jolie coupure. Qui me l'a faite ? Ah, voilà la question ! Le hasard de la naissance ? Vous n'y croyez pas, je vois. Quoiqu'il soit possible que je l'aie eue dans une vie antérieure et qu'elle se soit rouverte lors de mes bagarres l'autre jour, ou que je l'aurai à nouveau, plus tard, au passage d'une réincarnation. Du plus haut comique, si vous sortez ça à un infidèle de n'importe quelle religion.

La journée s'écoula sans problème. Elle dormit l'après-midi à l'aplomb d'une falaise en tirant une couverture par-dessus l'avancée d'une roche. Elle se réveilla. L'air étant plus frais elle reprit sa route après avoir grignoté quelques biscuits au cumin et donné de l'avoine à sa jument. Elles allaient au pas.

Elles n'étaient pas pressées même si des hordes de Normands, de Siciliens, de Saxons et de Flamands étaient lancées à leurs trousses. Parfois il lui arrivait de marcher à côté de sa jument. Comme ça, avec toutes les empreintes, s'ils ne nous retrouvent pas, c'est à désespérer.

Le soir tombait. Elle choisit son campement. À la perpendiculaire de l'infinie ligne rocheuse. Elle y trouva une grotte naturelle avec un mince filet d'eau. Elle se sentit envahie par une allégresse qui la surprit elle-même. Ce sentiment lui était devenu tellement étranger depuis des siècles -si l'on comptait par siècle les semaines précédentes- qu'elle dut s'asseoir sur ses talons pour l'analyser.

Ce n'était pas un sentiment de satisfaction d'avoir enfin découvert, ou plutôt retrouvé, le véritable itinéraire. Ni ce panorama spectaculaire qui s'étendait si loin qu'elle entrevoyait les capuchons blancs de ces monts enneigés du centre de l'Afrique.

C'était la clarté. Éblouissante, mais non aveuglante. Elle venait d'entrer par cette perception la faisant palpiter d'émotions, dans une nouvelle dimension. Le ciel, à cet endroit très précis, n'était pas simplement bleu et limpide, mais diaphane, c'est-à-dire laissant entrevoir quelque chose de lui. Le monde se sensibilisait autour d'elle, comme un certain jour, là-bas, en Occident…

Ainsi de cette antilope qui franchissait de bonds en bonds des obstacles imaginaires, ainsi de cet épervier aux ailes démesurées qui allait fondre sur une proie, ainsi de cette couleuvre rampant habilement sur les flancs d'une montagne. Mais tous étaient situés à des distances lointaines de son propre point d'appui.

Ce qui la rassura immédiatement sur sa décision enfin prise, fut le cairn qui venait subitement d'authentifier la piste. Comme si des pèlerins, des explorateurs, en confirmaient la preuve. Alors elle s'agenouilla, chercha autour d'elle, prit à son tour une pierre, et tenta de l'ajuster sur le cairn pour en consolider l'assise, et éventuellement le rehausser.

Mais pour le rehausser il faudrait encore des dizaines d'années. Voire même des centaines. Elle imaginait ainsi, au creux de la piste, sa propre empreinte. Et au retour ? Le retour n'avait pas d'importance à ses yeux, du moins pour le moment, perdue qu'elle était dans cette nouvelle dimension, aux limites d'un monde inconnu.

Les mines d'or ? L'expression la fit rire. Qui pouvait bien imaginer trouver des mines d'or, ici, en plein soleil, au milieu d'une mer de sel ? Seuls les fous peut-être. Voilà, les fous. Très bonne réponse. Une mine d'or, trouvée par un fou. Dès lors elle percevait bien que des dizaines d'aventuriers de tous poils avaient pu, dans le passé, s'enhardir, rebrousser chemin, périr de soif ou de faim, pour s'être ainsi fourvoyés.

Elle s'amusa à compter les pierres du cairn. Finalement il n'y en avait pas tellement par rapport au temps, c'est-à-dire, depuis la découverte de ces fameuses mines d'or. Tant mieux. Moins on est de fous, moins on rit. Puis elle poursuivit son chemin. Un vol de vautours l'alerta. Elle se retourna. Était-ce le fait d'un mirage ou d'une hallucination ? N'apercevait-elle pas au loin, très loin peut-être, un nuage de poussière qui paraissait la gagner en vitesse ?

Elle souriait intérieurement, toute à son allégresse. Mais elle avait négligé le premier devoir d'un poursuivi. Mettre le maximum de distance entre lui et ses poursuivants. Et elle au contraire, elle ne bougeait pas, jouissant de l'instant présent, parlant toute seule ou à sa jument, qui parfois, hochait la tête ou bougeait une oreille.

Elle songeait à ce brave chevalier. Pas seulement brave au sens militaire du terme mais perspicace. Pour avoir en si peu de temps… en si peu de temps tu débloques ma chère… Il était au courant, forcément avant. Mais c'était évident. Bon d'accord, il avait fait preuve d'une remarquable maestria. Qu'était-il devenu ? L'avait-on occis, comme ils disaient dans leur langue châtiée ?

Était-il reparti directement en Occident, puisqu'il s'était rendu à Âcre soi-disant pour consulter le commandeur de la Voûte c'est-à-dire l'amiral de la flotte, au lieu de revenir à Jérusalem, de la retrouver et de lui faire l'amour ?

Bon à présent tu t'arrêtes de réfléchir et tu fonces. Ma belle on y va. Et elle fit prendre à sa jument un petit galop. La jument soutenait le rythme ayant pratiquement trotté pendant trois jours. Elle arriva enfin à ce qui, aux dires des guides consultés il y avait une semaine, était la dernière étape du monde connu. Était-elle poursuivie ? Elle n'en eut cure, descendit à bas de sa jument, trouva le puits, remonta le seau de bois, et fit d'abord boire l'animal tout en le frottant pour enlever la sueur.

Elle tira un nouveau seau et s'aspergea d'eau. Sa tunique lui colla aussitôt à la peau, laissant deviner son corps juvénile d'adolescente, avec de petits seins ronds. S'il prenait à une caravane de s'arrêter au point d'eau, elle était prête à se livrer aux hommes pour étancher une soif physique. Puis, elle bichonna à nouveau la jument, et se coucha à l'ombre des palmiers et s'endormit aussitôt d'un sommeil de plomb.

Les deux groupes de guerriers de l'armée croisée, sans connaître la décision de l'autre camp, étant partis à des heures et itinéraires différents, une demi-journée en arrière, s'interrogeaient. L'étranger avait-il pris cette direction ? Des pasteurs nomades interrogés affirmaient avoir vu un cavalier, voire des cavaliers, mais dans le désert... Fuyait-il un ennemi subit ? Ou, courait-il à vive allure pour prévenir quelqu'un ? Ou, dernière hypothèse tout aussi vraisemblable que les autres, allait-il au-devant d'un ami qui se révélerait être son pire ennemi ?

Elle chercha autour d'elle et trouva des brindilles de genévrier sauvage qui, lorsque le maigre feu s'éleva, dégagèrent une senteur particulière, où devaient briller les esprits. Puis elle prit dans les fentes de la selle deux feuilles de papier de riz, empilées avec d'autres feuilles dans une mince enveloppe de cuir fermée par un lacet.

Un lettré de la medersa de Jérusalem lui avait raconté l'origine du papier sans qu'elle en crut un mot tant l'histoire paraissait fabriquée par ce conteur hors pair. Ne disait-il pas que cent ans à peine après la mort du Christ, un chinois avait lacéré, réduit en tous petits morceaux une écorce de mûrier, puis du chanvre, enfin mélanger le tout à des chiffons. Nous, les arabes, à la victoire de... je ne sais plus laquelle... avons fait des prisonniers chinois. À Bagdad, ce fut la mise au point à partir du huitième siècle du papier à partir de fibre de lin, de coton, de riz, le plus cher car il vient de plus loin. Et le plus résistant.

Elle saisit dans le foyer un morceau de bois noirci, le laissa refroidir, et écrivit en grand jambages :
« *Chevalier, mon frère Hugues. J'ai voyagé jusqu'alors sans aucune destination prévisible. Ce soir j'en ai trouvé une. J'ai retrouvé la piste. Mais je ne pense pas que je reviendrai sur mes pas* ».

Et elle signa d'une lettre majuscule, illisible et incompréhensible. Cela ressemblait très vaguement à un A mais avec une barre du milieu presque effacée. Cela la fit sourire. Mais elle était sûre qu'il lirait sa lettre. Lorsqu'il serait reparti en Perse. De cela elle était convaincue. C'était tout.

Elle plia soigneusement la feuille en quatre, s'assurant que les plis étaient bien serrés. Puis elle la plia en huit. Elle la plaça à l'intérieur de l'autre comme elle l'aurait fait d'une enveloppe. Elle trouva à ses pieds un mince morceau effilé de genévrier et transperça les deux feuilles pour passer le tout au-dessus du feu. Les feuilles s'embrasèrent lentement en crépitant. Une petite flamme s'en dégagea, qu'elle fixa longtemps après qu'elle eut disparu. Elle ne dispersa pas les cendres aux vents de l'Orient.

C'était inutile.
Ceux qui la poursuivaient et qui cherchaient les mines d'or n'avaient vraiment aucune chance.

La première troupe se hâtait, pressée par son chef et ses acolytes. Non pas un ramassis de gens de sac et de corde, mais des soldats aguerris, des Siciliens et des Teutons. De fins cavaliers alertes à l'épée, quelquefois au coutelas. Casqués de cette curieuse assiette renversée qu'on pouvait prendre pour une écuelle où marmitonnaient leurs cerveaux.

- Plus vite, accélérez, bon dieu. Il nous faut reprendre ce garçon.

- Messire, murmura un de ses fidèles en s'approchant d'Otto de Brabant, ne forçons pas trop l'allure. S'il a autant d'avance nous devrions ménager nos montures. Nous le rattraperons, soyez en certain, car il ne semble pas qu'il soit parti au galop.

- Tu as raison. Nous ferons halte au coucher du soleil. Envoie des éclaireurs pour savoir où nous en sommes par rapport au prochain point d'eau.

Les hommes et les chevaux étaient exténués à la fois par le rythme et le soleil. Ils transpiraient abondamment et auraient donné leur solde pour de l'eau fraîche. Les premiers éclaireurs indigènes revinrent, des chevaliers orientaux nés dans le pays.

- À peine à une journée de chevauchée et il ne se presse pas. Inutile de forcer le train. La halte fut méritée.

- Où en sommes-nous maintenant ?

Otto de Brabant avait visiblement accepté la remontrance à peine voilée, car plein de bon sens.

- Pour les éclaireurs et pour le guide, le garçon a fait une halte à ce point. Il reste des traces de son passage. C'est donc la bonne direction.

- Est-il seul ?

- Oui. Il n'y a qu'un maigre foyer. Il a enterré sous ce monticule de pierre ce qui ne lui servait plus. Pour les bêtes du désert. Mais très peu de choses. Il est donc seul.

- Seul, dans ce désert ?

- Oui. Je reconnais que c'est surprenant et qu'il prend des risques inconsidérés. Car au-delà de ce désert il y en aurait un autre, plus terrifiant. Le guide a eu une formule curieuse pour nous en parler.

- Qu'a-t-il dit ?

- Ce qu'il a dit ? Des paroles inattendues. Là-bas, vois-tu, c'est un drôle de désert. Un cimetière. Et comme je ne comprenais pas le sens de ce terme, il a ajouté, là-bas, c'est où vont les montagnes que nous côtoyons pour mourir.

- Pour mourir ? Je n'aime pas ce terme. Il est indigne de nous.

- Bien sûr, messire.

- Nous avons des chevaux non montés. Dès que nous n'apercevrons plus nettement la piste, nous les enverrons avec de légers cavaliers pour qu'ils le retrouvent.

Si la fille avait été auprès de ces deux groupes là, elle aurait frémi bien davantage. Elle était bien sûr poursuivie par les guerriers de l'Empereur, c'est-à-dire la horde teutonique. Et derrière Otto, se profilait la haute et longue silhouette d'un Hohenstaufen. Le germain manipulant à merveille son vassal car celui-ci ne savait pas qu'il était intimement convaincu qu'il œuvrait pour sa propre et unique gloire.

Sans aucun doute, les affidés au Temple avaient dû se rendre compte de leur disparition à tous les deux, non, à tous les trois : le garçon, la fille et le comte de Champagne. En toute bonne logique, Renaud d'Enghien, qui espionnait Hughes, devait être sur ses talons.

Deux groupes. Un, acharné à la perte d'un garçon. L'autre, à la découverte d'une fille. Lequel portait une cicatrice ? Les deux.

- Surtout, lui avait à maintes reprise recommandé le Germain, tu ne touches pas à un cheveu du garçon. Il m'est infiniment précieux... Tu ne comprends pas ? C'est sans importance.

Renaud d'Enghien, lui, perdit un temps précieux avant de s'apercevoir que les bédouins interrogés lui parlaient d'un groupe de cavaliers. Ne connaissant pas l'arabe, se fiant malgré tout à une traduction approximative, il comprit qu'il s'agissait de trois cavaliers.

Or, trois, finit-il par comprendre, veut dire beaucoup en arabe et non le comte, la fille et le garçon.

Les bédouins, correctement payés, se payèrent en prime sa tête en l'envoyant se perdre dans les déserts d'Arabie.

CHAPITRE XIII

Le miroir 1099

Ainsi la fille filait-elle, seule…

Arrivée par un chemin détourné, à un large bras de mer, elle négocia son passage en payant de sa personne avant de s'embarquer sur un soutier plus chargé de pirates que d'angelots. Livrer son corps à de rudes matelots, expéditifs ma foi, n'avait aucune importance. Elle ne pensait même pas que cela put avoir une influence quelconque sur son état d'esprit.

Elle en rajouta même pour avoir des vivres en suffisance une fois de l'autre côté. Il faut ce qu'il faut. Quelques pièces d'argent dans le talon de ses bottes lui assuraient toujours un moment de sursis le cas échéant. En cas de véritable pépin. Elle confia pourtant sa jument à un type des plus louches du caravansérail.

Une fois au petit port de l'autre côté, elle acheta pour quelques fulus de cuivre quelques hardes masculines à moitié déchirées, chez un fripier du souk des teinturiers sur étoffe. Elle faucha, la nuit venue, un chameau qui pourtant refusait de se laisser emmener par un illégitime propriétaire, en lui tapant sur les oreilles d'un coup sec d'une trique. L'animal offusqué en oublia de beugler à tout le caravansérail qu'il se faisait enlever à la compagnie de ses congénères.

Cela amusa la fille de jouer les voleurs. Tueuse et voleuse en un rien de temps. C'est la destinée. Bien sûr la destinée a bon dos quand on l'aide. Il va falloir vérifier le dos de ce chameau qui va attendre la première occasion pour te balancer par terre, te mordre de ses dents jaunes pour se venger. De la comptabilité.

A propos de comptabilité, pense-t-elle combien je leur en rapporte et combien j'en garde pour moi ? Il a un beau projet frère Hughes, que j'ai aidé, car ces hommes n'ont souvent pas plus de cervelle qu'une jouvencelle de quelques printemps. Je me verrais bien mariée à lui. Nous ferions de beaux enfants, dans un beau château fort... Non, il est marié, vieux, a déjà des enfants, a donné sa parole à un vague cistercien en Occident. Reprenons. Il ne bougera pas d'ici. J'aurai dû l'emmener finalement.

Ah, la sale bête ! Le chameau par son air sournois et décidé avait fait mine de trébucher. Il reçut pour sa révolte un méchant coup de trique sur la fesse droite. Il en beugla de colère puis se calma. Bon, on l'emmènera une autre fois. Qui ? Mais faites un effort, bon sang. Frère Hughes. Je me tue à vous le répéter. Se méfier par contre des Teutons. Bon, rangeons ça dans un tiroir de ma petite cervelle et reposons- nous.

Les instructions étaient claires, très claires. Mais je suis quand même perdue. A perte de vue, une mer de sel. D'accord. J'étais prévenue. Mais dans ma petite cervelle, une mer a quatre côtés, non ? Ici, rien que du sel. Que l'on regarde à droite, à gauche, très loin devant soi, et quand je me retourne... du sel... le wadi-ad-natrum.

Ça me fait de belles jambes de savoir que le natrum servait à l'embaumement des momies. Inutile de consulter une carte. J'ai tout dans la tête, où tout se mélange. La plus parfaite confusion. Pour une fille qui se vante de mettre des types de toutes sortes dans sa couche, tu te débrouilles fort mal. Et le chameau qui ne fait rien pour m'aider. Il mâchonne je ne sais quoi, à l'arrêt. Il a le temps pour lui. Pas moi. Enfin, pas trop.

D'ailleurs le ciel est tellement embrumé et gris que j'ai l'impression que cette mer de sel se prolonge là-haut comme le couvercle d'une marmite. Et je me porte au centre. Que fait-on quand on est au centre ? On prend un rayon, une diagonale, une bissectrice, comme dirait Al Kwartzimi, l'algébriste du Yémen.

Bon alors, au lieu d'aller tout droit comme une sotte, je veux me fixer un point à droite là-bas. Pas de point à fixer. Bon. A gauche. Ah, si, quelque chose de légèrement plus sombre. Bien, ma fille, tu fixes imperturbablement ce point et tu y vas. Le chameau ne bouge pas. Il fait la tête, ça se voit.

Je descends, donc je le vois respirer plus calmement. Je prends la longe, l'enroule autour de mon poignet et le tire. Il se lève sur les genoux de ses antérieurs. Déploie sa carcasse, me regarde et me suit quand même. C'est moi qui tire le chameau, un comble !

Le point ne grandit pas lorsqu'on s'en approche, mais paraît s'éloigner. Si c'est un mirage je suis cuite. Dans tous les sens du terme. Et les autres derrière moi ? Le groupe qui me prend pour une fille et le groupe qui me prend pour un garçon. Ce serait marrant s'ils se rencontraient à un point d'eau, échangeaient leurs informations avant d'en venir aux mains. Champenois contre Teutons de Sicile.

Quelle belle empoignade ! Tout ça pour un comte maudit. Puisque je vous dis que c'est sa maîtresse ! Oui, mais à qui ? Mais au garçon voyons ! Tiens, tiens…

Il y en a un dont je dois me méfier. Le grand avec sa belle chevelure blonde. C'est un Normand de Tarente en Sicile ? Bien sûr que non, un pur Germain de la race, maudite elle aussi, des Hohenstaufen. Il faudra s'en méfier. Ne pas l'oublier. Se méfier des Hohenstaufen. Bien sûr, si c'est toujours moi, je ferai un effort de mémoire. Une anamnèse comme le dit si bien en son latin fleuri le cistercien de service. Qui va bientôt être cistercien, en chef, d'ailleurs. Je vous l'expliquerai dès que je serai arrivée à ce point qui, miracle, grandit au point d'apparaître comme une falaise rocheuse qui tournerait sur elle-même.

Petite, attention à toi ! Si tu vois à présent des falaises rocheuses semblables à des derviches tourneurs, tu es très mal partie. On fait attention dans le désert, bon dieu ! D'accord, chef. On fait attention. Elle ne tourne pas, c'est évident, mais elle est circulaire. Elle doit entourer quelque chose. J'y suis. Pas trop tôt. On ne t'a pas incrusté dans le crâne des indications très précises pour que tu les oublies si vite ! Ne vous fâchez pas.

Il faut grimper là-haut. Je remonte sur le chameau car il m'a épuisée à le tirer ainsi. Le chameau est contre, visiblement. Il trouve de lui-même un sentier de chèvre, ce qui pour un chameau est une véritable insulte. Mais on y va. L'air vient subitement de se raréfier. Je suffoque. Le soleil est brûlant à présent mais je frissonne. Malgré la protection des vêtements de laine, j'ai la chair de poule. Un frisson me parcourt, glace ma colonne vertébrale. Même le chameau a l'air inquiet.

Je descends de ma monture, attache la longe, et m'accroupis sur mes talons. Le paysage, sous mes yeux, a quelque chose d'horrible. Il me glace d'effroi. Rien ne bouge. Pas le moindre souffle d'air. Pas d'oiseaux. Aucune vibration synonyme d'une vie quelconque. D'énormes monolithes composent la falaise qui va s'inscrivant autour de…

C'est indescriptible ce qu'il y a au milieu. Une étendue, rectangulaire au premier coup d'œil, de quelque chose qui ressemble à un gigantesque miroir. Mais où rien ne se reflète. Surtout pas le ciel. Une glace ne renvoyant aucune image. Mais c'est impossible. D'ailleurs quelle image y avait-il à renvoyer ? Celle d'un épervier, d'un petit nuage…

Je me redresse et mets la main gauche sur mes yeux pour en accentuer la vision. Et je les cherche. Qui ? Mais attendez un peu. Je descends à pas rapide la pente menant au centre de la cuvette rocheuse et je m'approche plus timidement de la surface glacée. Normalement elles devraient être à une demi-lieue plus loin.

Je ne les trouve pas. C'est le miroir qui me gêne. Il faut que j'en fasse le tour. Je m'agenouille, très près du miroir. Il n'est plus brillant à présent. Il est noir. Très noir. Comme les abysses décrites par les anciens Phéniciens. Les abysses ? Ce terme est venu spontanément se présenter dans mon cerveau. Je tends les bras. J'avance la main. Je m'arrête.

Pour une grande fille, tu fais peine à voir. Ben, c'est-à-dire que… Je baisse la main, j'ouvre les doigts. Rien ne bouge en dessous. C'est toujours noir. Plus noir même. Je suis idiote. Comment voulez-vous que quelque chose soit plus noir que noir ?

Et lentement je serre les doigts. Je relève la main, presse les bras contre mon flancs, me redresse. Je n'irai pas plus loin. La décision résonne dans mon crâne. Très bien. On n'ira pas plus loin. Je fais lentement le tour de l'étendue du miroir. J'aimerais bien savoir ce qu'il y a dessous. Je le sais, entre nous. C'est juste pour vérifier, là aussi.

Et je les trouve. Enfin. Je suis éblouie. J'ai à nouveau chaud, très chaud. Je transpire abondamment au point de boire le thé froid d'une gourde en peau. Je laisse le liquide couler le long de ma gorge. Un tout petit peu. La journée risque d'être longue. Elles sont bien là. Comme dans la description que me restitue ma mémoire. Innombrables. Non pas innombrables. J'en connais le nombre exact. 343.

Immenses. Dressées comme des colonnes vers le ciel. En pierre blanche. 343 statues plus grandes que les colosses de Memnon en Haute Égypte. Je n'ai pas besoin de les compter mais je le ferai juste pour m'assurer du nombre et j'emprunterai au besoin la route.

Je m'arrête à plusieurs reprises pour examiner les statues sans en avoir l'air, car j'ai la sensation que c'était elles, au contraire, qui m'examinent. Elles paraissent animées, comme réveillées après un long sommeil, refusant apparemment pour un court instant de perdre une miette du spectacle d'une pauvre fille de dix-sept ans.

Si ce sont des images de dieux très anciens, alors moi, je suis l'image d'une femme qui n'aurait pas d'âge.

Les statues furent sûrement stupéfaites de voir cette jeune fille danser sur place, battre des mains, rire à gorge déployée, et même marcher sur les mains, comme si elle venait de faire une découverte capable de révolutionner le monde. Elle dut s'arrêter à bout de souffle et retomba aussi sec sur le sol.

On te regarde. Un peu de sérieux. Qu'est-ce qui t'a pris de marcher sur les mains ? On voit ton pagne !

Et la route ? Quelle route ? Pas d'importance. Bon, j'ai tout à présent. Le miroir géant, les immenses statues et la route. Je pense repartir après avoir recompter les statues. Et l'or ? Mais je sais où il est. Tu ne cherches pas ? Tu ne creuses pas ? Tu n'en rapportes pas ? Si, un peu, pour leur faire plaisir sinon ils feraient un caprice. Mais pas trop. J'en ai déjà rapporté, je vous le signale. Quand ? Ah, quand ? Ils attendent pourtant que tu leur dises. Leur dises quoi ? Le lieu. Ah, le lieu ! Mais je leur dirai. Quand ? Plus tard. On a le temps.

Si jamais je rencontre mes poursuivants à un point d'eau, je leur dirai simplement : Allez-y, c'est tout droit. Ils vont en faire une tête !

Bien évidemment ni Otto vont Brabant, ni Renaud d'Enghien, ne retrouvèrent leur garçon ou leur fille. Ils se perdirent bel et bien dans le désert. Ils ne revinrent jamais à Jérusalem. Plus tard les bédouins nomades interrogés furent évasifs et peu convaincants. Oui, c'était possible, des cavaliers de loin, alors nous les avons vus filer, comme les carreaux étoilés des arbalètes ou une flèche empênée d'un arc bien tendu… non, nous ne leur avons pas parlé… s'il sont morts... vraisemblable… de quoi ?... d'un peu de tout... de s'être égarés dans le désert... très traître le désert par ici… de soif aussi… car le désert… surtout celui-ci…

Une mer sans eau… Bahar bala ma. C'est le terme arabe pour cette contrée. À perte de vue des navires naufragés, des coques démontées, des poissons géants fossilisés, des ossements humains devenus par la force de la nature des rochers de sel. Le sel, précisément. Le symbole de la pureté blanchâtre, d'un principe purificateur. Une étendue pétrifiée où les dépôts de natrum rendaient insoutenables la réverbération du soleil et rien de vivant.

On les chercha avec rage dans tous les territoires conquis sur les infidèles. Rien n'y fit. Le Comte de Champagne ne reparut pas non plus. S'était-il embarqué, puisqu'on l'avait vu à Acre ? Mais personne ne reconnut l'avoir vu s'embarquer pour l'Occident. Mais le garçon ou la fille, au choix, devait forcément le savoir.

Et tout retomba dans l'oubli.
Beaucoup de bruit pour rien, pensèrent certains. Et les années

passèrent sans apporter aucun changement notable. Les croisés durent repartir sous la honte de leurs forfaits, remplacés par d'autres guerriers tout aussi affamés par les richesses insoupçonnées de l'Orient.

Ah si…

Deux faits apparemment sans importance compte tenu de l'état de guerre, mais qui se révélèrent au contraire en avoir beaucoup.

Godefroy de Bouillon périt au siège d'Ascalon, d'une flèche dans le dos, alors qu'il montait à l'assaut des murailles des infidèles, en octobre 1099.

Robert d'Artois tomba d'un balcon à Saint jean d'Acre alors qu'il fêtait la parfaite réussite de cette croisade en novembre 1099. Une incomparable défenestration.

Ainsi les cinq protagonistes majeurs de cette mystification disparurent sans laisser de trace.

-   C'est fait, demanda le plus âgé ?
-   C'est fait, répondit une voix enrouée, un peu rauque.

Nombre d'observateurs s'interrogèrent cependant sur les motifs réels de cette curieuse croisade. Puis tout retomba dans l'oubli.

Lorsque cinquante ans plus tard, à Saint-Jean d'Âcre…

CHAPITRE XIV

SAINT-JEAN D'ÂCRE, 1149
La discussion sur le fret

L e comte avait déjà narré à l'Empereur les péripéties de l'incident du banquet, avec suffisamment de verve pour amener sur les lèvres du germain un relatif sourire:

- Et le vieux Bartolomeo ?

- Il a essayé, en vain, tellement cela faisait rire les convives, de prendre la défense de sa nièce. Il est assez âgé. C'est donc bien avec le garçon qu'il faut traiter, pas avec son oncle. Il aurait, paraît-il, l'oreille du doge Dandolo, à Venise.

- C'est bien, va à présent.

Von Selza prit à nouveau le chemin de la villa Faraglioni qu'il commençait sérieusement à exécrer, la villa et ses propriétaires.

- Voilà, mon cher ami, nous avons un problème de transport.

Le comte Hermann venait d'exposer à Geoffroy Faraglioni le motif de sa visite.

- Un simple transport de troupes, donc, demanda le garçon ?

Dans les deux sens. Des chevaliers récemment recrutés dans le Saint Empire et qui doivent s'entraîner ici, et le fret du retour, d'autres chevaliers aguerris sur cette terre d'Orient et chargés de mater les Polonais et même les Mongols lorsqu'ils se hasardent sur nos terres de Poméranie.

- Combien d'hommes ?

- Un demi-millier, à peu près, plus le même nombre, voire plus, de chevaux. Et leur équipement. L'embarquement pourrait se faire à Venise.

- Quand ?

- Dès que j'aurai votre réponse, mais disons au mois de mars prochain.

- Il faut compter trois semaines de traversée. Ça, vous le savez. Deux semaines pour réparer, réviser les navires, et quatre semaines pour le retour. Donc, grosso modo, deux mois et demi, trois mois.

- C'est effectivement ce que j'avais escompté.

- Neuf semaines, plus deux pour le ravitaillement.

- Donc onze.

- Nous comptons toujours sur un navire endommagé ou naufragé dans tous les cas de figure. Donc douze, je vais faire un calcul rapide, attendez un moment.

Et le garçon sortit une feuille de papier de Chine dont Von Selza avait entendu parlé et la couvrit rapidement de chiffres d'une encre violette prise dans une petite fiole dans laquelle trempait un calame. Il écrivait de la main gauche sans effort. Il calculait vite. Il fit des additions, des multiplications, et au bas de la page arriva au chiffre qu'il souligna de deux traits.

- Vingt-deux mille marcs d'argents de Venise, en gros.

Le comte faillit s'étrangler.

- Vingt-deux mille...

- C'est à peu près ça, à quelques marcs près. Il faut que notre parrain avalise le calcul et que la fratrie vénitienne l'approuve. Mais c'est une base de discussion.

- Une base de discussion ? Ce n'est pas le chiffre définitif ?

- Eh, non. J'ai pu me tromper, oublier des détails. Un demi-millier d'hommes, avez-vous dit. Une petite armée, non ?

- Pas du tout, un simple contingent.

- Venu s'entraîner. J'avais entendu.

- Bon. Je vais rendre compte moi aussi, et Von Selza se leva.

- Asseyez-vous, mon cher comte. Nous n'avons pas réglé le problème du paiement.

- C'est ma foi vrai. Vous êtes décidemment un garçon avisé. Je vous le ferai savoir lors de nos dernières discussions.

- Je préférerai, sans vous offenser, que nous en parlions dès à présent.

- C'est que… et le comte s'arrêta.

- Oui… vous disiez…

- Euh… j'avais pensé -du moins c'est l'opinion de l'Empereur- que tout pourrait être réglé une fois l'affaire terminée c'est-à-dire au retour, à Venise.

Le garçon éclata de rire.

- Vous faites un très mauvais négociateur mon cher ami. Il faut d'abord payer. Pour voir, comme on dit. Un acompte. C'est un terme à la mode. A la passation de la commande. Disons quinze pour cent. Puis trente pour cent à Venise au moment de l'embarquement. Et cinquante-cinq pour cent ici, à Âcre, au moment du retour. Je veux dire avant le retour

- Vous voulez être payé d'avance ? Il en était suffoqué et haletait presque. Mais s'il arrive quelque chose dans l'intervalle et notamment au retour ?

- Les risques du métier, les risques… au choix, naufrage, tempête, pirates…

Il faillit dire pieuvre, mais s'arrêta.
Et le jeune homme faisait virevolter ses mains pour expliquer son point de vue. Le comte le suivait des yeux, suivait des yeux les mains, les doigts, et à un moment il crut avoir la berlue. Sur le côté extérieur de la main gauche, le garçon portait un cal exactement comme sa sœur, oui, la grande demeurée, la veille, au fameux banquet. Il en eut le souffle coupé.

C'est impossible, pensa-t-il. Ce n'est quand même pas une déformation physique de toute la famille. Si ça se trouve, le vieux Bartolomeo doit en avoir un, lui aussi. Et peut-être même l'autre sœur. Les traits du comte se crispèrent puis il reprit ses esprits et, souriant, se leva et le dévisagea. Qu'est-ce qui donnait à ce triste salaud, pensa immédiatement Mélisende, le droit de la toiser ainsi. Elle réprima le souhait de lui tirer la langue.

- Je dois rendre compte à l'Empereur. Je ne suis que son conseiller. C'est lui, vous le savez, qui prend les décisions.

- Reprenons nos calculs, fit le garçon. J'ai oublié les marchandises.

- Les marchandises ?

- Mais oui... les vivres... la bière... l'eau... pour votre petit contingent... tenez, j'ai recalculé… ah, j'ai fait une erreur… je calcule trop vite, ça me joue des tours…

- Il ment, m'a sorti Djibril. Il n'a pas le premier fulus pour te payer. Mais il veut quand même que tu acceptes la commande, et ça, je ne suis pas arrivé à le comprendre.

De retour au palais où logeait l'Empereur, Hermann lui raconta l'épisode des frais supplémentaires.

- Il a fait, paraît-il, une erreur de calcul.

- Très pratique ces erreurs de calcul, non ?

- Ah, à propos, fit le comte en partant, un détail. Je ne sais pas s'il vous intéressera. Le banquet, vous vous souvenez ? La plus grande des jumelles qui cassa la table où elle se trouvait avec ce benêt d'Édouard Plantagenêt ?

- Oui, bien sûr.

- Elle avait un cal très bien formé sur le plat extérieur de la main gauche.

- Oui.

- Le frère aussi, et je me demandais simplement d'où lui venait cette particularité.

- Nous ne pourrons pas payer, dit l'Empereur comme s'il n'avait pas entendu.

- Il a l'air très sûr de lui ce Vénitien, fit Hermann, comme s'il poursuivait lui aussi un aparté. Il a calculé avec une vitesse étonnante.

- Pardi. C'est un marchand. Il n'a pas froid aux yeux de réclamer autant d'argent. Et d'avance !

- Majesté, il sait parfaitement que nous n'avons pas d'argent. Du moins pas assez pour un demi-millier d'hommes.

- Et si on lui parle d'or ?

- Ça l'intéressera, mais il se demandera d'où il nous tombe du ciel.

L'Empereur arpentait nerveusement le corridor menant à ses appartements, ce qui indisposait fort Von Selza qui voyait arriver à grands pas une colère phénoménale dont il ferait les frais.

- Donc il faut que tes deux espions aboutissent très vite. Car l'assassinat de l'architecte n'a rien donné. Il faut, à tout prix, et il martela les mots, s'emparer de ces fichus documents qui parlent des mines d'or du roi Salomon.

…Car si la Bible en fait mention, il y a fatalement un soupçon de vérité. Qu'il s'agisse d'un plan gravé sur une pierre, d'un parchemin, d'un papyrus, qu'importe, il me les faut. Au besoin ce Geoffroy Faraglioni. Mais fais attention, d'Albano veille au grain, donc fais le espionner discrètement pour être au courant, non ?

CHAPITRE XV

Le pourquoi des mines d'or

La chronologie des événements ne rend pas fidèlement compte de leur déroulement. C'est ce à quoi songeait d'Albano, fort perplexe devant des faits anodins qui pourtant paraissaient revêtir une certaine importance. Bien évidemment il était au courant de ce qui s'était passé lors de la première croisade et des fouilles immédiatement entreprises par les premiers Croisés sous l'esplanade du Temple.

Mais apparemment ils n'avaient rien découvert, même si les chroniques du temps évoquaient, en n'insistant pas d'ailleurs sur les recherches du Comte de Champagne, recherches, semblait-il, infructueuses. Il ne pouvait cependant se défendre d'un intérêt pour ces fouilles minutieuses et le rapport avec de l'or apparu soudainement en Occident tant en 1095 qu'en 1099. A cette époque on avait vaguement parlé d'or en provenance d'Afrique, acquis par le roi de France de l'époque pour redorer son blason et frapper enfin les pièces de bon aloi.

D'Albano était par ailleurs trop avisé des péripéties politiques de son temps pour négliger l'étrange coïncidence de trois faits : de l'or effectivement en 1095 et 1099, une croisade déclenchée sans réel intérêt politique et la création ex nihilo de l'Ordre du Temple auquel il appartenait.

Par ailleurs, en tant que Visiteur Général de l'Ordre, et à cause de ses visites nécessaires en Occident pour inspecter les territoires administrés par les Templiers, surtout dans le royaume de France, il avait fini par être mis en présence lors d'un séjour à Pontigny, des mémoires du cardinal de Bellechose. Là, les choses avaient changé de perspectives. Ainsi la croisade avait été une gigantesque imposture dont le but réel était la création de l'Ordre du Temple.

Tout était consigné dans les registres de Monseigneur de Bellechose, avec ses propres commentaires, qui ne manquaient pas de saveur ni de sel. Notamment à propos du « manipulateur » comme il le nommait, c'est-à-dire ce moine secrétaire agissant au nom d'un cénacle invisible. Il avait à maintes reprises souligné le nom que lui avaient donné ses supérieurs concernés, toujours le même : Ashmole.

Et là, on voyait réapparaître l'or, six mois avant la croisade. Pour la financer ou pour inciter les grands de ce monde à y aller. Six mois ! Venu d'Orient et non d'Espagne, comme on le faisait croire aux gogos. Ainsi tout semblait avoir été préparé non en Occident mais en Orient.

L'Ordre avait été créé en 1128. Officiellement du moins. Mais d'Albano soupçonnait qu'il s'agissait du deuxième ordre, le premier s'étant installé dès 1099 à Jérusalem même si certains protagonistes étaient trop visibles comme Hugues de Champagne et ce fameux moine-secrétaire. Ce qui troublait d'Albano était que le comte de Champagne semblait plus s'intéresser à une femme trouvée lors du massacre général alors que l'Empereur germanique était à la recherche d'un jeune homme, d'après les chroniques de l'époque rédigées par un scribe à Palerme.

Certains prieurs cisterciens avaient alors confié au jeune d'Albano que l'Ordre eut été impensable sans au préalable une solide assise financière. Ils étaient persuadés, et pour lui cela voulait dire être sûr, que l'or avait de nouveau fait sa réapparition à partir de la fin de la première croisade. Sa frappe, sa mise en place en Occident, pour acheter un peu de tout, avait pris deux dizaines d'années. Et en 1128 ; l'Ordre est créé alors que dès 1127, le roi d'Aragon lui a déjà légué de très importants domaines ainsi que quelques galères marchandes et qu'une flotte marchande.

Hugues de Champagne n'était ni un vieux ni un preux chevalier ne sachant ni lire ni écrire, ni un vieil explorateur. Il était au cœur du problème. Il fallait donc aujourd'hui, en 1149, se persuader que

Hugues avait très vite mis la main sur un document relatif aux mines d'or, en retrouvant, comme par hasard, le fameux secrétaire.

Aussi d'Albano avait-il pris un certain nombre de décisions parmi lesquelles celle de recommencer les fouilles non à Jérusalem mais à Megiddo où se trouvait le véritable palais de Salomon, et lancer ses plus fins limiers sur la piste des trois personnes mentionnées : le comte, le secrétaire et le garçon dont parlait le scribe germanique de Bouillon.

Les deux principales décisions se rejoignaient, dans la mesure où elles avaient pour finalité la recherche de l'or. Car tout tournait autour de Jérusalem et de Jérusalem on sautait allègrement à Salomon devenu le roi le plus puissant de la terre, grâce à des richesses incommensurables. Richesses que ne lui avaient jamais données ses conquêtes sur ses voisins. Donc il y avait un secret et peut être alors concernait-il les fameuses mines d'or dont la Bible parlait abondamment.

Les Faraglioni, et plus particulièrement Geoffroy, ne pouvait ignorer le premier projet du cardinal, celui-ci l'ayant chargé déjà depuis quelques semaines de lui fournir, en provenance de Venise, tout un matériel approprié pour poursuivre efficacement les fouilles. Et comme la restauration d'un très vieux palais ne présentait pas vraiment un intérêt majeur, il avait été amené à lui confier, qu'il reprenait une vieille idée, celle de mettre la main sur le trésor de Salomon, à commencer par celui de son or.

Mais à dire vrai, cela n'avait guère intéressé le garçon car les fouilles, tant à Jérusalem qu'à Megiddo, entreprises, interrompues, reprises, dataient de plus de cinquante ans et n'avait strictement rien donné. Apparemment.

Mais cette fois ci, l'affaire semblait plus sérieuse, comme si le cardinal état sûr de son fait. Les trois Faraglioni en discutaient entre eux devant des gobelets remplis d'une bière légèrement ambrée.

-     Pourquoi d'Albano veut-il aujourd'hui mettre la main sur des mines d'or ?

- Parce que la construction ou le reconstruction des forteresses coûte trop cher.

- Non, ce n'est pas cela.

- Parce que l'entretien d'une armée de métier - si, c'en est une - avec uniforme et tout et tout, coûte très cher.

- Non. C'est autre chose.

- Et quoi donc ?

- Je crois avoir compris un fait. On a l'impression que l'Ordre du Temple a été créé pour l'Orient, reprendre la Jérusalem terrestre, reconquérir le tombeau du Christ, etc. c'est faux. C'est inexact. Complètement.

- Mais l'Ordre du Temple a bien été fondé en réaction à l'effroyable bain de sang de la première croisade ?

- Oui, en partie. Il fallait une réaction saine et vigoureuse à cette chute apocalyptique provoquée par des barbares en tous genres. Mais ce n'était pas suffisant.

Ce fut énoncé avec force et conviction par Mélisende.

- Je crois que l'Ordre a été créé pour l'Occident et plus particulièrement pour le Royaume de France. Bien sûr, tout y était, pour lui donner une connotation largement occidentale -à commencer par le recrutement- en vue de combattre les infidèles. Mais ça... ça a été le prétexte. Sans la croisade, effectivement, il eut été très difficile de mettre sur pied à Troyes un ordre militaro-religieux de cette envergure.

...Pour justifier des dons, legs, la création de neuf mille commanderies dans tout l'Occident, la mise sur pied d'une armée de métier, il fallait bien raconter qu'on allait se battre contre un redoutable adversaire. Et ce, afin que les plus braves comme les plus initiés s'y retrouvent, souhaitent y adhérer, y laissent leur fortune et leur sang. Mais avec tout ça, l'Ordre a pu valablement travailler en Occident. Le véritable travail, au départ, s'est accompli en Occident, et pour l'Occident, l'Orient a été le prétexte.

Ils suivaient avec attention l'exposé de leur sœur, soupçonnant quelque chose de très important et d'inattendu. Celle-ci réfléchissait comme pour mettre de l'ordre dans ses idées.

- Or, nous sommes en 1149, n'est-ce pas ? C'est-à-dire près de cinquante ans après la première croisade, plus de vingt et un ans après l'officielle création de l'Ordre à Troyes et qu'observe-t-on en Occident et notamment dans le royaume de France ? Les routes sont devenues sûres, les échanges sont facilités, les produits circulent, les hommes aussi, d'une ville à l'autre. Jamais il n'y a eu autant de foires ou de marchés régionaux.

…Et le tour de force a été l'édification des cathédrales. Non pas seulement parce que leur construction obéit à des règles architecturales inconnues, non pas parce que le coût est extrêmement élevé, mais plus encore parce qu'il est nécessaire d'avoir des confréries de compagnons, de tailleurs de pierre. Le travail s'inscrit donc dans le cadre d'une organisation initiant ses membres, au niveau professionnel et sous le sceau du secret. Le projet des Templiers est immense à cet égard.

- Donc il leur fallait du temps pour y parvenir, émit Geoffroy.
- Et beaucoup d'argent, compléta Alix.
- D'Albano serait d'accord avec moi, poursuivit Mélisende, car pour ce que les fondateurs du Temple veulent mettre en place, c'est-à-dire un véritable bouleversement social, il leur faut du temps pour renverser les idées reçues et acquises, et plus encore d'argent pour l'apprentissage, la mise en place d'associations, d'artisans, de commerçants, etc. Il faut du temps et de l'or.
- C'est vrai, intervint Alix, changeant de position et passant la jambe gauche par-dessus la droite, en Occident, il n'y a pas de mines d'or. Or, ici, en face, de l'autre côté de la Mer Rouge, ou au centre de l'Afrique, on m'a même parlé de la boucle du fleuve Niger comme étant un immense champ de pépites prêtes à être ramassées. Mais pourquoi tout resurgit-il à cet instant précis, en 1149 ?
- Revenons sur les Hohenstaufen, suggéra Mélisende.

Et là, pour une fois mais une fois n'est pas coutume, ses doubles l'écoutaient attentivement, hochant la tête pour manifester leur approbation. Mélisende reprit.

-    Depuis la première croisade, un homme, et sa famille, a très bien suivi le processus pour le reprendre à son compte. Il s'est fait longuement expliquer le phénomène social qui est en train de bouleverser notre époque. Il a mis le doigt sur la colonne vertébrale du Temple, c'est-à-dire une armée de métier. Et lui, en tant que Germain, a tout de suite vu l'énorme intérêt que cela présentait s'il venait à s'en créer une, pour lui tout seul. Mais pour servir ses propres ambitions à l'Est de son empire : le reste, la révolution sociale, l'accès des ouvriers, artisans, commerçants, à des confréries ou guildes, il s'en moque. Des routes plus sûres, des ports marchands il en a besoin, oui. Et l'or surtout. Il a dû réfléchir cet Empereur des Teutons. Tu me suis, petite, au lieu de tournicoter sans arrêt, lit-elle en s'adressant à sa jumelle ?

-    Les hommes qui servaient l'Ordre du Temple, avant de déserter et de passer à celui des Teutoniques, l'ont bien renseigné sur les fouilles entreprises d'abord à Jérusalem puis à Megiddo. Ah, s'est-il dit ensuite, si d'Albano, qui est quand même le Visiteur Général, passe autant de temps et met vraiment le paquet pour découvrir la piste menant aux mines d'or décrites par la Bible, ce serait bien le diable si je n'y parvenais pas, juste une minute, avant lui. Il a payé très cher des informateurs, des espions, des traîtres, des Templiers, qui ont retourné leurs capes.

Tout prend une drôle de tournure, bougonna Geoffroy. Que je n'aime pas. Je n'ai même pas envie d'entendre la suite.

-    Continue, ordonna Alix. Moi ça commence à m'intéresser.

-    L'Ordre du Temple, mais c'est un État dans l'État, dans le royaume de France dont il est majoritairement issu. L'un de leur Grand Maître s'est d'ailleurs vanté qu'on pouvait passer d'une terre templière à une autre terre templière sans mettre un seul instant les sabots de son cheval sur un sol ne leur appartenant pas. Ils ont leurs propres chapelains, ils ne dépendent que de la juridiction papale. Ils ne rendent compte de leurs actes à personne si ce n'est au pape, et le pape, en ce moment, est un des leurs, issus de leurs rangs.

Par contre, l'armée, les citadelles, les combats, les commanderies, l'aménagement des terres, le défrichement, coûtent très chers. Il leur faut de l'or. Il n'est que de voir ce qui se passe ici.

- Mais nous, fit Alix en tirant sur ses cheveux dénoués, que faisons-nous dans cette galère ? Cela ne nous concerne absolument pas. J'ai bien envie de me tirer d'ici. Le vieux Bartolomeo m'a demandé de préparer une importante caravane pour Nishapur, aux confins de la Perse. J'ai bien envie de m'y atteler dès demain.

- Moi non plus, je ne me sens pas ou plus concerné. Les enjeux sont trop importants, surenchérit Geoffroy, passant comme par inadvertance un doigt sur sa cicatrice. Dès demain, j'irai trouver Hermann Von Selza ou son Empereur pour lui indiquer que Venise rencontre des difficultés à mettre sur pied un tel convoi de galères pour amener ses troupes. Laissons les Templiers et leur jeu de pistes.

Mélisende ne disait plus rien, le regard perdu dans les étoiles

CHAPITRE XVI

L'enquête cistercienne – 1149 – Âcre

D'Albano venait de réunir quatre cisterciens, chargés d'une enquête un peu particulière, à nouveau dans la salle capitulaire de la commanderie templière d'Acre. Ils se levèrent quand il entra et il les salua brièvement. Les moines, sous le regard froid du cardinal, hochèrent doctement la tête. Ils auraient préféré, et ça se voyait à leur comportement, être cent lieues sous terre d'autant que d'Albano était, également, cistercien. Il venait pour entendre le rapport, concis, sec, à la manière d'un compte rendu de police, du frère le plus âgé.

- Vos conclusions à présent, mon frère ? Les vôtres, je veux dire, celles qui ne figurent pas dans ces feuillets.

Celui-ci se tourne vers ses trois confrères qui hochèrent insensiblement la tête, comme pour l'encourager à s'avancer hardiment dans les méandres de l'énigme.

- Voyez-vous Éminence, l'affaire n'est pas des plus simples. Nous sommes aux prises avec plusieurs hypothèses. Un. En 1099, dans le carnage général, tout a pu se passer. Y compris prendre des vessies pour des lanternes. Hughes de Champagne est mort à présent et seul son témoignage aurait eu une quelconque valeur. L'écuyer qui le servait et qui nous a légué quelques informations, a une mémoire que nous gratifierons de... défaillante, sporadique, parcellaire, sans parler de son animosité viscérale pour la fille.

- J'avais compris.

- Donc Éminence, la fille a, ou n'a pas pu exister. Avec ou sans blessure, car à l'époque c'était monnaie courante. Les premiers Templiers, s'ils ont jamais existé, mais pourquoi pas, et nous ne le saurons jamais, ont gardé et emporté leurs secrets dans leurs tombes.

Nul n'en n'a plus entendu parler. Comme vous- mêmes l'assuriez l'autre jour, il n'y eut, après cette équipée, aucun bouleversement majeur politique, religieux, ou militaire.

Oh, si, était sur le point d'intervenir d'Albano. Cependant, il est encore trop tôt pour que vous vous en aperceviez. Les traits de son visage ne laissèrent rien entrevoir de ses pensées intimes. Il avait posé ses coudes sur la table, et joint les mains comme s'il s'apprêtait à donner l'absolution à ses frères cisterciens.

Il avait fermé les yeux. Il songeait à la masse d'informations qu'il détenait déjà, des vraies, par ce qu'il en savait, et des fausses pistes relatives à l'or. On n'avançait pas et il pressentait que la suite du récit des moines rapporteurs ne lui donnerait pas d'indications supplémentaires et surtout valables. Il ouvrit les yeux et les laissa errer le long des murs nus de la salle capitulaire.

Frère Anselme, le rapporteur, se méprit et crut que le cardinal s'ennuyait.

- C'est à peu près tout, finit-il par dire.

- Mais non mon cher frère. Je suis sûr qu'il y a plusieurs hypothèses. Comme en très bonne scolastique.

- Vous… vous avez raison Éminence.

- Seconde hypothèse… donc… après la première…

- Seconde hypothèse. La fille a bien existé et elle a dérobé les secrets plus ou moins découverts par le Comte de Champagne et rapportés par lui en Occident. Elle fut, dans cette hypothèse, la complice pour des raisons que nous ne connaissons pas et n'avons pas à comprendre. Et les temps ont passé. Et elle a disparu également. Elle a pu se marier, avoir des enfants, mais ne semble pas avoir réellement profité des fameuses découvertes.

Il poursuivit sur un encouragement de la main du cardinal, les autres cisterciens ayant décidé, pour plus de sérénité de tenir leur tête obstinément tournées vers le sol.

- Troisième hypothèse. Nous avons suivi méthodiquement les traces des rescapés de la tuerie générale à Jérusalem. Heureusement - que dieu me pardonne- il n'en restait pas beaucoup. Les arabes avaient pratiquement tous fui. Nous avons donc éliminé les mahométans, les juifs, pour nous concentrer sur les chrétiens d'Orient. Nous avons fait chou blanc.

…Demeuraient les Arméniens, c'est-à-dire ceux dont le quartier était le plus proche du bas de l'esplanade du Temple. Quelques familles subsistaient chichement. Elles n'ont pas voulu partir parce que leurs souvenirs étaient trop douloureux mais finalement nous avons mis la main sur un aimable vieillard à moitié sénile qui se souvenait parfaitement d'une fille ayant froidement occis un Teuton et quelques heures après un second.

…Il était blotti dans un grenier qui a à moitié brûlé. Il a été très surpris par la comportement de la fille. J'emploie le mot fille, qui n'est pas péjoratif du tout car elle était très jeune, selon ses dires. Mais il y a également quelque chose de très intéressant. A un moment donné, c'est-à-dire avant le meurtre des deux soldats, elle était poursuivie par des Normands, en chasse de… de…

- J'avais compris, poursuivez.

- Bref, elle est tombée et s'est proprement cisaillé la gorge sur un morceau de ferraille.

D'Albano fut subitement inquiet. Trop d'éléments lui restaient étrangers. Pour être franc, songeait-il, nous disposons de beaucoup trop de faits, invérifiables pour la plupart.

La salle était grande et déserte. A eux cinq ils ne formaient qu'un minuscule noyau dans cette immensité. Nul ornement, des chandeliers en simple argent reposant sur les différentes tables rectangulaires, des tabourets de bois à trépieds. Une large cheminée où dormaient des cendres depuis longtemps froides. Comme cette piste alors ?

Pourtant, Ilghazi avait été formel.

- Quelque chose va se passer à présent. Ne me demande pas d'où me vient cette idée.

Il était de son avis. Le moment semblait venu. Oui, mais pour entreprendre quoi ? Il se tourna vers les trois autres moines jusque-là restés silencieux.

- Il me revient une phrase très curieuse, prononcée par le vieillard au moment où nous le quittions, plutôt insatisfaits il est vrai, s'enhardit un des moines. Quelque chose s'est passé le lendemain de la prise de Jérusalem. Des escouades de Normands, Siciliens, et Germains parcouraient la ville en tous sens. « J'ai d'abord cru qu'ils recherchaient des survivants pour les faire passer de vie à trépas, jusqu'au moment où je me suis avancé sur le pas de ma masure.

…Mais pourquoi recherchaient-ils quelqu'un en particulier ? Pas pour le meurtre des deux soldats car, dans la tuerie générale, ils faisaient partie des morts au combat. Je pensais qu'il s'agissait de la fille, mais non, ils en avaient après un garçon. De quel type s'agissait-il ? Il devait valoir de l'or pour remuer dans tous les sens ce qui restait de Jérusalem. Car l'un des Germains aurait lancé : « Il ne va pas être content du tout si on ne trouve pas ce type ».

D'Albano réfléchissait à toute allure. L'affaire prenait une tournure fort imprévue. Car il y avait eu de l'or en circulation à partir de 1099. Des pièces même à partir de 1095 avaient été frappées, des livres tournois du Royaume de France, selon ses souvenirs et les archivistes épiscopaux. Il revint sur les dates et laissa sa mémoire l'emporter. Ne venait-il pas, à l'instant, d'en avancer deux : 1099, oui, cela pouvait concorder, mais en 1095 la première croisade n'était pas encore prêchée ou allait l'être, seulement quelques mois plus tard. Où se trouvait l'anomalie ? Ses yeux fixèrent sans le voir le quatrième enquêteur qui, se croyant visé, balbutia.

- Il me vient une idée, offensante, j'en conviens, pour ceux qui ont, comme nous-même aujourd'hui, mené en 1099, puisque c'est le point de départ de tout, une enquête. Elle a dû à l'évidence leur venir à l'esprit.

Les circonvolutions du cistercien amusèrent un instant le cardinal qui lui prêta néanmoins attention.

- Quelle idée ?

- Le pourquoi des fouilles sous l'esplanade du Temple. Si de l'or est apparu, en petite quantité, il faut le reconnaître, il a pu provenir de la fonte d'objets religieux. Mais pas en quantité suffisante pour que sa présente fût dévoilée. Donc ils ont trouvé autre chose.

- Qui, ils, mon frère, insista D'Albano cette fois-ci, terriblement intéressé ?

- Mais, Éminence, sauf votre respect, le comte et cette fille.

- Alors ils auraient trouvé autre chose que de l'or. Dites les choses comme elles sont, où ?

- Mais oui. Autre chose que de l'or.

D'Albano observa un temps de silence et but de l'eau fraîche en encourageant les quatre cisterciens à faire de même. Il se méprit sur le mutisme du cardinal et, craignant d'en avoir trop dit, il se tut. Pourquoi, s'interrogeait-il à l'instar de ses confrères, s'inquiétait- on à ce point, cinquante ans plus tard, de savoir ce qui s'était réellement passé en 1099 ?

- Relisez vos notes, et recommencez, voulez-vous.

- Bien Éminence.

Le frère Sulpice se pencha, chercha la ligne, y appuya son index.

- D'après les documents retrouvés sur cet épisode relaté par l'écuyer en question, ceux de l'époque, le comte de Champagne qui dirigeait les travaux sous l'esplanade du Temple, immédiatement après la prise définitive de Jérusalem, c'est-à-dire sous l'ancienne mosquée d'Omar, s'est plus particulièrement occupé d'elle. En fait, elle en connaissait plus que lui. Il l'aurait indiqué à Robert d'Artois.

…C'est ce qui a, semble-t-il, fait avancé leurs projets plus rapidement. Et personne ne s'est aperçu de sa disparition en pleine nuit, alors que la veille elle paraît avoir mis la main sur d'inestimables documents. Pour dire les choses comme elles sont, nous pensons qu'elle a quitté le camp des croisés, les ayant en sa possession.

…A moins qu'elle n'ait été enlevée, mais nous n'y avons guère cru longtemps. En fait, dès leur disparition, à tous les deux, leur entourage, dont Renaud d'Enghien, a immédiatement soupçonné que non seulement elle en savait beaucoup plus que le comte mais qu'elle cherchait simplement, pour détourner l'attention, un leurre de plus.

L'or… je vais leur en parler, songeait D'Albano. Des mines d'or, en fait, pourquoi ce pluriel ? Avec de l'or je pourrais moi aussi entreprendre de vastes projets. Mais comment ce moine en Avignon a-t-il réussi à convaincre Urbain II ? On a obtenu, c'est le cardinal de Bellechose qui l'écrit, la levée de la double excommunication à l'encontre du Germain et le retour à Rome, couvert de richesses.

Mais il était pauvre comme Job. ? Et s'il avait été acheté ? Quoi, un pape ? Oui, ça se fait très bien de nos jours. Avec de l'or. De l'or fondu sous les espèces de belles pièces de monnaie du royaume de France. Apportées par le fameux moine. Décidément ce garçon avait vraiment de l'envergure.

- Oui… reprenez frère Anselme.

- Je reviens sur l'insistance de ces « premiers Templiers », ce sont vos propres termes Éminence, à être logés dès le départ sur l'ancien emplacement du Temple de Salomon. Elle a inévitablement attiré les rumeurs et les ennemis. On s'est mis à évoquer les trésors de Salomon, c'était le sujet à la mode. Bref, toutes les hypothèses ont été évoquées. Mais le fait qu'elle soit au courant de tout, ou de presque tout, a jeté une ombre sur sa disparition.

D'Albano fixait sans le voir un point du mur. L'attitude du cardinal déconcertait son interlocuteur. Il n'avait pas l'air d'écouter, suivant d'autres pistes, mais brutalement il posait des questions très précises. Un des moines se crut concerné et prit la parole.

- Éminence, aujourd'hui, sans vouloir vous offenser, cette femme a, si elle est encore vivante, certainement plus de soixante-dix ans. Nos recherches sont impossibles sans indications plus précises.

- Je pose la même question sous une autre forme, intervint un autre moine : que faisait-elle exactement à Jérusalem au moment du siège de la ville qui a quand même duré deux à trois semaines ?

- Intéressante votre question, mon frère. Je n'en ai aucune idée.

Et, sur ce premier mensonge, il se tourna vers le premier moine, Frère Anselme, consulta à nouveau ses notes.

- Elle a été muette à ce sujet, évoquant seulement le traumatisme psychologique subi pour dissimuler son histoire, selon ce que le comte de Champagne avait pu rapporter à Renaud d'Enghien.

Le silence tomba sur l'assemblée.

- Imaginez un trésor, commença le cardinal. N'importe lequel. Mais très très important, à l'exclusion des chandeliers, tabernacles, etc.

Là, les moines se coupèrent véhémentement la parole car ils eurent soudainement l'impression que c'était le cardinal qui tacitement les encourageait à le faire. Un brouhaha insolite succéda à l'étrange silence.

- Vous voulez dire que...

- Alors si c'est vrai, cette femme avec cette blessure au cou, a dû devenir fabuleusement riche.

- Mais non. C'est pareil pour le comte de Champagne, si c'est bien lui qui a mis le premier la main dessus. Pour la même raison. Elle a attendu.

- Mais cette fille a dû se marier, avoir des enfants, elle vit peut-être encore, ou le garçon, puisque garçon il y a.

On en parle depuis des semaines, et on remue tout l'Orient depuis Alep jusqu'à Damas.

- Et s'ils sont morts, le lendemain du coup, nous cherchons en vain ? Ou ils attendent aujourd'hui, en 1149, le moment favorable.

Sur cette conclusion inopinée et inattendue, d'Albano arrêta ce déluge verbal d'un signe bref de la main pour ensuite inviter chacun à s'exprimer à son tour, car c'était à peu près les mêmes termes employés par Ilghazi. Le moment était venu.

On en revenait donc au point de départ, sans avoir pour autant avancer d'un pas. Et pourtant, d'Albano entretenait au fond de lui l'idée que les choses se décantaient pour être plus lisibles. A condition, toutefois de ne plus perdre de temps. Il fallait à tout prix mettre la main sur les mines d'or.

Une idée lui traversa l'esprit. Il attendit le départ des cisterciens pour la ramener à son cerveau. « Le moment venu ». Les paroles d'Ilghazi, celles des moines et plus encore l'attitude de l'Empereur.

Quelqu'un attire délibérément notre attention.
Il monta rapidement les marches menant à son cabinet de travail, fouilla un instant sur la longue table de cèdre, et mit la main sur une feuille de papier. Il y avait écrit :

« De l'or recommence à circuler dans le royaume de France, en Bourgogne, en Terre Sainte, des dirhams d'or sont apparus nouvellement fondus. Un peu comme si quelqu'un s'ingéniait, cinquante ans après la première Croisade, à remettre dans le circuit de l'or pur avant de le frapper en pièces de bon aloi ».

De deux choses l'une, méditait d'Albano. Ou l'or a été mis sur le marché parce qu'on vient de redécouvrir les mines de Salomon, ou une certaine personne l'ayant gardé, a jugé le moment propice pour faire l'opération.

Il n'arrivait pas à s'extraire de la deuxième hypothèse. Tout simplement parce qu'après la honteuse défaite de Tibériade, le désarroi du Temple, on s'ingéniait à remédier à ce déplorable état de fait, mettait, comme on dit vulgairement, le paquet, et sur la table, de l'or. Pour inverser le cours des événements. Et cette personne était sur le point d'y parvenir. Donc il fallait l'aider, la protéger. Mais pourquoi était-il seul cet étrange personnage ? À moins que d'autres n'œuvrent en silence, et séparément, au même but.

La révolution économique et sociale en était le moyen quand la majorité des individus en mesure d'être interrogés pouvait répondre que l'Ordre était le but réel.

Qui se trompait ?
Et qui manipulait qui ?

Ne se trouvait-on pas, à plus de cinquante ans de distance, dans les mêmes dispositions que les trois fameuses manipulations d'Avignon, de Pontigny et de Palerme ?

CHAPITRE XVII

SAINT-JEAN D'ÂCRE 1149
Le souper

E t le temps passa. Rien de notable ne se produisit. Les Templiers continuaient des fouilles, devenues inutiles et stériles, tant à Jérusalem qu'à Megiddo. Des cartes plus fausses les unes que les autres commençaient pourtant à circuler, en sous-main, preuve plus ou moins évidente qu'il y avait anguille sous roche.

Ce soir-là, les jumelles se levèrent en voyant approcher d'Albano. La table avait été dressée sur la plus haute terrasse de la villa Faraglioni située sur les hauteurs de Montmuzard. Des torches résineuses brûlaient doucement dans le faible vent du soir aux extrémités de la terrasse. Sur la table, des coupelles de verre pleines où semblaient flotter des petits galets blancs au milieu de fleurs de bougainvilliers. Des bougies odoriférantes à la vanille, à la cannelle, caressaient de leur parfum la nuit qui venait.

Sur le damas serré du plateau de la table, mélange d'ivoire, de platane et de cèdre, d'autres coupelles cette fois-ci en terre cuite, exposaient des aubergines confites, des dés de courgettes trempant dans du miel, des dattes fourrées à la confiture d'orange un vin rosé des Monts du Liban rafraîchissait dans un cylindre en terre cuite poreuse destinée à garder la fraîcheur.

-    Geoffroy n'est pas là ? s'enquit-il en s'asseyant.

-    Il travaille, le pauvre. Al Moustansir l'astronome du calife lui a donné à résoudre une équation permettant de calculer l'arrivée dans le ciel nocturne d'une constellation à l'équinoxe de printemps, c'est-à-dire dans quelques semaines. Il y perd son latin.

- À propos de résoudre un problème, j'aimerais votre avis sur ceci.

Et il déplia l'enveloppe d'un paquet qu'il avait posé sur la table après en avoir délacé la cordelette de jute. Il en sortit une étoffe apparemment de lin constituée plus ou moins multicolore. Il la déroula, l'aplatit sur la table en la fixant avec des aiguières ou des coupelles.

- Une carte, dit-il. Il s'agit d'une carte. Originellement elle était à l'intérieur d'un cylindre de bois imputrescible, de cèdre probablement. Pour aller à l'essentiel, le cylindre a été trouvé par l'équipe de chercheurs de l'Ordre du Temple qui opère dans les souterrains du Palais de Salomon, mais à Megiddo, pas à Jérusalem.

Il posa ses coudes sur la table et joignit ses mains. Il doit le faire exprès ou c'est un tic de cistercien, songea Mélisende. Il a les doigts très longs et très fins à l'inverse des miens qui sont gros, noueux et calleux. On dirait qu'il fait sa prière ou qu'il va nous asséner un sermon. Elle était fascinée. Alix ricanait intérieurement en le regardant et Leila dissimulait mal un sourire de connivence. Le vieux Bartolomeo lui faisait signe de se redresser et de ne pas se pencher aussi imprudemment en avant. Leila, debout à côté du cardinal, paraissait approuver l'attitude de la jeune femme.

Les jumelles se penchèrent. Leurs épaules et leurs chevelures dénouées se touchèrent. Un seul et même visage lorsqu'elles relevèrent la tête vers d'Albano. Le front haut et dégagé, les pommettes hautes, le teint cuivré, ocré peut-être, les mêmes yeux bleu turquoise et surtout la même cicatrice blanche au milieu du cou. Vêtues pareillement. Une robe amarante au col très court, laissant voir les lignes des épaules, par-dessus une chemise en baptiste blanc non fermée au col et descendant jusqu'à mi-jambe et aux talons, des mules de cuir rouge.

- Dites-moi, avant de commencer, pourquoi les Templiers font-ils vraiment des fouilles à Megiddo ?
- Heu... eh bien...

- Tu vois ça, le regard ironique de Mélisende se tourna vers Geoffroy qui venait d'arriver, tout essoufflé. Il recommence. Quand un cardinal est embarrassé, il toussote...

- Oui, vous disiez Éminence ?

- Mais vous le savez parfaitement. Les fouilles sont destinées à retrouver si possible les principales pièces du trésor de Salomon, c'est-à-dire, dans le désordre le Tabernacle, les chérubins, le chandelier, l'Arche d'Alliance... Je ne sais pas, moi...

- Peste ! Quelle liste ! Et alors ?

- Alors ils n'ont encore rien trouvé si ce n'est ces maigres indices, route ou itinéraire vers un lieu inconnu. Du moins dans l'état de nos recherches.

- Concernant... cet itinéraire ?

- Un voyage vers une destination connue par la Bible sous le nom d'Ophir.

- Et qui signifie...

- À ce jour, des hypothèses seulement... une civilisation très ancienne, disparue, comme les Sumériens, un itinéraire pour rejoindre la Haute Égypte, ou le Pays de Pount... Cela a conduit Hilduin à imaginer d'autres hypothèses sur l'objectif réel de cette flotte partant tous les trois ans...

- Et en revenant, elle rapportait de l'ivoire, des métaux précieux.

- Et de l'or.

- Voilà. Nous y arrivons. De l'or.

- Cela concernerait donc les fameuses mines d'or du roi Salomon...

- Mazette, rien que ça...

- Une carte de quoi ?

- En fait, d'après Gontran d'Iberville, le responsable des fouilles qui a longtemps étudié la Bible, il pourrait s'agir d'un itinéraire liturgique, un espèce de chemin intérieur pour les évolutions de l'âme. Puis il est revenu sur sa première impression en décryptant les noms qui sont aussi bien des noms écrits en langue hébraïque qu'en égyptien. Il y a même quelques mots arabes, ou sémitiques en tout cas.

- Et c'est quoi en définitif cet itinéraire avec quelques flèches qui semblent aller et revenir au même point de départ ?

- Il a émis l'idée qu'il pouvait s'agir du plan de dissimulation du trésor du Temple lors de l'invasion de la Judée par les Perses. Un aide-mémoire, en quelque sorte, destiné à des lévites, des prêtres ou autres érudits, pour s'y retrouver. Il y a passé des journées, ainsi que d'autres lettrés de notre Ordre, à le décrypter sans parvenir à une conclusion.

…Les Perses ont dû avoir les mêmes difficultés même s'ils ont capturé des prêtres, les ont torturés, et ont peut-être réussi à les faire parler. Tout ce que nous savons c'est que les Perses en emmenant les Israélites à Babylone ont effectivement emporté ce qu'il est convenu de nommer le trésor du Temple. Mais nous subodorons qu'il ne s'agit que d'un leurre.

…Ce qu'ils ont emporté était la face visible du trésor. La véritable fortune est demeurée intacte, invisible, cachée. Ça pourrait être un plan avec Al Qod comme point de départ car c'est effectivement le nom de Jérusalem dans les deux langues. Mais le reste du jeu nous demeure inconnu. J'ai pensé à vous trois.

Alix et Mélisende l'avaient écouté attentivement sans mot dire. Parfois, Alix tendait la main droite et de l'index paraissait suivre un improbable fil d'Ariane. Mélisende avait contourné la table pour se placer de l'autre côté et considérer à l'envers la carte. Mais elle était aux côtés de d'Albano et sa sœur ne put s'empêcher de sourire.

- Nous en avons fait évidemment des copies, poursuivit

d'Albano. Car nos amis les Teutoniques suivent avec intérêt nos recherches. Ils sont au courant pour la carte. Ils avaient des espions, trois en fait, dans l'équipe des chercheurs. Ils ont plus ou moins participé à la découverte, mais à notre insu. Il n'est pas impossible qu'ils aient pu en tirer une copie.

- Donc les Teutoniques sont au courant ?

- Ils l'étaient immanquablement depuis l'origine de nos fouilles.

- C'est un aller et un retour, évidemment. Mais alors pourquoi le retour n'est-il pas identique à l'aller ?

- Il est formidable, et les jumelles battent des mains. On voit qu'il est le chef de la famille, surenchérit Alix.

- Et il réfléchit bien notre Geoffroy, ajouta Mélisende.

D'Albano sourit pour la première fois et surprit involontairement le coup d'œil que lui jeta à cet instant précis Mélisende, la plus grande des jumelles.

- Tu penses à quelque chose ? fit-il alors qu'il était au fond de lui-même troublé par ce regard.

- Les participants d'un tel voyage ne pouvaient peut-être pas revenir par le même chemin qu'à l'aller... une simple suggestion...

- Et pour quels motifs ?

- L'incertitude de tout voyage, surtout à l'époque. Les risques du métier. Des pillards alléchés par le trésor. On peut trouver toutes sortes de raisons.

- Des passages difficiles qu'on ne peut franchir qu'une fois car s'il s'agit d'une route semée d'obstacles. Il suffit de voir les points barrant le circuit qui peuvent être autant d'embûches imprévues. Ils ont peut-être voulu revenir par un autre itinéraire pour ne pas attirer l'attention.

- Ici on dirait une carcasse d'un animal préhistorique, ou celle d'une baleine ou d'un éléphant, émit sentencieusement Alix.

Geoffroy se pencha alors à son tour en tirant du gousset de sa poche une lentille convergente qu'Al Moustansir lui avait confiée pour être fixée sur un trépied afin d'observer le ballet des constellations dans le ciel nocturne, et non pour truquer des nombres comme ironisait sa sœur.

- Ce n'est pas le cadavre d'une baleine, ni d'un éléphant, ni d'un animal préhistorique. C'est… invraisemblable, parvint-il à dire.

- Vas-y… il faut tout lui arracher aujourd'hui, reprit Alix.

- On dirait la carcasse d'un bateau.

- Hein ? Un bateau ?

- Mal dessiné, assurément. Ne sommes-nous pas, nous autres, gens de Venise, des armateurs. Nous construisons des galères marchandes, largement ventrues, donc nous nous y connaissons un peu. Mais l'allure générale est identique d'un bateau à un autre. C'est pourquoi je dis qu'il pourrait s'agir de l'épave ou du carénage d'un bateau. Attends… non, je me trompe… de deux bateaux.

D'Albano se pencha à son tour sur la carte avec la lentille grossissante que venait de lui passer Geoffroy. Et effectivement, à la place de petites barres plus ou moins incurvées et de couleurs différentes, il distingua l'ossature de deux bateaux.

Sur ces entrefaites, Leila s'amena avec un très gros plat à tajine qui, lorsqu'elle en souleva le couvercle, laissa dissiper mille odeurs d'épices et de cannelle. Des fruits, abricots, amandes, baignaient dans un jus rougeâtre où avait mijoté un agneau. De l'agneau qui broute vraiment de l'herbe, si tu me comprends fit-elle à l'attention d'Alix qui, interloquée, écarquilla les yeux car pensant visiblement autre chose.

- Parce que les agneaux peuvent brouter autre chose que de l'herbe ?

- Dans son pays de Palmyre peut-être où il ne pousse que des fûts de colonnes romaines ou des portiques grecs du temps d'Alexandre, suggéra Mélisende qui se léchait à présent les doigts les uns après les autres. D'Albano refusa le vin mais accepta l'eau fraîche.

C'est au moment où Mélisende appuyait l'index de la main droite sur la carte, à l'endroit précis des courbures et des lignes, que la couleur des barres soudain passa, vira, du bleu au jaune, puis au rouge.

- Sapristi, s'exclamèrent ses doubles, mais qu'est-ce que tu viens de faire ?

- Moi, mais rien du tout, j'ai seulement…

- Attends une seconde, fit le garçon. Il trempa à son tour le majeur de la main gauche dans la sauce de l'agneau, et le planta mieux le frotta sur deux autres barres incurvées. Le même phénomène se reproduisit. La couleur passa du bleu au jaune, puis au rouge.

Alix fit de même.
Mélisende tendit le plat au cardinal.

- C'est à vous à présent, Éminence. Chacun doit faire quelque chose dans cette maison. D'Albano s'exécuta, sans mot dire mais se contenta de tremper ses doigts dans une coupelle d'eau. Il n'obtint pas le même résultat, mais on distinguait cependant des contours nouveaux.

Ils avaient à présent sous les yeux non plus seulement deux coques de bateaux, mais un filet allongé bleu et rouge entre deux plans bruns ou beiges.

- Eh bien c'est pas plus difficile que ça. Et vos illustres et distingués chercheurs, mon cher cardinal, fit Mélisende, ne valent pas tripette. Vous avez drôlement bien fait de venir consulter de vieilles pythies et un astronome de pacotille. Ça va vous coûter de l'argent, ou autre chose…

D'Albano n'hésita qu'une seconde.

- Et qu'est-ce que c'est ?

- Aucune idée, par exemple.

- Mais ça, qu'est-ce que c'est, et Alix souligna une ligne droite ?

- Ça ressemble à un trait vers le point final de l'itinéraire.

- C'est tout droit, parfaitement rectiligne, partant de nulle part - vois, il n'y a pas de point de départ- et finissant là aussi nulle part.

- Un fossé, une faille de l'écorce terrestre à éviter ?

- Une muraille rocheuse à contourner ?

- Et si c'était une route ?

- Mais tu rêves… une route part d'une ville pour conduire à une autre ville… tu ne peux pas avoir une route comme ça, au hasard, n'allant nulle part…

- Si une route ne mène nulle part, et ne vient de nulle part, alors on s'est trompé car c'est incompréhensible.

- Et ce rectangle tout seul, à l'écart, ou qui ressemble à un rectangle.

Et la discussion, sans fin, se poursuivit.

- Ils ont l'air tout joyeux les petits Faraglioni ce soir, fit l'ombre à une autre ombre complice. Tu vois ce qu'ils font, à part le fait de rire ?

- D'Albano a déplié l'original de la carte dont nous avons une copie. Le garçon a deviné quelque chose à cause d'une sorte de loupe qui lui sert pour des observations dans le ciel. Et les filles rient comme de petites folles, font des réflexions sans queue ni tête, surtout la plus grande. Il y en a même une qui au lieu de se servir de sa fourchette à deux dents qui sont de la dernière mode, se sert même de ses doigts pour manger pour ensuite les lécher méticuleusement. Mais apparemment, ils ne semblent pas préoccupés par la carte sauf le garçon et le cardinal.

- Rentrons à présent, et la première ombre se glissa sans bruit sous les cyprès.

- Tiens le cardinal enroule à nouveau son parchemin et se lève.

- Nom de dieu, reviens et regarde, là, dans leur appartement !

Si les Teutoniques n'en tombèrent pas d'émotion dans leur perchoir improvisé, c'est qu'ils se promettaient, sitôt revenus au poste de garde, d'en parler à leurs collègues. Car pour une initiative amoureuse, c'était assurément une sacrée initiative. Du jamais vu, même en Poméranie.

Les deux hommes s'enfoncèrent dans la pénombre pour rejoindre leur commanderie, passablement perturbés et émoustillés. Leur vœu de chasteté allait en prendre un bon coup.

CHAPITRE XVIII

Où l'on reparle de la première croisade

Quelques jours plus tard, les Templiers qui menaient des recherches en un endroit près de Megiddo, mirent la main sur une pierre reproduisant pratiquement à l'identique la configuration de l'itinéraire précédemment reconnu sur le parchemin remis à D'Albano.

Il s'agissait d'une pierre de granit où l'estampilleur avait semble-t-il œuvré avec un burin et un marteau très petits pour dessiner ce qui pouvait ressembler à un itinéraire. Ils le remirent donc à D'Albano.

Il convoqua donc Geoffroy Faraglioni à la commanderie et mit un certain temps à comprendre qu'il s'agissait d'Alix sous son travestissement de marchand vénitien.

- C'est moi aujourd'hui le chef de famille. En quoi mes modestes talents peuvent-ils être d'une quelconque utilité pour votre Éminence ?

- Ne te moque pas. Nous avons un nouvel indice et il lui sortit la tablette de granit.

- À peu près le même itinéraire que l'autre soir avec des variations. Donc il va falloir faire apparaître un autre indice.

- On a pu dater la pierre ? Je veux dire par rapport à la carte de l'autre soir ?

- Avec précision, certes non. Mais indiscutablement, d'après Hilduin qui, bien que ne participant pas directement aux fouilles, les suit cependant avec attention, il s'agirait d'un granit noir de Haute Égypte avec des hiéroglyphes égyptiens. Donc, normalement, la pierre est antérieure à la carte. Déchiffrer les hiéroglyphes a été un travail de longue haleine. Heureusement, certains glyphes nous sont connus car répétitifs : l'eau, la lune, des hommes, des bateaux. Ce qui fait qu'un ensemble se dessine sans pouvoir appréhender la globalité.

-   Il s'agit donc bien d'un itinéraire ?

-   Vraisemblablement. Toujours d'après Hilduin, l'expédition qui a établi ce schéma a emprunté au retour semble-t-il, le même chemin qu'à l'aller. Alors bien sûr, il est plus facile à présent de penser vraiment au légendaire Pays de Pount mais sans pouvoir le situer géographiquement. Il y a de l'eau, ici, là, et il désigna les caractères égyptiens pour l'eau. Ont-ils franchi une mer ou un vaste océan, ont-ils seulement remonté le Nil, celui qui rejoint un autre fleuve dans la petite ville de Khartoum, on ne le sait pas. Il y a là, pour expliquer ce que je viens de dire, des chiffres égyptiens marquant une longue durée. Le nombre trois par exemple, qui revient également souvent dans la langue arabe mais qui veut dire plusieurs, c'est-à-dire beaucoup. Des mois, des années, qui sait ?

Alix avait écouté avec attention le descriptif que faisait d'Albano de la pierre, penchée sur elle.

-   Et ça, fît-elle en désignant un carré plutôt un carré long juste à côté du glyphe de l'eau ?

-   Toujours le même raisonnement que l'autre jour. De l'eau. Enfin, c'est une hypothèse. Car ici c'est un carré et sur la carte c'est un rectangle. De quoi s'y perdre abondamment. Hilduin l'a considéré aussi mais répond qu'il n'a pas d'explication. Le carré long est parfois un hiéroglyphe égyptien mais associé à certains éléments comme l'eau, il peut prendre une signification qui demeure codée et qui là nous demeure inconnue.

Alix se tut, laissant le cardinal diriger enfin la vraie discussion.

Il finit par lâcher qu'indépendamment des fouilles entreprises, à Megiddo -et qui actuellement ne trompaient plus personne- l'Ordre du Temple, sur injonction supérieure, était à la recherche de croisés, disparus, morts, prisonniers lors de la première croisade. Puis insensiblement il en était venu à préciser la recherche, un garçon pour les Teutoniques, une fille pour les Templiers.

Mais Alix, toujours pragmatique, avait martelé :

- Mais enfin, Éminence, sans vous offenser, l'Ordre des cisterciens théoriquement fondateur de votre Ordre du Temple - puisqu'en fait vous faites partie des deux- doit avoir quand même quelques indices.

- Mais indirectement. Mais nous ne sommes pas les seuls.

Et il revint sur les ambitions des Hohenstaufen.

- Mais enfin, répéta Alix, vous avez sûrement des traces tangibles de ce garçon ou de cette fille !

- Des traces… assurément non… quelques lignes sur les chroniques du temps. Je les connais par cœur, je les ai fait analyser par les meilleurs lettrés. Ils n'ont rien décrypté de leur sens.

- Que disaient-ils ces mots, interrogea Alix ?

- « Lorsque vous y serez se produira l'événement ».

Mélisende quittant à ce moment la commanderie, tenue par le bras à la manière arabe par Ilghazi. Elle décida de se moquer d'un petit contingent templier arrivé la veille en renfort et qui les considérait avec ironie voire même des sarcasmes.

- Vous venez finir la croisade, leur jeta-t-elle !

- La croisade… quelle croisade croassa l'un d'entre eux ?

- Mais celle qui a commencé il y a cinquante ans !

- Ah, ah, la bonne blague !

- Il ne me croit pas, lança-t-elle à Ilghazi qui n'aimait pas trop le tour pris par la discussion.

Elle continua.

- D'habitude ils envoient de forts gaillards… ici… une bande de freluquets à qui…

Elle fut interrompue par un concert de vociférations.

- Et toi, tu y étais peut-être à la croisade ?
- Mais bien sûr.
- Ah, ah, et les ricanements reprirent de plus belle.
- Tu fais très jeune pour un vieux vieillard !
- Allez, viens, ordonna Ilghazi, ça suffit.

La scène fut rapportée à d'autres Templiers, à des anciens qui du coup prirent à partie Geoffroy Faraglioni à la première occasion.

- Mais tu ne nous avais jamais dit que tu avais participé à la défense de Jérusalem. Maintenant il y a prescription. Quoique…

- Raconte nous ça mon petit Geoffroy, c'est toujours intéressant de se rafraîchir la mémoire.

- Eh bien voilà. Peu d'heures après que les portes eurent été éventrées, les croisés…

- Tu sais que Geoffroy n'est pas mal quand il parle de la première croisade. Si… si… je t'assure…

CHAPITRE XIX

L'enquête templière, Âcre 1149

Sous la pression des événements, d'Albano s'était finalement résolu à lancer son service de renseignements officiel sur la piste des éventuels survivants de 1099. Les chroniques de l'époque allaient servir de base et il était difficile d'ignorer que les Teutoniques étaient, eux, sur la piste d'un garçon.

La commanderie templière d'Acre était située en bordure de mer, protégée par d'imposantes murailles. Un chemin de ronde en limite des ruelles en interdisait l'accès. Par précaution, les Templiers, à peine installés dans le port, s'étaient rendus maîtres du quartier en y logeant des familles qui leur étaient acquises. Aussi, ceux du service de renseignements pouvaient l'approcher sans crainte d'être suivis.

Les trois premiers avaient rejoint la commanderie par un lacis de ruelles descendant vers la mer, longeant des échoppes tenues par des chrétiens orientaux. Les deux derniers regagnèrent le lieu à bord d'une barcasse et arrivèrent directement au pied d'un escalier tombant dans la mer, et accrochèrent leurs cordes à la bite d'amarrage.

Ils descendirent ensuite, sans se croiser, les marches menant à la salle capitulaire située au premier sous-sol. Ils prirent place autour d'une table rectangulaire, deux en face des deux autres, le responsable en bout de la table de chêne.

- Nous commençons par toi, et il se tourna vers le premier Templier assis à sa droite, nommé Bernhard, et qui semblait le meneur du groupe.

- Nous partons d'un fait hypothétique, invérifiable, à savoir un garçon pour eux, une fille pour nous. Qui a créé délibérément cette confusion ?

- A mes yeux, une romance entre une femme arabe et un de nos plus prestigieux anciens, le comte de Champagne, relève de l'illusion la plus complète. Pourquoi ? Mais parce qu'elle nous lance à l'aveuglette sur une fausse piste. Je ne puis croire que Hughes de Champagne, marié, père de famille, déjà assez âgé, ait eu une aventure avec une telle fille.

Bernhard sentit bien que le doute s'était quasiment installé dans leurs têtes. Mais rien n'y faisait. Ils s'y accrochaient. Un peu par devoir, beaucoup par obéissance, et tous parce qu'il y avait là une énigme fascinante qu'ils brûlaient de résoudre. Donc ils cherchaient. Et ils reprenaient les feuillets où ils avaient condensé leurs enquêtes.

- Commençons par la cicatrice. J'ai là, et Bernhard tapotait un parchemin, la relation qu'a faite de la première croisade, précisément l'écuyer du comte de Champagne, il n'y narre nullement une rencontre avec une femme arabe.
- Mais bien sûr, répliquait un autre, il n'allait pas chanter son aventure sur les toits des églises d'Occident !
- Cependant, il y a un passage intéressant, ajoutait un autre. Laisse-moi le chercher. Voilà. Il reconnaît lui-même que parfois ses compagnons le suivaient des yeux. Il complétait avec « lorsque il s'aventurait dans les souterrains du palais de Salomon ».
- Tu peux prendre le verbe s'aventurer dans un sens plus évocateur.
- Je continue, poursuivait celui qui avait le manuscrit. Donc il envoie une missive en Occident et là, ça devient intéressant.
- Attends ! Il n'est pas rentré en Occident ? Serait-il mort ici à Jérusalem ?
- Précisément c'est là où le bât blesse. Faute de manifeste des navires concernant leurs passagers, force nous est de considérer ce point comme ouvert. Il a pu revenir en informer un supérieur en Occident et revenir ici après. Mais il a sûrement envoyé une missive.
- Revenir ici ? Pour rencontrer ou retrouver cette fille ?

Bernhard laissait un moment son regard parcourir les hautes voûtes de la salle capitulaire. La lumière y tombait par des soupiraux aménagés sur le pourtour des coupoles mais obstruées par un espace de vitrail composé d'un minerai translucide mais recouvert d'une colle relativement opaque. Ainsi, même en se mettant à plat ventre dans la ruelle ou le sol au-dessus, on ne pouvait deviner quels Templiers étaient venus. Il reprit la parole.

-       N'en faisons pas une obsession, voulez-vous. Il est certain, à nos yeux, du moins aujourd'hui, que l'Occident ait été au courant. Et au courant de tout. Pas seulement de ce qu'il a pu trouver dans le souterrain. D'autant que si Hughes de Champagne a murmuré à mi-voix à certains de ses amis, comme s'il pensait à autre chose, mais pour être sûr qu'au moins l'un d'entre eux comprendrait, qu'ils ont à présent le moyen de réaliser leur fantastique projet, on passera sous silence la romance en question. Donc ils ont mis le paquet.

-       Je comprends mieux à présent l'engouement irrésistible de l'Occident en très peu d'années -si l'on considère le manque réel de communication- pour se faire admettre à tout prix dans l'Ordre du Temple.

-       Tu as raison. A tout prix est exact. Si vous voulez entrer chez nous, leur ont-ils dit, tout était bon, legs, dons, apports de riches terres, bétail, forêts, et ce n'est pas, tu en conviendras, parce que six chevaliers reviennent du Temple de Salomon avec un petit projet de rien du tout. Ils sont au contraire plusieurs dizaines œuvrant en secret ici en Orient depuis la fin de la première croisade, sinon rien ne s'explique et rien ne tient la route comme les chroniques de l'époque tentent de nous le faire croire. Ils envoient des dizaines de chevaliers en Occident pour y prêcher la bonne parole car ils vont créer un ordre de chevaliers inédit militaro-religieux.

Cette salle voûtée avait dû entendre des secrets, songeait le Templier de gauche qui n'avait pas encore pris la parole. Ou plus exactement à qui on ne l'avait pas encore donnée. Semblable aux autres, maigre à faire peur, une barbe fournie lui mangeait le visage, et presque chauve un Champenois, ne l'oublions pas, pensait

Bernhard. Voyons ce qu'il a à dire.

- C'est un aspect fort méconnu de l'histoire de notre ordre, mais nous en constatons aujourd'hui les réalités. Les moyens financiers ont été constitués par les apports de nos frères, comme investissement de départ en attendant l'arrivée massive de l'or. Aujourd'hui nous ne pouvons plus attendre car tout simplement nous sommes à sec et nos coffres sont vides.

- D'accord. Mais il a bien fallu, tu le dis toi-même, apporter de l'or, le leur montrer. Ce que je veux dire c'est que quelqu'un est forcément allé là-bas, en Afrique ou en Orient, le chercher et le trouver. C'est peut-être Hughes de Champagne ou cette fille. Donc les plans étaient bons. Ils sont toujours bons à mon avis. Et la fille le sait. Elle ou ses descendants.

- Mais Hugues de Champagne aussi, insista Bernhard ?

- Lui, il a pu y aller effectivement, mais je ne le crois pas. Il avait été même légèrement blessé au siège de Ascalon. Il n'a pu entreprendre seul une telle expédition, je parierai davantage sur le garçon… Ou la fille…

- Donc ils ont dû exploiter les mines d'or après.

- C'est vraisemblable. Juste de quoi rapporter en Occident la preuve indéniable de leurs exploits.

Sigismond se tut pour mettre de l'ordre dans son esprit, en parcourant les feuillets étalés devant lui et qu'il rassembla ensuite pour se donner l'impression que l'apparent chaos des propos avait, temporairement, disparu.

- Frère Edmond, tu as la parole. Et ce personnage, garçon ou fille ? Précisément tu sembles avoir une idée paradoxale d'après tes notes. Je veux dire, poursuivit Bernhard, pourquoi ne se sont-ils pas manifestés ?

- Mais auprès de qui ? Ils devaient se méfier de tous. Ou alors ils sont morts, sans descendants.

- Mais les mines d'or, où en sont-elles ?

La sempiternelle question revenait, lancinante, et sans réponse.

- Puis-je intervenir, fit le quatrième Templier en levant la main ?

- Vas-y, frère Arnold.

- J'ai en fait une autre question se superposant à la première. Comment se fait-il que les populations locales n'en aient jamais entendu parler ? Je crois au contraire qu'elles les ont exploitées, ont gardé pour elles le magot et descendent les aventuriers les plus audacieux pour s'en approcher.

- D'un autre côté, si ces populations locales les avaient vraiment exploitées, alors l'or aurait forcément circulé depuis l'Afrique jusqu'au Caire ou même ici. Un peuple, ayant à sa disposition une telle richesse s'en serait servi pour lever des armées, faire des conquêtes. Et on l'aurait su inévitablement. Or rien n'a transpiré d'un tel événement il y a des centaines d'années ou même aujourd'hui. À croire… non… c'est idiot…

- Oui, poursuis Frère Arnold !

- Eh bien, à croire que ces mines d'or n'ont jamais existé ou n'ont jamais été exploitées depuis plus d'un millénaire. Par ailleurs, il existe une autre explication. Beaucoup plus simple et correspondant au degré de civilisation d'une telle peuplade. Pour nous, aujourd'hui, l'or est vital. Il permet l'acquisition de tout ce que le monde peut offrir : navires, cargaisons, mercenaires, armes, citadelles, etc. mais pour ce peuple dormant sur les mines d'or, l'or n'avait peut-être aucune valeur, sauf peut-être pour des objets rituels ou religieux.

Bernhard, quant à lui, venait d'avoir une autre idée, qu'il décida de jeter dans la balance.

- A moins que d'Albano ne joue un jeu très ambigu, et je ne le vois pas en train de lancer ses plus fins limiers, et les nôtres par la même occasion, sur une piste datant de la première croisade. Même pour nous en mettre plein la vue ou nous leurrer, et nous embarquer dans une mauvaise direction. Il cherche autre chose ou les deux en même temps. Un homme ou une femme avec les mines d'or. Trop compliqué quand même.

Et le chapitre des Templiers clôtura ses travaux sans avoir avancé d'un pouce. Pour la petite histoire secrète, celui des Teutoniques s'acheva sur un constat identique. Mais eux recherchaient le petit jeune homme de Palerme que le père de l'Empereur actuel avait cru revoir en 1099.

CHAPITRE XX

L'Empereur

Leila monta quatre à quatre l'escalier menant à la chambre de Mélisende.

- Il est… non ils sont encore là…

- Qui ça ?

- Le Teutonique de la dernière fois.

- C'est pas prévu. Pourquoi revient-il ?

- Tu le lui demanderas…

- Pourquoi as-tu dit ils… Combien sont-ils ?

- Deux… lui le comte, puis un autre derrière lui et qui ne parle pas

- Fais les attendre.

- Il arrive messire Comte…

Leila ne leur proposa même pas de s'asseoir, pour deux raisons. Ils faisaient les cents pas devant la villa, fort impatients, et ensuite elle n'avaient que deux tabourets dans sa cuisine. On n'offre pas de tabourets à des princes de haut lignage.

Le second personnage s'était éloigné toujours sans parler, attendant et se dirigeant vers la grille d'entrée puis en revenant. Enfin Geoffroy parut.

- Qu'y a-t-il à votre service Comte ?

- Je suis revenu parler de notre affaire d'embarquer des chevaliers de notre ordre.

- Comte, je vous coupe... vous n'avez pas d'argent et vous

n'êtes pas près d'en avoir. Cela ne souffre aucune discussion.

-     Mais je voulais vous expliquer que nous pouvons trouver un arrangement.

-     Comte, désolé, c'est non. Nous sommes des marchands. En cette affaire, l'usage est de verser un acompte à la commande. La moitié au moment de l'embarquement.

-     J'avais bien entendu, cependant…

-     Comte, si vous me versiez immédiatement un tiers à la commande, je vous prierais volontiers de vous asseoir.

-     Mais…

-     Laisse-nous.

La voix métallique martela ces deux mots. Le comte se retourna.

-     Mais...

-     Laisse-nous, te dis-je.

Hermann se recula et fit quelques pas en arrière. L'autre se dressait, très grand devant Mélisende. Il la dominait d'une bonne coudée.

-     Je vais discuter avec ce jeune homme.

-     Avant de poursuivre toute discussion, quel est votre nom je vous prie ?

-     Inutile.

-     Indispensable.

-     Inutile, vous dis-je.

-     Désolé, vous connaissez le mien. Je ne connais pas le vôtre.

Hermann Von Selza s'était rapproché. L'affaire prenait une mauvaise tournure. Leila voyait un drame arriver à grands pas. L'autre se retourna furieux en voyant le comte prêt à s'interposer.

-     Éloigne-toi.

-     Comment, il était entendu…

- Va-t'en !

- Que je vous laisse seul avec… Et il désigna Leila.

- Emmène-la avec toi.

- Non, s'écria Mélisende. Elle reste. Je suis ici chez moi.

- Reste alors près de la porte, maugréa l'autre.

Son visage était resté dissimulé durant tout cet aparté par le haut col relevé de la cape. D'un geste brusque il le rabattit et se présenta à Mélisende.

- Dois-je vous dire à présent qui je suis.

- Non.

- Et pourquoi cela après votre altercation.

- Parce que je le sais.

- Ah.

- Vous êtes évidemment celui que j'attends.

- Moi ?

- Oui, Sire.

- Silence ! ne prononcez pas ce mot-là.

- Alors comment dois-je vous appelez votre…

- Aucun nom.

Ils se turent et ce moment de silence était seulement le signe que la lutte allait vraiment commencer. L'étranger allait et venait dans la pièce, jetant un regard indéchiffrable sur Mélisende qui se tenait très droite. Elle attendait, mais le visage grave, sans ce sourire d'ironie qu'aimait Leila. Mais au fond de son être elle jouissait de la prodigieuse situation, elle, une fille de dix-sept ans, et l'autre, le demi-dieu germanique, l'héritier de Charlemagne, comme il s'autoproclamait.

L'étranger s'arrêta.
Et tout de suite on fut au cœur de la position.

- Le premier mars est dans presque une semaine.

- Oui.

- Vous embarquez sur un convoi de galères mes cinq cents chevaliers, leurs chevaux, des vivres à destination de Venise.

- Oui.

- Vous les débarquez et en échange pour le fret de retour vous en ramenez l'exacte cargaison similaire à la première.

- Oui.

- Vous ne serez pas payé car je n'ai pas d'argent comme vous le dites si bien, mais je suis persuadé que vous y avez réfléchi.

- Oui.

L'étranger parlait toujours de sa voix métallique, profondément désagréable mais calmement. Il n'ordonnait ni ne questionnait. Il énonçait seulement des actes inévitables. Et ce quelques fussent les exigences de Mélisende.

Un spectateur non averti eut trouvé cette situation paradoxale ou ahurissante. L'instant auparavant, d'une manière quasi insultante, le Vénitien avait repoussé, rejeté même, avec mépris, la conversation avec Von Selza et là, ce jeune homme acceptait sans broncher les affirmations de l'Empereur.

L'autre le dévisagea.

- Vous connaissez le secret ?

- Non, mais j'en ai deviné une partie.

Et ce même spectateur trouverait saugrenu, inopportun et risible une discussion où un petit jeune homme de rien du tout, détenteur apparemment d'un lourd secret avoue sans y être contraint, sans avoir été torturé savamment qu'il a une intuition à peu près sûre du secret des mines d'or de Salomon.

- Le prix à présent.

- Celui de la cargaison, il va sans dire.

- Oui.

- J'ai jeté sur le papier quelques indications. Et Mélisende de se saisir dans sa botte gauche d'une feuille pliée en quatre.

L'autre s'en saisit de sa main gauche et la déplia. Il lut. Pas un muscle de son visage ne tressaillit. Parfois il était en proie à des tics nerveux lorsque les choses n'allaient pas assez vite à son gré. Là, rien. Il était à nouveau indéchiffrable.

Il jeta le papier sur la table sans le rendre à Mélisende.

- Approche, lança-t-il !

Von Selza se précipite.

- Oui, Sire ?

- Nous sommes d'accords avec ce jeune homme. Tu feras ce qui est écrit ici.

Von Selza ne put s'empêcher de lire à haute voix.

- Pendant deux ans, libre accès aux villes hanséatiques de Brème et Hambourg. Libre circulation sur le Danube, obtention des revenus des terres teutoniques en Poméranie autour de Marienburg. Et… ça c'est impossible.

- Tais-toi. Lis...

Von Selza continua, fortement ébranlé.

- En cas de non-paiement… Non, pas ça, s'écria-t-il. La forteresse du Chastelet ici en Orient avec tout son matériel de guerre, mais, voyons…

- Tu verras ça avec ce jeune homme.

Et il tourna les talons.
Von Selza fixait d'un œil égaré et atone le document, celui du paiement en des termes peu qualifiables… inadmissibles.
Elle est folle, se demanda Leila, sentant venir un séisme.

Déjà l'étranger revenait.

- Donnez-moi votre main.

Là, Mélisende se trompa.
Elle crut tout à son triomphe, qu'il voulait, en lui serrant la main, comme deux marchands sceller leur accord. Elle tendit donc le bras.

L'autre le lui retourna pour voir le cal de sa main.

- Vous êtes donc la sœur, fit-il. Je m'en doutais.

Et il partit à grands pas, suivi de son conseiller.

CHAPITRE XXI

Révélations sur l'Ordre du Temple 1149

Les Faraglioni menaient à leur tour leur enquête. Alix, avec le cardinal, étudiait les différents embryons de pistes, Geoffroy et Mélisende, chacun de leur côté, allaient espionner les fouilles entreprises à Megiddo à deux jours de chevauchée d'Acre.

Le soir était lentement descendu. Au loin sur la méditerranée, le soleil couchant rougeoyait de ses derniers rayons et la nuit tombait brusquement. Avant même que les premières étoiles ne surviennent.

Leila avait depuis longtemps dressé une petite table sur la plus haute terrasse de la villa dominant la baie. Mais aucun de ses maîtres n'était rentré. Elle désespérait. Tout allait lamentablement refroidir. Elle n'arrêtait pas, terriblement inquiète, de faire des allers et retours entre sa cuisine, le portail d'entrée et la terrasse. Quand enfin Alix surgit la première, habillée en garçon, le front soucieux.

- Que t'arrive-t-il, lui jeta Leila ?

- Il y a tout simplement trop de cartes, trop d'itinéraires en circulation pour retrouver les mines d'or. Si avec cela les Templiers ne les retrouvent pas, c'est à désespérer.

- Tu as raison.

- Mélisende ?

- Pas là.

- Geoffroy ?

- Non plus.

- Amène-moi de la bière. Bien fraîche. Je vais les attendre en haut.

Geoffroy jeta les longes de son cheval à un commis et sauta à terre. Il était en nage, revenant de Megiddo, et de plus furieux, car rien n'avait marché. Les espions des Teutoniques, sous couverts d'habits templiers, avaient bien été démasqués par Hilduin dûment chapitré par d'Albano, tués même, mais ils avaient eu le temps de faire des dégâts et de transmettre des informations. Le fait que tout se soit déroulé à Megiddo n'apportait pas d'indice supplémentaire quant à l'existence plus ou réelle des mines d'or.

Et enfin, parut Mélisende. Elle aussi en garçon. Leila se fit la réflexion que des trois Faraglioni, c'était encore Mélisende la plus convaincante dans son rôle de Geoffroy. Oui, mais pourquoi son cardinal la poursuit-il ainsi ? Qu'est-ce qu'il peut bien lui trouver ? Et elle, elle tremble comme une gazelle dès qu'il lui adresse la parole. Elle fond comme un sorbet.

- J'étais aussi à Megiddo.

- Qui ? Toi ? Quand ?

- Pas tant de questions. Hier. Hier soir, à la tombée de la nuit, déguisée en vieille femme venant apporter un maigre repas aux ouvriers travaillant et dormant sur le chantier. Et je l'ai vu.

La deuxième phrase tomba comme un couperet. Ni Alix ni Geoffroy ne demandèrent ce que leur sœur avait bien pu apercevoir. L'évidence venait, éclatante, de leur sauter aux yeux. Alors que Geoffroy se contenta d'un regard interrogatif, Alix s'enhardit :

- Lui... ?

- Déguisé magnifiquement en frère servant le Temple, presque en fellah, il maniait d'ailleurs fort bien la pelle et la pioche sans perdre un mot de ce qui se disait autour de lui. Je l'ai même aperçu parlant avec Hilduin qui ne s'est rendu compte de rien, et dieu pourtant qu'il était averti. Il fait tout par lui-même cet homme-là. Et il est reparti très gentiment, très doucement, la nuit une fois tombée, une solide escorte l'attendait à plus d'une lieue des fouilles.

Leila, enfin rassurée, apporta deux autres bières et un mélange de hors d'œuvres froids. Ils parlèrent pendant des heures, tout à leurs interrogations personnelles.

- Quant à moi, j'ai participé, d'ailleurs à la demande du cardinal, aux dernières fouilles de Megiddo, intervint Geoffroy. Ce que je prenais au départ pour la recherche d'éléments déterminants concernant Salomon et ses mines s'avéra rapidement faux. Car il se produisit un événement totalement inattendu.

Car lors du déjeuner rapide avec d'autres ouvriers arabes, je ne sais pas comment la conversation avec eux a porté sur le nombre d'années des fouilles. J'ai dû dire une phrase du genre « Depuis dix ans qu'ils creusent, retournent, font des trous, ils auraient dû trouver quelque chose, non ? ».

- Tu plaisantes mon jeune ami, me rétorqua un musulman très très vieux, édenté, mais au regard noir acéré. Ils fouillent depuis la fin de la première croisade.

D'émotion, je m'en étais relevé et je bégayai.

- Tu viens de dire depuis la fin de la première croisade ? Mais c'est impossible. Il n'y avait pas de Templiers, en 1099. Je connais l'histoire du temple. Il a été créé en 1128 officiellement il y a vingt et un ans. Alors…

- Tu n'y connais rien. J'étais déjà là. C'est même moi qui aie ouvert le chantier sous leurs instructions.

- Tu veux dire que tu étais là au commencement ?

- Exactement.

- Et qu'il y avait déjà des Templiers ?

- Je me tue à te le répéter.

- Mais ces Templiers dont tu parles, qui étaient-ils vraiment ?

- Sans uniforme, mais ils étaient déjà là.

- Il est vrai, je crois en avoir vu, le coupa Mélisende, lorsque je fuyais la tour de David incendiée et minée par Tancrède de Sicile. Ils essayaient d'y mettre bon ordre, de stopper le carnage. Je m'en rends compte à présent.

Alix éclata de rire.

- Arrête de raconter n'importe quoi mais combien étaient-ils en vérité ?

- Maintenant que tu m'y fais songer… une petite dizaine… mais des comtes, des princes, pas du menu fretin, ni de simples chevaliers.

- Mélisende, ne te moque pas de nous, car tu ne pouvais pas…

C'était devenu un jeu entre eux.

- Si on ne peut plus plaisanter mon chéri ! J'ai seulement entendu des bruits, des rumeurs, comme vous. Certainement lors de nos déplacements en Orient.

- D'Albano a d'ailleurs une expression pour ça. Retrouver la mémoire de nos mémoires... il appelle ça dans son jargon de théologien une anamnèse.

- Mazette, s'il faut subir une anamnèse…

- Voyons, il y a avait…

- Ne te fous pas de nous.

- Écoute, tu connais les armoiries, du prince de Flandres, d'Albrecht de Thuringe, de Rupert de Lotharingie, du comte de Champagne, et bref de tout un tas de types bien lignés.

- Mais d'où sors-tu ces noms ?

- Ils viennent comme ça dans mes pensées.

- Alors ce seraient eux les premiers Templiers, c'est impossible, tu nous fais marcher.

- Mais Geoffroy ne vient-il pas de nous assurer ce que lui a répété cet ouvrier dans les fouilles de Megiddo, et ne disait-il pas il y a un instant que l'Ordre que nous connaissons est le second, suggéra Alix ?

- Simple hypothèse, fit le garçon, car l'ouvrier a peut-être voulu se rendre intéressant.

- Taratata… mon chéri ne te fous pas de nous à présent. Plus qu'une hypothèse, intervint Mélisende. Une certitude, car si c'est vrai alors tout s'explique.

Le silence survint brusquement sur cette affirmation sans réplique.

- Tu veux dire, reprit Alix, que la croisade a été minutieusement préparée par ces hommes-là, qu'ils s'attendaient évidemment à des milliers de morts, mais pas à la boucherie phénoménale de juillet 1099 ?

- Oui.

- Et que leur but était de reprendre Jérusalem, le plus rapidement possible, aux Turcs et non aux Arabes, renseignés qu'ils étaient par leurs propres informateurs, et que leur but une fois parvenus à Jérusalem était de procéder immédiatement à des fouilles ?

- Exactement. Et puis quelque chose n'a pas marché, a dérapé, conclut Mélisende. Mais finalement ils ont fini et par avoir raison et par gagner. Car la fondation de l'Ordre du Temple a bel et bien été suscitée par la réaction survenue lorsque la nouvelle du carnage a été connue en Occident. Je veux parler de son officialisation.

Elle se tut. Les étoiles pâlissaient au-dessus de leur tête. L'horizon blanchissait. La nuit allait disparaître très rapidement.

- Donc, avança Alix avec précaution, un Ordre du Temple fondé par Bernard de Clairvaux en 1128 est un mensonge.

- Pas du tout, s'exclama Mélisende. Pas du tout. On l'a fait croire. Ce qui est différent, notablement différent. Je crois au contraire qu'ayant pris beaucoup d'importance en Terre Sainte, il a bien fallu régulariser la situation.

- Alors, cet Ordre du Temple que nous côtoyons tous les jours…

- Est le second en vérité, admit le garçon, l'officiel en quelque sorte.

- Et le premier ? Où est-il ?

-    Il est toujours là, à mon avis.

-    Et d'Albano le sait ?

-    Comment pourrait-il ne pas le savoir ?

-    Les Templiers font des fouilles dans les souterrains de Temple de Salomon à Jérusalem, depuis trente ans ou plus, reprit Mélisende. Mais c'est un leurre, un trompe-l'œil. Ils l'ont fait croire, invitant même d'autres éminents savants et lettrés d'ordre militaro-religieux différents à venir y participer. Ils n'ont jamais rien trouvé et pour cause. Le Temple de Salomon n'est pas à Jérusalem.

-    Tu vas bientôt me dire que Salomon non plus n'a pas existé ! Et c'est pourquoi ils cherchent sans se dissimuler, à Megiddo. Mais ils s'y prennent vraiment trop mal.

-    Hilduin pourrait te faire tout un cours la dessus. Salomon était un chef de guerre, le chef d'un clan, d'une tribu d'Israël. Ce n'est pas pareil. Aucune annale perse, mésopotamienne, égyptienne, ne parle de lui vivant à la même époque que les plus grands pharaons. Leurs scribes notaient pourtant tout ce qui se passait à l'extérieur de leurs frontières.

-    Mais alors, toutes ces histoires, ces secrets, ces mines d'or ?

-    Ça, c'est différent. Les mines d'or, tout le monde en parle, à commencer par les Égyptiens avec leur légendaire pays de Pount, aux sources du Nil bleu, les Éthiopiens du Nord sans oublier Crésus et son fleuve, le Pactole. Donc l'or a toujours existé et il y a toujours eu des expéditions envoyées pour le trouver. Tous les chefs de guerre s'emparant des trésors des villes vaincues ont mis la main sur les trésors du Temple. Tout était à base d'or.

…Alors qui se targuait d'avoir, à lui seul, des mines d'or, pouvait certes passer pour un grand personnage. Et la Bible a tout idéalisé, c'était de bonne guerre. Mais elle s'est bien gardée d'indiquer où elles se trouvaient. D'ailleurs, à la mort de Salomon, on n'en parle plus. Tu ne trouves pas ça bizarre ?

- Mais ces types qui ont commencé les fouilles dès la première croisade, ou bien avant…

- Qu'est-ce que tu viens de dire ?

- Que des gens venus d'Occident ont vraisemblablement initié des fouilles bien avant la première Croisade.

- Le résultat de tout ça ?

- Ils n'en ont jamais parlé. Ça fait maintenant plus de soixante ans. Plusieurs explications viennent à l'esprit. Ils ont mis la main dessus, n'ont rien dit, et surtout ne bougent plus. Ou tout est reparti au fond d'une abbaye. Ou ils n'ont pas découvert l'endroit, leurs explications ont été des échecs. Ou ils se sont fait piquer l'or au retour.

- Et pourquoi nous à présent ? Pourquoi d'Albano avec son air sournois…

- Ah, enfin une bonne question !

- Reprenons depuis le début.

Et le garçon alla chercher une bible.

- Tiens. J'ouvre la Bible au hasard, fit-il.
« *Tous les trois ans, la flotte de Tarsis, c'est Tortosa de nos jours, plus celle d'Hiram, faisaient le tour de l'Afrique et revenaient chargée d'argent, d'or…* ».

- Et l'or déjà fondu en barre avec l'effigie du roi, pour faire sérieux. Car il battait monnaie, Salomon.

- Ça te va de te moquer. Je continue.

- La flotte de Tyr apporte l'or d'Ophir. C'est précis ça au moins.

- Et c'est où Ophir ?

- Aucune idée.

- Tu vois.

- Avec du bois d'Almuggin, des pierres précieuses. C'est la Bible toujours qui l'affirme.

- Qu'est-ce que c'est le bois d'Almuggin ?

- Aucune idée non plus. Il n'y a pas d'explication. Et personne n'en a jamais fourni.

- Tu vois.

- Tiens, ils ne parlent pas de faire le tour de l'Afrique - à l'époque, c'est vrai, personne apparemment ne l'avait fait - mais d'une expédition longeant le côté oriental de l'Afrique pour aller...

- Pour aller où ?

- C'est pas écrit... mais ils ont très bien pu débarquer en un point plus ou moins connu pour ensuite s'enfoncer au cœur du continent.

- A mon tour à présent. Passe-moi le livre.

- Ah, voilà. Psaume 45. Je savais bien. Écoute mon chéri : *« parmi tes biens aimées qui sont les filles du roi, il en est une, à ta droite, sous les ors d'Ophir... »*

- J'ai encore des références, et Geoffroy sortit une feuille de papier de Chine où était portée une suite ininterrompue d'inscriptions. Je vous lis : Livre des Rois 9.28, 10.11. Ésaü 13.12. Psaume 45.10. Livre de Job 22.24, 28.16... je continue.

- Bravo mon chéri. Pour du travail soigné c'est du travail soigné. On en a saupoudré un peu partout de ces fameuses pépites d'or. Quel miroir aux alouettes !

- Alors si c'est vraiment vrai -comment, ça ne se dit pas ?- les Templiers ont mal cherché.

- Bien sûr qu'ils ont mal cherché, reprit Mélisende. Je me tue à le dire et j'ajouterais, délibérément.

- Délibérément ? Ça, par exemple !

CHAPITRE XXII

La cicatrice

À l'instar d'Alix quelques jours plus tôt, désœuvrée, en attendant Ilghazi, Mélisende, pour se dégourdir les jambes, parcourait les différentes ruelles du souk des imprimeurs sur étoffe, elle admirait au passage les artisans et leurs commis enfoncés souvent jusqu'aux genoux dans les bacs de teintures où trempaient, suivant les couleurs qu'on voulait leur donner, les différentes étoffes de laine et même de feutre venus d'Asie.

Elle dut s'écarter car un commis maladroit venait de lâcher ses deux spatules dans la ruelle en éclaboussant les passants qui se mirent à l'injurier. C'est tout juste si son patron ne lui fît pas rentrer la tête dans son bac de peinture indigo. Puis elle eut une petite envie en apercevant quelques boutiquiers ayant ouvert leurs échoppes juste avant la petite place du marché.

Un horrible nabot avec un épouvantable turban sur la tête mélangeant des lamelles de viande entre elles, chameau ou agneau, voire même poulet. Il était d'une telle dextérité qu'il arrivait, en un clin d'œil, à enfiler sur un de ses longs couteaux plusieurs morceaux de viandes mélangées : on jetait quelques fulus de cuivre et il vous tendait son couteau dégoulinant de sauce.

C'était à vos risques et périls que de saisir entre les doigts les dits morceaux, mais chose curieuse, personne n'était blessé. Mélisende approcha, étonnée de sa rapidité et de la souplesse de son poignet. Elle mit quelques piécettes et l'autre se remit à touiller sa viande. Puis il en figea avec douceur quelques morceaux au bout de son grand couteau et le tendit délicatement à la jeune femme.

Mélisende se dit qu'avec son turban tout de guingois, et dont l'extrémité arrivait à pendre dans la sauce, il ressemblait à un violeur. Leurs regards se croisèrent cependant. Celui du cuisinier du souk était étrangement concentré. Un homme qui aime son métier, se dit Mélisende.

Et soudain… et soudain, il se redressa, penché qu'il était sur sa marmite, et sans que rien ne le laisse prévoir, sa main prolongée du couteau balaya l'espace de droite à gauche pour y rencontrer la gorge de Mélisende.

Un quart de seconde avant, la fille avait senti que quelque chose allait survenir et elle s'était brusquement reculée pour tomber sur les pavés inégaux de la place. On la redressa. Elle regarda le cuisinier. Il n'avait pas bougé et n'arrêtait pas de murmurer « Mais qu'est-ce qui t'a pris fol jeune homme ? ».

Elle finit par hausser les épaules et s'enfuit, suivie par le regard dissimulé par l'ombre des paupières du nabot. Mais qui pouvait lui en vouloir à ce point pour lui envoyer un assassin qui venait de la rater, innocemment ? Et ce, dans une promenade improvisée complètement. Elle finit par retrouver Ilghazi, passablement énervée. Il l'a mena à son campement, situé à l'extérieur de la porte nord d'Âcre.

-    La vérité concernant cette cicatrice, et elle désigna à Ilghazi, la ligne blanche zébrant son cou, je vais te la confier. Je fuyais à perdre haleine. Rien ne résistait plus aux Normands de Tancrède, aux Provençaux de Saint Gilles, aux Flamands de Godefroy de Bouillon, et plus de guerriers arabes à combattre. Ils avaient tourné casaques, s'étaient enfuis, s'étaient fait massacrer étant inférieurs en nombre, et surtout, sans chef digne de ce nom.

Mais des proies faciles à prendre, femmes, filles, fillettes. Les autres, à part de jeunes garçons aux fesses charmantes, avaient été passés par le fil de l'épée, vieillards, nourrissons, femmes enceintes éventrées, chiens égorgés.

Depuis la poutre maîtresse de la pièce qui commençait à brûler progressivement, j'observai bien la manœuvre parfaitement reconnais-sable. Une femme était poussée hors de chez elle, et ils étaient immédiatement trois ou quatre à se jeter sur elle. Ses hurlements les excitaient davantage. Ils se la passaient même de groupe en groupe. Et fin de la série.

Ma poutre mal soutenue par un mur menaçant de s'effondrer, craqua subitement. Je basculai dans le vide, tentai de me raccrocher à une corde, me blessant atrocement le bras gauche. Je glissai irrésistiblement et là, je dus lâcher prise, à bout de force, de nerfs, de résistance. Je suis tombée à plat d'une belle hauteur sur un tas de pierres, de bois, de fer entremêlés. Et je m'ouvris la gorge du même coup, mon cou ayant rencontré l'arête trop vive d'une arme ou d'un quelconque morceau de fer. Je perdis connaissance.

Fasciné par le récit de la jeune femme de dix-sept ans, Ilghazi parvenait à oublier qu'en aucun cas elle ne pouvait être à Jérusalem cinquante ans plus tôt.

- Je rouvrais à peine les yeux, quand des siciliens me retrouvèrent. Tu m'écoutes, Ilghazi ?

- Oui, tu viens de perdre connaissance.

Il ne songea pas un instant à l'incongruité de sa réponse.

- Une femme de dos ça peut inspirer de nobles sentiments, non ? Ils me retournèrent en s'exclamant devant la blessure de ma gorge, mes membres contusionnés : « pas belle à voir la petite. Encore consommable ? ». Consommable, tu entends, comme des dattes ou de l'agneau confit.

- Très peu pour moi, répondit un autre. Elle est à moitié morte.

- Voyons cela, fit l'autre.

Ils remontèrent sans ménagement ma djellaba, pour vérifier... Tu entends, pour vérifier si le reste était consommable. Je devais avoir des bleus partout, une épée m'avait cisaillé le ventre, heureusement sans gravité. Ils me laissèrent retomber comme une vieille bûche cela résonna dans ma tête et mon corps comme autant de coups de semence ou le joug de mon agonie.

Je n'étais pas morte, mais ivre de rage. Je t'ai raconté la suite, les deux Teutons, etc..., mais en fin de journée, la chasse aux femelles n'était toujours pas terminée. J'en avais eu deux mais j'étais à bout de force, n'ayant rien bu ni mangé. Tu sais ce que j'ai fait, la force du désespoir. Je suis retournée à l'entrepôt, pour fuir l'Empereur de Germanie et sa clique, là où je me trouvais le matin de ce fameux jour.

Et je me déshabillais pour revêtir une vieille robe toute déchirée laissant d'ailleurs plus voir mes côtes que mes seins. Je m'en foutais. Ce vêtement de mercenaire teuton m'inspirait une terreur sans nom. Je cherchai un coin à peu près potable, me recroquevillai en fœtus et m'endormis d'un coup, comme une souche.

- Voyez celle-ci, fit Une voix.

Et on me mit sur le côté. J'ouvris les yeux.

- D'où sors-tu, lança un chevalier ?

Il a dû voir dans mon regard des éclairs horrifiés.

- Non, non, ne crains rien. J'accompagne les cisterciens qui ont organisé un petit hospitalet précisément entre les murs de cet entrepôt. Ils vont s'occuper de toi.

- Je ne veux pas qu'on s'occupe de moi.

- Ah non ?

- Je veux m'en aller.

- Tu es folle à lier. Tu ne ferais pas trois pas dehors sans…

- Je m'en fous.

Il stoppa la discussion qui prenait mauvaise tournure.

- Laissez-vous faire, fit la voix de celui qui parut surgir comme apothicaire.

Il se pencha. Il manipula mes bras, mes jambes.

- Rien de cassé. Mais de fortes contusions, des hématomes, et

- Et quoi, frère, demanda le chevalier ?

- Le crâne. Je veux dire le traumatisme.

Je le sus pas la suite car je venais de m'évanouir. Mon silence dura trois jours. Ils m'ont bandé de partout, appliqué des compresses avec du baume sur ma gorge et sur mon ventre, rhabillée évidemment en femme et j'ai commencé à m'alimenter.

De temps en temps le chevalier « blanc » passait et repassait, me jetant un coup d'œil. Je sentais bien qu'il brûlait de m'interroger, sur moi. Sur les mercenaires des Teutons occis par votre servante. Deux types solidement baraqués et une pauvre fille de rien du tout qui...

- Et que faisait-elle dans cet entrepôt, devait-il se demander, à proximité du Temple de Salomon ?

Il se décida le cinquième jour. J'avais repris du poil de la bête. J'avais toujours une voix rauque, bien détimbrée, de garçon. J'étais bien vêtue et j'avais ramené mes cheveux en arrière. Il s'arrêta et parut surpris pas mon accoutrement ne correspondant plus à mon ancien physique. Mon teint ocre d'arabe, ma connaissance de la langue franque, ma voix, mes cheveux ramenés en catogan sur la nuque, pouvaient, ma foi, l'indisposer.

- Cet entrepôt où nous sommes provisoirement logés, et il fit un large geste du bras, ne semble pas appartenir à l'esplanade du Temple, à l'ancien Temple de Salomon, je veux dire, c'est-à-dire à côté de la mosquée d'Omar.

- Exact Messire. C'était une grange, ou une écurie, ou une taverne ou un sérail ; là où les putains...

- Parfait. Et en plus tu mens avec aplomb.

- C'est un compliment Messire, ou une insulte ?

- Un compliment. J'ai donc des projets pour toi.

- Vous voulez à votre tour vérifier si je pourrais paraître à mon avantage habillée différemment, et consommable, car j'ai une dette envers vous.

- Tu vas recevoir une maîtresse gifle pour t'apprendre à vivre et j'ai d'autres projets.

- Je ne vous plais donc pas.

- Arrête de faire l'imbécile.

- Pardonnez-moi Messire.

- Je suis Hughes, comte de Champagne. Je déplore profondément ce qui vient de se passer. Car ce qui vient de se passer était totalement inattendu, même partiellement. J'ai essayé de sauver ce qui pouvait l'être encore.

- Moi pas… De ce côté de la mosquée ?

- Tiens, curieux ta question. Et pourquoi as-tu dit « moi pas » ?

- Comme ça. Je veux dire que ce carnage ne me surprend guère. Il fallait s'y attendre, non ? De plus…

- Oui… ?

- Messire, si nous devons parler, d'homme à homme, oh pardon, nous devons au moins…

- Jouer franc-jeu… tu as raison. La mosquée : tu as dit « de ce côté de la mosquée ». N'est-elle pas entièrement sur l'esplanade ?

- Non. Pas complètement. Elle recouvre seulement la partie sud et sud-ouest.

- Le Temple de Salomon couvrait cependant l'ensemble de la superficie originellement et en dessous… ?

- Nous y voilà, et en-dessous…

Le soir nous trouva sirotant de l'alcool de figues assez tiède, je l'admets, mais qui vous met du baume au cœur. Nous échangions des propos anodins sur les trésors de Salomon.

- Pourquoi t'y intéresses-tu ?

- Comme ça. Et vous ?

- Comme ça aussi.

- Et vous êtes venu tout droit du royaume de France ?

- Et toi, tu étais très bien placée. Que comptais-tu faire si nous n'avions pas donné l'assaut ?

Je me penchai en avant, dévoilant mes jeunes seins. Poitrine un peu conquérante, les pointes bien dressées, il est vrai. Il ne détourna pas les yeux. Et je lui glissai à mi-voix :

- Je cherchais depuis quelques jours le… enfin, vous savez bien…

- Le trésor de Salomon ?

- Mais non.

- Explique-toi !

Lorsque j'ai eu fini, il en est tombé à la renverse de stupéfaction. Je hochai la tête. Et c'est ainsi, cher Ilghazi, que tout a commencé.

Ilghazi hocha la tête d'un air entendu, battit des mains, ou plutôt frotta les paumes en les faisant glisser l'une contre l'autre comme une danseuse, et éclata d'un rire tonitruant.

- Impayable… Tu es impayable… parvint-il à dire entre deux hoquets… tiens… et il lui reversa un petit godet d'alcool de figues. Abou n'a qu'à bien se tenir. Tu lui fais une rude concurrence. Ah, au fait, j'ai pensé que toi et moi…

- Toi et moi ?

- Oui. C'est ce que je viens de dire…

- C'est pas une mauvaise idée, après tout.

Tout en la déshabillant, Ilghazi poursuivait son idée en riant.

- Donc, si tu étais à Jérusalem en 1099, je vais faire l'amour avec une très vieille femme… J'espère qu'il n'y aura pas tromperie sur la marchandise !

- Ilghazi, je suis tout à fait consommable ! D'ailleurs, je connais une position qui devrait te plaire. Voilà, tu te mets sur le ventre et je vais te sodomiser. Chacun son tour.

- Je serai bien curieux de voir ça !

- Commence par te mettre sur le ventre.

Et la fille se coucha sur le dos du kurde qui en hurla de jouissance, gémit, hurla à nouveau et brusquement s'endormit. Mélisende se redressa, la sueur coulant entre ses seins descendant sur son ventre. Elle laissa une main gauche s'égarer dans son sexe.

- Qu'est-ce qui s'est passé réellement tout à l'heure, fit une voix dans son dos ? Elle décida de tout lui raconter, pour extirper son effroi et ses questions, de la tentative d'assassinat du matin.

- Il n'a pas voulu te tuer, commenta-t-il sobrement. S'il l'avait voulu, malgré tes réflexes, il y serait parvenu en expliquant que c'était de ta faute.

- Il s'est penché au moment précis où il relevait son coutelas.

- Il t'a envoyé un message d'une rare limpidité : tu es en train de mettre les pieds là où il ne faut pas.

- L'Empereur ? Je n'y crois pas. Il n'irait pas jusqu'au meurtre.

- Von Selza alors. Il veut me faire la peau car il craint l'influence que je peux prendre sur son maître, et ce à ses dépens.

- Méfie-toi Mélisende… Veux-tu une discrète escorte ?

- Attendons le prochain signal... mais je ne refuse pas... j'ai une boule là au creux de l'estomac.

- Mais qu'as-tu fait exactement, questionna Ilghazi, très perplexe devant cette succession d'événements ?

Elle hésita beaucoup avant de répondre.

- Tu comprends mon inquiétude… il y a là, dans ce cerveau, et elle se tapa énergiquement le front de la paume de sa main gauche, une idée qui vaut de l'or… sans rire, je ne l'ai pas fait exprès, Ilghazi.

Une idée... une simple idée... qui vaut très chèr. On nous épie, on nous épie nous, les Faraglioni. Mais moi surtout... j'en ai la conviction.

- Mais enfin Mélisende, on ne tue pas un type pour une idée…

- Oh, si… la mienne dépasse de très loin ce que tu peux bien imaginer.

Silencieusement, Ilghazi observait la courbe de ses hanches comme une vague qui risquait de le submerger et de le noyer.

CHAPITRE XXIII

Mélisende et l'Empereur

Manfred reçut Mélisende, toujours vêtue en Geoffroy Faraglioni, avec une exquise politesse, lui fit faire rapidement le tour de la forteresse, suivie à deux pas par Von Selza, puis l'invita à se rafraîchir et les idées et le gosier dans une pièce donnant sur la dépression du Ghor.

-Si jamais vous n'étiez pas payée, eh bien cette forteresse inexpugnable vous reviendrait. J'ai donc voulu, moi aussi, vous faire apprécier, comment disiez- vous déjà, ah oui, le produit.

Puis il l'interrogea.

- Dites-moi pourquoi, à votre avis, d'Albano, le Visiteur Général de l'Ordre, arbore-t-il sur son sceau le dôme de la mosquée d'Omar à Jérusalem, plutôt qu'une croix ou le clocher de l'église du Saint Sépulcre ?

- Je n'en sais rien, je n'y ai jamais réfléchi.

- Je poursuis alors. Pourquoi a-t-il fallu attendre l'élection du Grand Maître, Eudes de Saint-Amand, -c'est le numéro six sur leur liste, j'ai vérifié- pour voir apparaître également sur son sceau deux cavaliers sur un seul et même cheval ?

- Intéressant ce que vous dites. Là encore, aucune idée.

- Dernière question. Pourquoi, toujours à votre avis, les églises nouvellement construites par vos amis les Templiers, ne comptent-elles aucun supplicié sur les diverses croix qui les ornent ? Comme si il n'y avait jamais eu quelqu'un de crucifié ?

- Désolé. Vraiment. Je n'y ai jamais prêté attention. Je suis toujours partie aux quatre coins de l'Orient. Je sais plus ce qui se passe à Nishapur, assiégée par les Mongols, qu'à Chypre ou à Venise.

- Vous êtes un homme bizarre, messire Faraglioni, ou une femme étrange, si vous êtes l'une des sœurs. Très jeune, très averti, et à la fois peu intéressé par les événements de tous les jours.

- Probablement mes vies antérieures.

- Il recommence, fit Von Selza. J'ai entendu vos propos il y a quelques semaines, sur la prise, le siège et la mise à sac de Jérusalem, lors de la première croisade. Du grand art. Comme si vous y étiez.

- Mais j'y étais, comte. J'y étais.

Les deux hommes la fixèrent, l'Empereur amusé, Von Selza furieux qu'une gamine se foute ainsi de lui. Mais Manfred parut se désintéresser de la question et plus encore de la réponse.

- J'ai donc eu l'envie de mieux vous connaître, reprit-il. C'est déjà chose faite en partie. Nous soupons ? Vous êtes très grande, n'est-ce pas, pour une femme ? Très musclée aussi. Sauf, bien sûr, si vous êtes un homme, c'est-à-dire le frère, et que vous êtes en train de vous moquer de moi.

Mélisende finissait son thé à la rose du Liban après un souper très léger. Elle le regarda de ses immenses yeux bleus puis elle attendit.

- Je voudrais vérifier, émit Manfred.

- Vérifier Sire… et quoi donc ?

- Vos... vos connaissances, votre savoir... Vos talents, en quelque sorte... Vous savez que dans mon palais de Messine, en Sicile, j'ai toute une cour de savants et lettrés dans tous les domaines, venant de tous les pays, surtout arabes, je dois le dire, c'est pourquoi j'ai pensé à vous, mi-orientale, mi-occidentale.

Mélisende était littéralement fascinée par l'Empereur. Elle sentait son emprise sur son esprit et bientôt sur son corps.

- Tu réfléchis.

L'Empereur venait, sans crier gare, de passer au tutoiement arabe.

- Oui, à l'image des deux cavaliers sur un même cheval.

- Tu as une réponse ?

- L'union différencie. C'est simple, finalement, à comprendre. Vous le saviez, n'est-ce pas ?

- Je t'écoute.

- Au sein d'une organisation comme le Temple, peut-être même avec vos Teutoniques, les hommes sont appelés, contraints, de se fondre dans la masse. Comme des moines.

- C'est évident.

- Ce qui l'est moins, c'est que ce faisant, obligés qu'ils sont de se donner corps, âme et esprit à cette nouvelle entité, ils sont insensiblement amenés à se dépasser, tout en s'oubliant. Et ce faisant encore, même s'ils paraissent identiques sous le même uniforme, ils sont plus forts intérieurement qu'avant.

- Pas bête.

- Venant de vous Majesté, c'est un compliment. Et c'est pareil pour le dôme de la mosquée d'Omar.

- Ah, et ton explication ?

- J'étais à Jérusalem en 1099, même si le comte Hermann en doute. J'y pense chaque fois que je me trouve dans la cité. C'est tout bête à comprendre. C'est juste le point le plus haut de la ville. Pour la Jérusalem céleste, dont nous parlent et reparlent les cisterciens, c'est simplement un dôme, représentant le monde. Nous faisons partie de l'Univers, non d'un petit espace géographique.

- J'ai la carte, lança-t-il, et devant l'air étonné de Mélisende, car il venait subitement de changer de sujet, la carte dérobée à l'architecte à Megiddo, ou au responsable des fouilles.

Et la fille pensa subitement à l'instant où elle l'avait surpris, procédant méthodiquement aux fouilles de Megiddo.

- Il y a en a une autre, voulut protester Mélisende. Le cardinal…

- Une autre ? Ah oui, celle du cardinal ! Une copie. Une très pâle copie. J'avais des Teutoniques qui travaillaient à Megiddo. Mais ça tu le sais, bien sûr. L'un d'entre eux, ancien moine, s'est chargé de la copie, celle que vous avez eue entre les mains, en oubliant délibérément certains aspects. Il a omis des indices de grande importance à mes yeux, mais…

Si Alix était là, pensait Mélisende, elle hurlerait de rire à l'idée que tout le monde s'ingéniait à tromper tout le monde. Elle pressentit un aveu, dur à présenter, de la part de l'Empereur.

-    J'y ai jeté un coup d'œil sans rien y déceler d'extraordinaire. Par contre, Hermann a recueilli d'autres indices que ceux qui ont mis la main, les premiers, sur le document découvert. Et même le chef des fouilles, qu'il a été obligé d'assommer puis de tuer devant son obstination, ne lui a révélé que des bribes de sa découverte… des chiffres… des mots…

-    Lesquels ?

-    Ah, ça t'intéresse ! Je me disais aussi qu'entre gens de bonne compagnie, on pouvait s'entendre.

-    Quels mots ?

-    Des mots inintelligibles pour notre langue commune, sans liaison entre eux, des commencements de phrases comme si le rédacteur s'était soudainement aperçu qu'il en disait trop.

-    Par exemple ? Mekele, un gigantesque miroir, d'innombrables statues, l'or, des paroles obscures, un texte confus, sans queue ni tête.

La tête de Mélisende tourbillonnait au contraire… Obscur avait-elle envie de lui jeter… mais tu délires, mon Empereur, c'est au contraire lumineux... ces mots sont… éblouissants de lumière. Mais elle frémit, tant intérieurement qu'extérieurement car l'heure du dénouement approchait. Elle prit rapidement congé au grand dam de l'Empereur. Mais il ne la retint pas. Il attendait tout simplement que le poisson soit ferré.

CHAPITRE XXIV

La fameuse carte

Ce matin-là, Alix descendit de la villa, habillée en Geoffroy Faraglioni, prit la rue des Lombards, longea la basilique St Jean et arriva au souk des imprimeurs sur étoffe. Il s'agissait d'un entrelacs de ruelles tournant comme dans un labyrinthe. Mais là se conservaient et se perpétuaient un rituel initiatique pour la formation des apprentis et des maîtres. Les Vénitiens s'emparèrent de l'idée lorsqu'ils fondèrent les premières confréries de métier.

Elle le traversa rapidement, mais en perdant parfois son chemin, étant souvent désorientée par les ruelles se terminant en impasse. Elle revint sur ses pas, questionna et finit par trouver les échoppes des peintres sur étoffe jouxtant celle des dessinateurs de motifs tatoués sur les mains.

Le nom de Rachid fut un sésame. Sa petite boutique à l'auvent relevé était visible car il avait fixé, sur l'étroite bande de briques le séparant de l'échoppe voisine, un morceau de fer vernissé de plusieurs couleurs. Pour l'instant, il devisait lentement avec un voisin en égrenant les boules de buis de son chapelet.

- Le salut sur toi, fit-elle.
- Sur toi aussi le salut. Prends place. J'en ai fini.

Et il poursuivit sa conversation en un dialecte quasiment incompréhensible pour Alix qui pourtant parlait l'arabe couramment. Elle écoutait cependant soigneusement sans avoir l'air d'y toucher.

- As-tu appris quelque chose d'intéressant ?

Percée à jour, elle préféra éclater de rire.

- J'ai saisi des mots, au hasard.

- Je l'ai fait exprès. Donc tu connais l'arabe.

- Et moi j'ai entendu parler de toi.

- Donc le motif de ta venue…

- Eh bien voilà…. tu m'as été recommandé comme le plus habile dessinateur en même temps que le plus habile faussaire d'Âcre.

- Faussaire dis-tu ? C'est mal me connaître.

- Tu sais dessiner ? Bien dessiner ? Je voulais seulement dire avec suffisamment de maîtrise pour que ta main passe pour inexperte ? Avec des erreurs grossières de distance, de hauteur des personnages, pour que l'on croit non à un défaut de l'artiste mais à la hâte avec laquelle un aventurier a pu tracer pareil itinéraire. Beaucoup d'erreurs donc, des fautes dans les contours, juste ce qu'il faut pour qu'elle paraisse authentique.

- Mais mon jeune ami, c'est que moi, je suis un véritable artiste. Même les francs, ces infidèles qu'Allah rappellera sans doute à la vraie foi, ont fait appel à moi pour leur basilique, la scène du calvaire, de la crucifixion. C'était beau à un point tel qu'ils en ont pleuré.

- Je te crois. Mais précisément il faudrait mettre ton art au service d'une très bonne cause. Celle du triomphe des Sarrasins sur les infidèles ayant osé fouler et piller cette terre.

- Alors ça c'est différent. De quoi s'agit-il ?

- J'ai dessiné très approximativement une carte, d'un pays qui n'existe pas.

- Et où tu comptes les envoyer ?

- C'est cela même. Tu as tout compris. Alors regarde. Là, une mer pouvant ressembler à la Mer Rouge. Là, le pays en face avec plein d'inexactitudes. La mauvaise place d'une ligne montagneuse, de deux lacs, etc.

- Et ici cette voie blanche au beau milieu ?

- Une route.

- Une route en plein désert ?

- Et pavée de surcroît. Comme les routes romaines du bon vieux temps. Avec des pierres blanches. Comme ça on devrait l'apercevoir du haut des falaises.

- Et elle va où ?

- Nulle part.

- Ah, c'est original ! Et ces pierres qui ressemblent à des statues, elles n'ont pas l'air arabe du tout ? D'ailleurs on ne fait pas de statues. C'est interdit par le Coran.

- Parce que ce ne sont pas des arabes. Accentue au besoin la pâleur de leur visage.

- Des hommes blancs ?

- On peut dire ça. Tu me les mets à côté d'un des deux lacs.

- On va leur en donner un. Plus tard. Pour l'instant, aucune idée.

- Ça me plaît des lacs anonymes. Et pour les statues ?

- Les statues, fais les très grandes.

- On pourrait les mettre de chaque côté de la route.

- Si tu veux. En fait, donne l'impression que ce sont des hommes statufiés.

- Comme dans la Bible des infidèles, lorsqu'ils se sont retournés ?

- Voilà. Ils ont été changés en statues de sel.

La veille, ils avaient, tous les trois, discuté des statues et de la route, en riant comme des petits fous. Mélisende avait avancé :

-     Tu es dans un domaine où les faussaires ont dû s'en donner à cœur joie. J'ai examiné en long et en large les faux itinéraires. Avec une route qui part de nulle part, pour aller nulle part, avec des statues innombrables de colosses blancs. Blancs, tu as compris. Ni ocres, ni bruns, ni noirs. Blancs. Tu vois des habitants de l'Occident primitif s'engager dans une expédition pareille ?

-     C'est la route qui me gêne le plus, ajouta Geoffroy. Car ou c'est une ligne qui sépare quelque chose, une fracture de l'écorce terrestre, et ça devient purement géographique. Or elle est vraiment rectiligne cette trace blanche. Au beau milieu de ce qui peut ressembler à une vaste étendue - on n'a jamais vu, même dans les Contes des Mille et une Nuits, une telle route. Et pour quoi faire ? Car il faut y arriver, hein ! Et en repartir. Ou du moins, lorsqu'on l'a parcourue, on est bien obligé de revenir et même recommencer, à cheval, en char, à pieds. Car pour aller où ? Et pour en revenir au point de départ, pourquoi commence-t-il là et pas ailleurs ? Et il appuya son doigt sur ce qui pouvait passer effectivement pour le point de départ de la chaussée, ou l'inverse, ajouta-t-il.

Le faussaire leva les yeux vers Alix.

-     Elle est vraiment bizarre ta carte.

-     Pas tant que ça.

-     Et elle est fausse.

-     Complètement. Je viens de l'inventer.

-     Et qu'est-ce que tu comptes en faire ?

-     La vendre. Un prix très cher.

-     C'est quoi un prix très cher ? Mille dirhams, dix mille dirhams.

-     Avec des cadavres pour justifier le prix.

-     Tu ne penses pas à moi en tant que cadavre ?

- Voyons, réfléchis, bien sûr que non. Ton prix à présent.

- Mille dirhams, sans cadavre.

- Et si tu m'en faisais deux ? La seconde légèrement différente de la première, comme si le dessinateur avait oublié quelque chose et s'était au contraire souvenu de quelque chose.

- Tu ne me dis pas ce que tu vas en faire ? Vraiment en faire ?

- Non.

- Ça vaut mieux. Je pourrais rajouter un ou deux bateaux.

- C'est pas bête. Mais fais les comme les anciens bateaux des Phéniciens.

- Ah, les Phéniciens, de fameux navigateurs ! Sais-tu qu'on raconte qu'ils faisaient le tour de l'Afrique ou du monde connu de l'époque en trois ans. Et qu'en plus -mais tu vas rire et certainement ne pas le croire- ils avaient trouvé des mines d'or... tu entends ça, des mines d'or !

- Oui, c'est drôle ! Allez, je te laisse. Je repasse en fin de semaine.

- Attends ! Il me faut un acompte...

- Donc les fameuses mines d'or...

- Ont très bien pu ne jamais exister... mais il suffisait de guerroyer contre un ennemi, pour s'emparer de ses richesses et piller ses temples. Ils n'ont pas arrêté de se battre dans le coin. Je vais vous faire sourire, affirma Mélisende, je suis convaincue qu'il s'agit du même or qu'ils se refilaient tous les dix ans ! Je t'en passe pour un moment mais tu me le rendras à Pâques ! !

Mais pour une fois, ses doubles n'échangèrent qu'un regard inquiet.

- L'or a existé, reprit Geoffroy. Je n'en démords pas. On n'élabore pas tout un tas de cartes, sur parchemin, papyrus, pierre, simplement pour impressionner les générations futures qui ne sont jamais, entre nous, intéressées. Et puis il y a des éléments très bizarres dans ces itinéraires dont nous rebat les oreilles Hilduin. Cette route qui ne part de rien pour arriver à rien. Des statues colossales d'hommes blancs. Une énigme de plus. Mais à quoi cela a-t-il servi ? À rien. Personne ne s'en est occupé. On a même vendu des cartes, vraies ou fausses, simplement pour faire joli.

- Et qui a bien pu construire une route, continua Alix en s'étirant devant la fenêtre ouverte, dans une étendue pratiquement désertique ? Sans ville de départ, sans lieu d'arrivée. Aucune des cartes des régions environnantes consultées n'indiquent ce genre de chemin. Donc paradoxalement, il existe bien. Et les statues aussi. Celui qui s'est amusé à faire figurer ce genre de statue aurait pu s'en abstenir. Cela ne compliquait que plus le mystère. Or, je suis convaincue que la route existe. Ainsi que les statues. Dommage que nous ne soyons pas des anges pour survoler ces contrées désertiques.

- Et tout part d'Hiram de Tyr, surenchérit Geoffroy. C'est lui l'axe principal de l'histoire car c'est à lui qu'appartenait la flotte marchande. Ça c'est un fait acquis, prouvé. Tyr a toujours été un port commerçant de grande renommée. Les Égyptiens commerçaient avec lui. Il ne faisait peut-être pas le tour de la terre -et quelle terre à l'époque ?- mais il devait naviguer fort loin.

- Fort loin ou vers des contrées inaccessibles, émit Mélisende. Et par contrées inaccessibles, je pense à des lieux vraiment inhospitaliers, hostiles, où personne, ni du temps des pharaons ni du temps de Salomon, n'avait osé aborder.

- Fais attention, dit Alix, on voit tes seins.

- Qui ça ?

- Mais les Teutoniques ma chérie. Ils sont juste en face.

- Et si on dormait, suggéra Mélisende ?

- Dormir comment, questionna Alix ?

- Ben... moi au milieu... je me souviens d'une position, acrobatique il est vrai, mais excellente contre l'arthrose, tu te mets sur le côté droit, Geoffroy sur le côté gauche...

- Salomon a bien existé, fit Alix, comme si elle n'avait pas entendu... oui, d'accord de côté, face à toi, non, pas comme ça, tu me présentes seulement tes fesses...

- Ah oui, les fesses... on l'a fait une fois... terriblement compliqué...

- Tu veux mon avis de magicienne, fit Alix ? Salomon a vraiment existé. Et que la Bible soi-disant pour les exégètes ait été écrite du temps de Josias ne m'impressionne pas. Elle évoque des traditions orales qui ont toujours un fond de vérité. Salomon a épousé une fille ou une demi-sœur du pharaon. Il a vraiment existé. Tout comme David qui n'était peut-être pas un simple chef de clan mais un grand chef de clan. Et le Temple a existé. À Megiddo. Les Templiers finiront bien par le trouver. Donc les mines d'or existent. Je n'en veux pour preuve que l'acharnement de Manfred à mettre la main dessus.

- Lui aussi a tout un cortège de lettrés à sa cour, des gens forts instruits. Des savants bibliques, des scientifiques arabes. Il fait face au même problème que nous et sait que la Bible, même si elle déforme les faits, indique une vérité. Pour lui, les mines d'or ont existé. Les cartes en feraient foi, les fausses comme les vraies. Il y en a tout simplement trop.

- Alors il faut le convaincre davantage de la véracité de tes opinions, admit Mélisende. Et moi, je vais la lui vendre, l'idée. Tu as raison, lui dirai-je entre deux étreintes amoureuses, tu as raison et moi je peux t'y aider.

- Entre deux étreintes amoureuses... mais ne parle donc pas tout le temps... on finit par s'embrouiller... ah, qu'est-ce que je fais de mon bras gauche, plutôt de ma main.

- Tu lui pinces délicatement ses tétons, et tu les lui tords.

- Mais ça fait un mal de chien.

- Oui, mais après…

- Ça, ce sont les lèvres d'Alix ! C'est pas possible, fit le garçon, car elle était de l'autre côté il n'y a pas une minute.

- Elle a changé de sens. Je veux dire qu'elle a les pieds là où était sa tête et sa tête est à présent entre tes jambes, mon chéri. Et comment as-tu reconnu les lèvres d'Alix ?

- La lèvre supérieure est légèrement charnue, tu sais, celle qu'elle arrive à soulever sans aucun mécanisme, pour montrer ses belles petites dents.

Ils reprirent peu à peu connaissance, bien que des doigts appartenant à des personnes différentes osèrent s'égarer dans des recoins intimes où quiconque jusque-là ne s'était aventuré. Il y eut des gémissements, des petits cris. Geoffroy reconnut au passage ceux d'Alix de ceux de Mélisende, sans en être totalement sûr.

Les Teutoniques étaient tétanisés et en transe. Mélisende en aurait ricané de joie. Ils ne s'emmerdent vraiment pas ces trois-là, n'arrêtaient-ils pas de répéter sans en perdre une miette. Mais la fille du milieu a drôlement de l'expérience. Ah, tiens, celle de droite vient de passer à gauche. Sapristi, Jamais vu ça. Mais alors comment font-ils ? C'est inracontable… ils ne vont jamais nous croire à la commanderie. Déjà la dernière fois... Ils sont encore tous les trois, comme empilés.

- Il va éclater de rire en l'entendant proférer ce genre de propos.

- Sans doute, mais il réfléchira et se dira « si les vénitiens sont les amis de d'Albano, comme celui-ci n'arrête pas d'effectuer des fouilles, c'est que… »

- Ça va, on a compris. C'est non. Tu ne vas pas aller te fourrer dans le lit de cet efféminé d'Empereur pour le convaincre qu'il a raison et pour quel résultat ?

- Mais parce que lui aussi veut utiliser les fouilles pour mener à bien son grand projet d'empire germanique.

- Mélisende, tu tentes le diable.

CHAPITRE XXV

La vraie fausse carte

- Regarde !

Et Alix brandit, triomphalement, sous les yeux de son frère, une carte.

- Mais c'est une carte ! Une de plus. Où l'as-tu trouvée ? Décidemment on en a de plus en plus.

- Mais mon chéri, regarde la de tes beaux yeux bleus.

- C'est la même que…

- Mais pas du tout. C'en est une autre.

- Comprends pas.

Et Alix s'assit sur les genoux de son frère, lui ébouriffa les cheveux, embrassa ses yeux, ses lèvres qui, comme par miracle ou hasard, s'entrouvrirent. Une langue affamée s'y engouffra.

- Eh bien, vous ne vous embêtez pas vous deux, s'exclama Mélisende qui venait d'arriver. A peine ai-je le dos tourné que mon amant préféré me trompe avec ma meilleure amie.

- C'est que, balbutia le garçon, c'est elle qui a commencé…

- Bien sûr que c'est elle. Et toi pauvre nigaud…

- Et qu'est-ce que c'est que ce chiffon ?

- Une carte, ma chérie.

- Tu les achètes toujours au souk ? On devrait bien te faire une réduction depuis le

- Non. Ce coup-ci, c'est moi qui l'ai dessinée.

Et elle articula de-ssi-née.

-      Fait dessiner, pour être honnête. Mais toutes les indications sont mes indications. Bon. Assis tous les deux. Je vais tout vous expliquer.

Toi, fit Mélisende à Geoffroy, tu ne perds rien pour attendre. Je vais te tromper avec d'Albano avant la fin de la journée.

-      Mais c'est un ecclésiastique. De haut rang. Voûté par-dessus le marché. Les cheveux déjà clairsemés et gris. Il boiterait légèrement que ça ne m'étonnerait pas. Et enfin il a plus du double de ton âge.

-      Vous devez en oublier. Il ne peut pas, par exemple, m'épouser car c'est un prêtre et qui plus est un cardinal de la curie romaine. Il paraît que ça ne se fait pas. A Rome peut-être, mais pas ici. Les gens jaseraient, même à Jérusalem. J'ajoute, pour compléter le tableau, que je suis nulle, vraiment nulle en cuisine.

-      Mais tu as quand même passé six mois dans un bordel d'Alexandrie lorsque tu avais onze ans. Ça compte forcément dans la balance. C'est pas tous les jours qu'un Visiteur Général du Temple épouse une ex- pensionnaire d'un bordel.

Là-dessus, la phrase d'Alix était à peine terminée que Mélisende se jetait sur elle pour la faire tomber par terre. Et elles se battirent comme des harengères.

-      Qu'est-ce qu'ils font, s'inquiéta la voix ?

-      Les filles ont l'air de se battre.

-      De se battre ? Pour de vrai ?

-      Ça m'en a tout l'air. Elles sont échevelées, les robes sont déchirées, l'une a une mule dans la main et en frappe le crâne de l'autre qui hurle. Que c'est drôle…

-      Et le garçon ?

-      Le garçon ? Il ne fait rien. Il regarde. Il n'intervient pas. Même la cuisinière Leila est sur le pas de sa porte. Elle essuie des gobelets tout en observant la scène d'un air intéressé.

- Elles se battent ?

- Je viens de te le dire. Ah, c'est fini. Il y en a une par terre, étendue sur le ventre. L'autre se relève, la plus grande. Oui, la demeurée de l'autre jour, celle du banquet. Elle lui a flanqué un méchant coup de cal de sa main gauche. L'autre est groggy.

Mélisende se relevait, réajustant les épaulettes de sa robe, s'époussetant. Leïla applaudit. Geoffroy la félicita.

- Du rapide, fit-il. Très rapide. Je comprends pourquoi les Teutoniques se méfient de toi.

Et Mélisende de se laisser tomber sur le côté pour enfoncer ses coudes dans les côtes d'Alix qui hurla de douleur.
- Bien. Maintenant relève toi. Ne fais pas la gamine.

Alix pleurait. Mélisende la prit dans ses bras et se recula aussitôt en criant. L'autre venait de lui balancer un méchant coup dans le tibia.

- Ça recommence, fit la voix.

- Qui ça ?

- Mais les deux filles.

Un croc en jambe, un coup à l'épigastre, une gifle magistrale achevèrent de tuer Alix, pour un moment, qui de stupéfaction se retrouve assisse sur le sol.

- Ce truc là en bas dans la carte, c'est toujours un bateau, demanda triomphalement Geoffroy qui était revenu à la contemplation de la nouvelle carte ?

- Apporte de l'eau fraîche et bassine lui le front au lieu de bailler aux corneilles, ordonna Mélisende à Leila.

Celle-ci s'éclipsa en riant.

- Ils s'amusent vraiment comme des gamins ces gens- là.

- Et la carte ?

- Le garçon la tient à la main, la regarde, puis la repose par terre, se penche et relève sa deuxième sœur.

Essoufflée, aspirant l'air à grandes gorgées, Alix reprit haleine en s'appuyant sur les bras conjugués de ses doubles.

- On leur en a donné pour leur argent, émit-elle.

- Ça c'est sûr.

- La prochaine fois frappe moins fort.

- Et ton coup sur le tibia… J'ai la jambe tordue.

- Bah, ça suffit les gamines. La carte qu'est-ce qu'elle a de particulier ?

- Attends.

Et Alix de boire, d'avaler un gobelet d'eau fraîche.

- Laisse la par terre. Ils ne vont rien y comprendre pour le coup.

- Voilà ce à quoi j'ai pensé. Dans tout mensonge il y a d'abord forcément un fond de vérité. Pour que ceux d'en face, que tu veux baiser, s'y retrouvent un peu. Oui, c'est vrai, c'est essentiel. Ici, c'est pareil. On a commencé par dessiner une fausse carte avec des éléments disparates, mais c'était juste pour tromper l'ennemi. Puis, on en a fait une autre, celle de l'expert inexpert, toujours avec de fausses indications. Pour les perdre davantage. On y a collé tout ce qui pouvait passer pour la vérité. Ophir, le lieu sensé cacher les mines d'or, le fin fond de l'Afrique, dieu sait où, Hiram de Tyr, le Temple de Salomon. Et insensiblement...

Ses doubles étaient cette fois-ci terriblement intéressés.

- Insensiblement, à force de truquer, d'altérer de mille fausses indications, des itinéraires erronés, trop de bateaux, pas de bateaux du tout, des aller-retour insensés, des statues, pas de statues…

Et Alix s'arrêta, essoufflée.

- Mais elle le fait exprès. Peut-être que tu ne lui as pas tapé sur le crâne assez fort.

- Je tiens mon public en haleine. Là est tout l'art pour n'y voir plus clair du tout.

- Donc une carte de plus direz-vous en désignant le parchemin roulé. J'aurais pu la faire sur du lin d'ailleurs, ou la reproduire avec un petit ciseau et un maillet de buis sur une pierre… non… rien de cela… mes petits, ça, c'est la vraie carte.

Ils répétèrent sans s'en rendre compte.

- Ça c'est la vraie carte ! !

Une fausse carte de plus, émit sardoniquement le garçon. A qui veux-tu la refiler ?

- Mais à nous mon chéri.

- Oh non, ne l'appelle pas mon chéri devant moi, intervint Mélisende, sinon…

- Attends, raisonna le garçon. Tu ne veux pas dire que tu as dessiné, sans le vouloir, la véritable carte ?

- Ce que je crois être la véritable carte, si.

- Comment le savoir et prouver que c'est vrai ?

- En y allant ? Tout simplement.

- Allez, on s'en va. Leïla, hurla Mélisende, prépare les chevaux.

- Je ne sais pas ce qui se passe, fit la voix. Ils ont l'air tout d'un coup fort excités. La plus petite danse avec son frère, bras dessus bras dessous et la plus grande essaie de les séparer. Ça va mal finir.

Ça finit effectivement très mal, ou très bien, dans leur grande chambre, quelques minutes plus tard.

- J'ai un drôle de bleu, là, fit Alix, montrant sa poitrine. Juste entre les deux seins, tu vois mon chéri ?

Mélisende avait posé le pied sur un tabouret en se penchant pour enlever une mule.

- Regarde-moi chéri. J'ai mal juste au bas du dos. Il faut que tu commences par moi. Après, toi, tu prendras, avec ce qu'il te restera de sa vigueur juvénile, la petite.

- Il n'en est pas question. Je suis…

- Qu'est-ce qu'ils font ?

- Ça ne te regarde pas.

- Laisse-moi voir… Oh… ça par exemple… mais c'est honteux… à trois… ils font ça à trois… il faut les dénoncer à l'Inquisition… nom de dieu de nom de dieu… ils recommencent… ils sont insatiables…

- Allez, viens…

- Bon maintenant ça suffit, passons aux choses sérieuses, avança Geoffroy après avoir respiré un bon coup.

- Brr, Brr, il me fait froid dans le dos avec un ton pareil.

- Commençons par toi Mélisende.

- Oui, chef.

- Où étais-tu en 1099 ?

- Ça y est, il recommence. Je te l'ai répété mille fois.

- Alors une dernière.

- A Jérusalem.

- C'est pas vrai.

- Si tu veux.

- Tu ne vas pas t'en tirer comme ça en racontant des bobards à la ronde que des milliers de gogos avaient comme des hosties à la grand- messe.

- Geoffroy, c'est pas parce que parfois… que tu dois… tiens, te rends- tu comptes que tu couches avec une presque centenaire toi aussi... ça doit te faire un drôle d'effet quand même, toutes mes rides...

- Ne détourne pas la conversation.

- Il y a eu un roi de France, un perdreau de l'année comme on dit, qui avait pris pour maîtresse la maîtresse de son père. Elle avait cinquante ans et lui seize. Pas dégoûté du tout le dauphin. La cour jasait. Il paraît que la reine mère folle de rage a fait percer des ouvertures dans les murs pour suivre leurs ébats. Elle en est tombée sur le coccyx de saisissement. Cinquante ans, Geoffroy, tu te rends compte ! Donc si on sait compter, si j'avais dix-sept ans en 1099, aujourd'hui en 1149, j'en ai presque soixante-dix. C'est pas pareil que cinquante, c'est même beaucoup plus âgé. Je pourrai être ta mère ou ta grand- mère. Dans les pays où l'inceste est permis, il…

- Ça suffit. Étais-tu, oui ou non, à Jérusalem en 1099 ?
- Oui, chef. J'y étais.

Même Alix et Geoffroy regardaient leur sœur avec étonnement.

- Alix, c'est quand même ta jumelle, non ?
- Elle fait plus vieille, ça c'est sûr.
- Et où était Alix à cette époque ?
- Perdue de vue dans le calme général.
- Alix où étais-tu ?
- Je n'étais même pas née.
- Beau discours et belle dialectique. On ne s'en sortira jamais. Mais ton numéro de l'autre jour est parfaitement au point.
- Tiens.

- Regarde. Juste en dessous des biceps. Cette tramée brunâtre. Du sang coagulé. De la première croisade. Ça vaut de l'or. Il se liquéfie comme celui de San Gennaro à Naples, conservé précieusement dans des ampoules de verre, pour son anniversaire mais personne ne crie au miracle. Tandis que là-bas les foules se prosternent dans les ruelles, et des gens sont guéris. On vient même de très loin pour assister à la liquéfaction du sang depuis longtemps coagulé. Et vous deux, depuis qu'on se connaît, je ne vous ai jamais vu vous traîner à mes genoux, baiser mes pieds, me prier de vous guérir des écrouelles...

CHAPITRE XXVI

L'Empereur et les mines d'or

Hermann Von Selza observait son Empereur. Celui-ci arborait ce matin-là un visage de plâtre. Comme s'il était maquillé pour honorer un de ses éphèbes. Et insensiblement il devint gris, verdâtre. Une veine gonfla à la naissance du cou. Des plis amers déformèrent sa bouche. Il était dans une rage folle.

- Donc on ne sait rien, finit-il par lâcher comme s'il lançait ces paroles au hasard dans cette immense salle de travail où ne se trouvait aucune autre personne que lui, Manfred, et son conseiller. Les murs épais revêtus de tapisseries de laine ne renvoyaient que le son étouffé de sa voix.

Von Selza ne se donna pas la peine de répliquer. Ils avaient tous échoué et lui, l'instigateur de toute l'affaire, avait échoué le premier. Il sentait venir un orage terrible, l'exil au fond de la Poméranie pour se battre contre des paysans baltes ou polonais alors qu'il ne rêvait que de gloire, de puissance, de fortune, ici, en Orient.

Il n'avait aucune solution à proposer. Aucune solution de rechange. Ses hommes avaient été démasqués par les Templiers, plus ou moins torturés, avaient dû avouer le peu de ce qu'ils savaient, les deux moines espionnant Hilduin s'étaient retrouvés déportés nus dans le désert en plein soleil, des cartes avaient été achetées à prix d'or, des vraies, des fausses, des copies mille fois falsifiées, des bouts de parchemin, des morceaux de pierre sans queue ni tête. Et pour quel résultat !

- Et pourtant, la Bible ne ment pas, articulait l'Empereur. Je n'en démordrai jamais.

C'était aussi l'avis de Hermann mais il s'abstint de tout commentaire. Il appréhendait la phrase suivante qui allait s'abattre comme un couperet « que comptes-tu faire à présent ». L'Empereur ne la lui asséna pas. Il allait d'un mur à l'autre, ouvrant une fenêtre à meneaux, la refermant, déplaçant un chandelier, allait vérifier si le feu brûlait encore dans l'immense cheminée.

Le visage n'avait plus rien d'efféminé. Et ce n'était guère le moment pour un de ses éphèbes de venir lui faire les yeux doux, pas plus que sa dernière femme venant chaque midi se plaindre de je ne sais quoi.

-       Elle n'est même pas capable de me donner un fils, jeta-t-il comme s'il poursuivait une conversation. Trois filles. Et qu'est-ce que je vais faire de trois filles, hein, tu peux me le dire ? D'Albano complote, bien sûr. Il ferait n'importe quoi pour être élu pape. Mais je lui prépare un autre pape si jamais celui-ci meurt.

-       Mais pour quelles raisons, avança enfin Von Selza ?

-       Il veut un royaume spirituel, sans roi. Et avec ce genre de rhétorique, il a pour lui tous les ordres monastiques, les ordres mendiants, les femmes, les dévots en tous genres. Mais il veut quelque chose, ça c'est sûr.

-       Il paraît, selon la rumeur, qu'il a l'intention d'emmener à Rome le garçon qu'on appelle Mélisende, si jamais il est élu pape.

-       Lui ? Emmener Mélisende ?... un androgyne oui... et qu'est-ce qu'un papabile peut bien faire avec un androgyne, le sais-tu ?

-       Moi, non, s'entendit répondre Hermann.

-       Qu'est-ce qu'on peut bien faire avec un androgyne, répéta l'Empereur ?

-       En fait, reprit Hermann, ils sont trois, les Faraglioni. C'est le comptoir vénitien le plus puissant de tout l'Orient, et ils ont en la personne du Doge Dandolo un bien puissant protecteur.

-       Tu veux dire par là qu'ils disposent de... certains atouts et alliés que n'auraient pas d'autres comptoirs marchands ?

-       Exactement. Ce sont effectivement les informateurs attitrés de Venise mais ils ont, eux aussi, un très important réseau de renseignements.

- Attends… tu viens de dire quelque chose qui mérite attention... ils sont au courant des fouilles et de Jérusalem et de Megiddo ? Obligatoirement, non ?

- Et ça les fait rire, entre nous. Ils n'en croient pas un mot et s'en foutent complètement. Ils s'occupent en priorité d'assurer les Croisés avant l'embarquement, de les racheter s'ils sont faits prisonniers.

- Mais les mines d'or, ils en ont bien entendu parlé ?

- Assurément. D'Albano est même venu leur apporter une esquisse, un vague plan. Ça les a fait rire aux larmes. J'ai dit qu'ils s'en foutaient, car à part l'amour qu'ils font entre eux et leurs voyages aux quatre coins de l'Orient, et bien sûr les rançons, rien ne semble les intéresser.

- Donc Venise est au courant et ne bronche pas.

- Pour l'instant, non. Les Templiers cherchent depuis des années. Ils aimeraient pourtant bien mettre la main sur l'or.

- Moi aussi.

- Mais comment en est-on arrivé là, en plein douzième siècle, reprit le Grand Maître teutonique, alors que Salomon a vécu au neuvième siècle avant notre ère ? Et personne ne s'en est occupé depuis deux millénaires.

- Je sais, ça paraît invraisemblable. En fait l'or, jusqu'à présent ou jusqu'à une époque récente, était surtout destiné à l'ornementation d'objets sacrés, religieux ou royaux. On couvrait d'or le vainqueur d'une bataille, qu'il remettait ensuite sagement aux prêtres du Temple. Mais il n'a jamais servi de monnaie d'échange. Le cuivre, l'argent mais pas l'or, ou très rarement. Par contre, maintenant, avec le développement des échanges, les guerres interminables, la construction des forteresses, tout demande une richesse pour en financer le coût. Alors l'or a refait son apparition comme monnaie. Et si d'Albano… Car l'or, bizarrement, vient de réapparaître, comme en 1099.

L'Empereur laissa sa phrase en suspens, puis il reprit :

- Il doit avoir un plan bien précis. Il a dû avancer. Quelques soient l'authenticité, la véracité des plans, itinéraires, circuits qui lui ont été apportés en vrac, il doit bien s'en dégager une idée générale.

- La seule idée générale, à propos des mines, concerne Akaba, mais il s'agirait de mines de cuivre abandonnées depuis longtemps.

- Il faudrait... approche... Et écoute bien... Mélisende Faraglioni. Ah, je vois qu'elle l'intéresse aussi.

Hermann était toute ouïe.
-Tu me la ramènes hein ? Ou plutôt au Chastelet. Puisqu'elle semble aimer cette citadelle.

À la fin de sa diatribe, Von Selza était aux anges. La fille allait y passer. Il serait aux premières loges pour vérifier si c'était un homme ou une femme.

CHAPITRE XXVII

Maîtresse de l'Empereur

E t je vais bien finir par devenir sa maîtresse. Ça, je vous le raconterai. Parce que je suis folle de lui ? Vous plaisantez. Je veux tout savoir de ces projets. C'était les dernières instructions de d'Albano, ou ses dernières volontés. Et je me suis prise au jeu. Je vais lui revenir.

Des confidences, il m'en a déjà faites. Des fausses, bien sûr, avec juste ce qu'il faut de vérité. Moi non plus je ne suis pas mal dans mon genre. Bref, on n'a pas avancé d'un pouce. Il voulait de l'or, c'était tout simple à comprendre, avec la carte, pour aller retrouver les mines d'or. Enfantin. Et moi je devais tout faire pour l'en empêcher. Enfantin à nouveau.

J'ai un bel amant en la personne de Geoffroy. J'en ai un autre en la personne d'Ilghazi, dont je vous ai déjà parlé, qui me prend depuis le début pour un garçon, vous savez, Geoffroy Faraglioni, et qui me prend comme un garçon la nuit. Et enfin, j'ai ma petite amie qui n'est autre que ma sœur jumelle, qui se laisse prendre par moi, car elle pense toujours que je suis un garçon.

Bref, ma vie amoureuse est légèrement compliquée. Parfois, il ne se passe rien du tout. J'ai tout d'une fille ratée au niveau physique, n'ayant pas les formes qu'il faut à leur bonne place. C'est bien pourquoi l'Empereur veut m'avoir dans sa couche. Il ne sait pas trop bien si je suis un garçon ou une fille. Et pour l'instant, à part discuter des Templiers, de tourner autour de l'or, je ne lui laisse aucune privauté.

- Ça va mal finir, bougonna Geoffroy.

- Si jamais... pensait Ilghazi.

- Geoffroy, c'est pas pareil que toi, rajouta Alix en parlant d'un amant.

- Bref, tout le monde s'y mettait. Et moi aussi.

- Comment ça, vous aussi ?

- C'est sûr. Si je ne suis pas amoureuse de l'Empereur, je suis fascinée par lui. Si je pouvais entrer dans ses pensées sans entrer dans son lit, ce serait parfait.

Cet après-midi sera la bonne occasion pour… Je dois avouer que quelque chose ne tourne pas rond dans ma tête. Si ma jument est effrayée à la seule idée de mettre un sabot dans ce château, moi, ça m'excite à un point que vous ne pouvez pas imaginer. Et en cette fin d'après-midi, je suis revenue de moi-même au Chastelet, c'est moi qui aie voulu rallonger le temps de la discussion. Je n'en eus jamais l'occasion.

- Si la proie, déjà consentante et soumise va d'elle-même se jeter dans le piège, il n'y a plus rien à espérer. J'en conviens. Vous avez raison. Je suis une vraie gourde.

- Je sais ce que tu fais ici. Pas dans ce château évidemment mais en Terre Sainte et plus particulièrement à Jérusalem.

C'était donc terminé avant d'avoir commencé. Les paroles étaient tombées, brutales, sans appel. Il s'approcha à pas lents, presque doucement. On aurait dit qu'il glissait, telle une ombre sur le parquet de cèdre qui par moment embaumait la pièce de ses senteurs.

J'ai une peur noire au ventre. Je suis incapable d'articuler un mot, le regardant s'avancer, ni même de me concentrer sur la suite des événements. La suite ? Pauvre idiote. Il n'y en aura pas. Il va te torturer scientifiquement et salement, oui. Puis je me reprends lentement car l'Empereur vient de s'arrêter, jetant un coup d'œil à Hermann qui ne pipe mot mais qui se régale par avance de la suite.

Je dois chercher non la concentration mais une conscience pleine afin de diriger mon esprit vers un lieu que mon futur bourreau et interrogateur n'occuperait pas. Il lut cependant un changement dans mon attitude. Je me rappelle en un quart de millième de seconde ce qui était venu se loger dans ma mémoire il y avait très longtemps... des étranges paroles... « s'ils te menacent de quelque chose de terrible, me disait la voix, imagine quelque chose encore plus abominable... s'ils se préparent à te faire mal, essaie de t'infliger une souffrance encore plus forte ».

Facile à dire ! Mais l'occasion inattendue se présenta en la personne d'une servante venue apporter un plateau, une théière et deux gobelets d'argent. Elle versa le thé, brûlant, et posa le plateau sur une belle table basse.

-     Prendras-tu du thé, s'ensuit l'Empereur, trop poliment, poursuivant son tutoiement arabe, comme pour marquer, déjà, une relative intimité ?

Étrange expérience de la vie et de la souffrance qu'une fille de dix-sept ans pouvait avoir intégré dans son corps et son mental. Elle se vit tendre le bras tout en inclinant la tête comme pour remercier, porta le gobelet rapidement à ses lèvres et avala la totalité du thé brûlant d'un coup. Une lame atroce de douleur traversa son palais, sa gorge jusqu'à ses tripes. Elle reposa le gobelet et fixa l'Empereur.

Totalement abasourdi et surpris par ce geste, son inquisiteur fut déstabilisé. Hermann, qui n'avait rien perdu du spectacle, en fut aussi tétanisé. L'Empereur voulut prendre sa revanche et rendre le coup. Il fut incapable d'avaler plus d'une gorgée et obligé de recracher sur la parquet tant il s'était brûlé.

Mélisende était devenue rouge comme une pivoine mais elle souriait intérieurement. Maintenant il pouvait faire ce qu'il voulait. Cela n'avait plus d'importance. Il posa une question, comme à regret, comme si la fille pouvait lui répondre, et comme si elle avait vécu des vies antérieures.

-     Revenons sur l'or et les mines d'or. Pourquoi les expéditions, nombreuses à mon avis, je veux dire depuis Salomon, ne sont-elles jamais parvenues à destination ou pour être plus clair, comment se fait-il qu'aucune ne soit revenue pour s'en vanter ?

- Le désert, Sire, simplement le désert.

- Mais on s'en sort du désert, que diable !

- Certainement. Mais pas de celui-ci. Je veux dire sans réels points de repère. Ce n'est qu'un vaste champ illimité, sans frontières. En fait, on perd pied facilement. Au propre et au figuré, si vous voyez ce que je veux dire, dis-je en ricanant.

Non, il ne voyait pas mais m'encouragea à poursuivre. J'étais incapable de répondre. L'homme se méprit. Je dus insister.

- Un désert secret pour dire la vérité.

- Ça n'existe pas un désert secret. Par exemple on sait parfaitement où commence ce désert, à partir de Tibériade, et dans la dépression du Ghor, jusqu'aux premiers contreforts syriens.

- Oui, mais là, personne ne sait vraiment où est le désert. En fait, quand on est dans ce désert, on devient soi-même un désert, ce qui fait que personne ne retrouve vos traces. Au fait, de vous à moi, Sire, la carte est en soi insuffisante. Même si elle est vraie !

Hermann pensa aussitôt ou que la fille était devenue folle, ou qu'elle poussait l'insolence très loin. L'Empereur se contenta de sourire, d'un sourire très malveillant, comme s'il avait compris le sens énigmatique de cette dernière phrase de la fille.

- Tu me suis ?

Je le suivis donc. Il me conduisit au premier étage. Deux servantes apparurent au détour d'un couloir. Il pénétra dans une vaste salle où brûlait un feu d'enfer. Une alcôve protégée par des rideaux. Une grande armoire de chêne. Il s'en approcha et l'ouvrit.

- Te plairait-il de revêtir un de ces beaux atours de femme et de te débarrasser de ce méchant costume masculin... ils n'attendent que ton bon plaisir. Et dans ce coffret des bijoux. J'adore les bijoux. Mais auparavant prends un bain, ces femmes te parfumeront. Je vais t'attendre en lisant des documents.

- Cessez ce jeu, Majesté, vous savez parfaitement qui je suis.

- Non, précisément, tu te trompes. Je voudrais bien le savoir.

Mon sort allait être réglé à présent très vite. Mais on ne se refait pas. Je l'avais bien cherché. Personne n'était venu me demander de me jeter dans les pattes du loup. Dans l'intervalle j'avais froidement envoyé mes doubles à la mort. J'avais en effet décidé, pour eux, qu'il était préférable d'aller au plus vite aux mines d'or pendant que je retarderai au maximum l'Empereur. Pourquoi ?

Mais tout simplement parce que Manfred savait qui j'étais. Il n'avait pas dû perdre son temps lors de son voyage au nord-est de Jérusalem, oui, à Megiddo, sous les traits d'un humble frère Templier comme l'autre soir. À présent il allait devenir le maître du Proche Orient dans un, deux mois au maximum, et tous lui mangeraient dans la main.

Un froid glacial m'avait envahie. Je me laissai conduire sans résister dans une salle où était creusé dans le sol un petit bassin rempli d'eau parfumée. Les femmes me déshabillèrent sans pousser de hauts cris en me voyant femme. Elles délacèrent au contraire avec précaution la large bande de lin emprisonnant ma poitrine et me massèrent les seins très doucement. Je m'allongeai dans le bassin.

- Laquelle des robes préférez-vous, demanda une des servantes ?

- La verte.

C'était sorti spontanément de ma gorge. La robe verte. Si mes yeux bleus avaient pu devenir verts, d'un seul coup, j'aurais aussi approuvé. J'étais terrorisée. J'allais être totalement incapable de faire l'amour avec cet homosexuel. Sauf s'il exigeait de moi certaines privautés que l'on demande à une femme vénale.

Peut-être ses informateurs teutoniques avaient-ils aussi payé les informateurs égyptiens pour qu'ils leur confient de Mélisende : « Elle a fait les délices d'un bordel d'Alexandrie, lorsqu'elle avait onze ans. Ce n'est qu'une putain mais elle connaît un grand nombre de positions intéressantes. De plus, elle fait même l'amour avec sa sœur, comme un homme.

On peut faire ce qu'on veut d'une putain. Un : ce n'est plus une femme. Deux : c'est un objet. Trois : c'est une machine à faire l'amour. Quatre : tu t'arrêtes Mélisende.

Je m'arrête. Et si je sautais par la fenêtre ? Et si j'avalais tous les bijoux de ce coffret ? Si je m'ouvrais les veines avec le fermoir de ce joli pendentif ? Si je me laissais couler dans le bassin en avalant le plus d'eau possible ? Et si... Tu ne t'en sortiras pas. Un point c'est tout.

L'une des servantes m'a aidée à passer la robe laissant nus le dos et le haut du buste. Si Leila était là, elle serait contente. Elle pourrait enfin dire « En te penchant légèrement, très légèrement, il verra parfaitement tes seins... ».

-   Sa majesté a demandé que vous enleviez votre foulard.

-   Non.

La réponse était venue, brutale. Elle laissa les femmes interdites.

-   Mais il va s'en prendre à nous.

-   Je m'en moque. C'est non.

Elles reculèrent épouvantées à l'idée de ce qui allait se passer.

Je me regardais dans une glace montée sur un meuble pivotant. Il n'y avait personne dans la glace. Aucune femme revêtue d'une robe verte. Aucun garçon habillé en marchand vénitien. Simplement personne. Les miroirs ont parfois de ces inventions ! Peut-être y a-t-il là un indice ? Mais lequel ? Et de quoi ?

-   Tu es assez grande, non, pour une femme ? Tu ne serais pas un homme par hasard ? Deux questions s'annulant. L'Empereur m'observait depuis un moment.

-   Je te vois étonnée. Pour te dire la vérité, je n'aime pas les garçons efféminés. Mais j'entretiens le quiproquo, car il sert mes intérêts.

Ainsi il joue de sa faiblesse apparente pour désamorcer les soupçons relatifs à ses ambitions.

- Bon. Mais moi, je suis une femme et il ne semble pas que je sois un homme... ou alors sans le savoir. Et je ne vois pas en quoi je peux vous séduire... je...

- Si, tu me plais et tu le sais parfaitement. Tu en joues d'ailleurs fort bien.

Je ne vois pas. Depuis quelques heures, je suis dans un brouillard très opaque, cotonneux. Une ouate m'enveloppe où les sons sont assourdis. J'ai envie de m'y laisser glisser. À jamais. Il faudrait qu'il m'explique.

- J'y viens précisément, fit-il comme s'il avait deviné mes pensées. Ce qui m'a séduit chez toi, Mélisende, c'est ton côté masculin, indéniablement. Je t'ai vraiment prise pour un garçon pendant les trois quarts de la négociation. Lorsque, après une enquête, j'ai appris que le trio Faraglioni était composé de jumelles et de leur frère, se ressemblant étrangement, j'ai fait attention. Très bien joué, le rôle du neveu du vieux Faraglioni. Vous vous y êtes mis à trois pour le tenir, n'est-ce pas ?

Je fais oui de la tête.

- Une femme qui était un garçon... j'ai eu envie de me payer un androgyne. C'est tout simple à comprendre. Tu sais ce qu'on disait des hermaphrodites dans les temps plus anciens, ...qu'ils pouvaient faire l'amour avec eux-mêmes... ainsi, toi...

Je ne voulais plus rien savoir. Il eut alors une phrase des plus malheureuses. Celle qu'il n'aurait jamais dû prononcer. Qui m'a réveillée de cette léthargie comme un solide coup de gourdin sur la nuque.

- Tu as donc été putain autrefois ? Tu as commencé fort jeune, ne dirait-on pas ? Onze ans ! Tu as dû apprendre des tas de positions...

- On me payait très cher pour certaines d'entre elles. Majesté, quel prix êtes-vous disposé à payer ? C'est une simple question de barème. Cela dépend aussi du temps passé par le client.

J'exagérais mon attitude mais je n'avais guère à me forcer, et si je devais y rester, autant ne pas s'en priver.

- Une heure ? Plus ? La nuit peut-être ? Ah, j'oubliais, j'ai un maquereau. Il faut le payer lui aussi. Mon propre frère.

Si j'avais été dans d'autres dispositions d'esprit, son ébahissement le plus total m'aurait fait hurler de rire. Mais là, je hurlais ma haine, je lui clamais ma colère.

- Comment, parvint-il à dire ? Tu veux que je te paye ? Alors que je pourrais te faire rouer de coups par mes hommes de main, pendre à la plus haute branche du grand chêne dans la cour, te faire violer par une dizaine de mécréants qui n'ont pas touché à de la chair fraîche depuis des lustres.

- Assurément, vous le feriez. Mais vous ne le ferez pas. Pour une très petite raison. Parce que vous seriez privé de votre petit caprice auquel vous pensez depuis plusieurs semaines.

Mais à mille signes je peux comprendre que ma destinée est proche de sa fin. Je souffre dans ma chair comme si des milliers de poignards me fouaillaient les entrailles j'éprouve des morts successives, toutes plus cruelles les unes que les autres, me laissant chaque fois un peu plus anéantie, éparpillant ce qui a été un jour une jeune femme nommée Mélisende, aux souffles puissants de l'apocalypse.

Ma tête est prise dans un tourbillon vertigineux. Il est impossible que je fasse l'amour avec cet homme pervers qui est l'incarnation du Mal.

Il va me torturer méthodiquement et méticuleusement, physiquement d'abord, mais il va me prostituer mentalement et me détruire. Il est en train de m'annoncer ce qu'il compte faire de moi. Aucune participation ne m'est demandée. Une parfaite soumission seulement. Déchirée. Abandonnée. Livrée aux épouvantes de l'enfer. Une terreur sans nom m'habite. Car il continue de parler.

- Déshabille-toi !

J'obéis, tétanisée. Je suis nue à présent. Complètement nue. Je n'ai jamais été aussi nue devant un homme. Même avec Ilghazi. J'attends toujours qu'il ait mouché les chandelles auparavant. Ce n'est pas tout à fait vrai. Je porte encore sur ma gorge, recouvrant la terrible cicatrice, un foulard de soie verte qui contient d'étranges dessins géométriques. A qui me posait un jour la question, j'ai répondu parce que cela me passait par la tête, un verset du Coran. Le même qu'on trouve dans le labyrinthe d'Alep. « Rien n'est Dieu si ce n'est Dieu ».

Mais ce n'est pas vrai. C'est tout autre chose. Et à vous, je peux bien le traduire. C'est un peu compliqué. Avant les créatures, Dieu n'était pas Dieu mais il était ce qu'il était.

- Enlève ce foulard.

Je fais non de la tête et désigne mon cou comme pour expliquer mais je suis incapable de proférer un son. Une ultime protection. Bon, semble-t-il dire, on fera avec.

Je me demande ce qu'il peut bien me trouver de sensationnel. Je suis une fille non terminée. C'est très dur à avaler, croyez-moi. Alix, qui a des amoureux, est incontestablement mieux foutue que moi. Mais ça n'a pas l'air de lui déplaire et ne fait qu'aviver ma douleur, ma haine et ma rage.

Je n'ai que dix-sept ans mais j'ai toujours pensé, comme mes doubles, que pour parvenir à un certain degré de connaissance, il fallait infailliblement traverser des épreuves et qu'il ne s'agissait pas du tout d'un chemin calme et tranquille. Mais jamais je n'avais imaginé que cela pourrait être à ce point. Et d'ailleurs comment pouvait-on parvenir à la connaissance après de pareilles tortures.

L'absurde de la situation me saute aux yeux, tandis qu'il me détaille comme il ne l'aurait jamais fait d'un cheval, me palpant le bras, me pinçant les fesses, suivant du doigt les muscles de ma cuisse tandis que je me tiens figée, pétrifiée. Un : je le savais. Je pouvais me douter que je me jetais dans un piège très habilement tendu. Deux : j'aurais pu en parler au cardinal.

- Original. Tu as un corps très original. Effectivement, on peut s'y méprendre. De dos, surtout. Des muscles partout, des avant-bras noueux, des épaules de lutteur, des cuisses puissantes, des seins...

En d'autres circonstances je hurlerais de rire. Là, je pleure intérieurement de haine. On ne m'avait encore jamais dit que j'avais un corps très original. Je suis une fille ratée. Alors, que tout se passe très vite et qu'on en finisse. Je sursaute à nouveau car la porte à double battant vient d'être ouverte violemment.

Il vient de faire entrer deux énormes chevaliers teutoniques. Des menhirs, des aurochs... plus de deux cent cinquante livres. Et il me livrera à eux en hors d'œuvre. Mais où sont les dieux des hommes, souvent, très souvent, aussi sots que les hommes qui les adorent. Ce serait le moment, s'ils existent, de voler à mon secours.

Moi, je ne crois qu'en un principe créateur qui est totalement indifférent et aux préoccupations et aux misères des hommes. À une entité supérieure, sous la forme d'une loi, d'un nombre. Mais ne pourrait-il pas, ce principe créateur, dans le cadre de son évolution, changer le signe, ne serait-ce qu'un instant, de cette évolution ? Ou ferais-je partie, malgré moi, de cette évolution ?

L'un des Teutoniques vient de me renverser par terre d'un vicieux croc enjambe.

- Un boute-en-train, fit l'Empereur, comme vous dites dans votre langue franque.

J'étouffe littéralement. Je suis aplatie contre le carrelage. Il m'écrase et son armure me pénètre et m'entaille par tous les pores de ma peau. Son heaume horrible paraît m'énucléer, me labourer les joues, m'arracher les lèvres. Les pièces de son armure sont autant d'invisibles poignards aux lames trop bien affûtées qui me procurent par mille points la sensation que mon sang quitte mon corps.

Soudain, un bruit furtif près de mes oreilles. Des pas précipités dans le corridor, puis dans l'antichambre. Le Teutonique s'est relevé. Je suis écorchée vive. Je lève enfin les yeux, je relève la tête.

Personne n'a l'air de s'occuper de moi. Les servantes ont disparu. Disparus également les deux Teutoniques.

Il ne reste plus dans cette vaste salle qu'une femme nue, terrassée sur le sol carrelé, l'Empereur du saint Empire Romain Germanique, et... Hermann Von Selza qui me jette un regard de haine. Lui, s'il pouvait me faire la peau, il le ferait sur la champ. Mais il continue de parler à l'Empereur en langue germanique.

Manfred tape du pied d'énervement, trépigne de colère, me regarde, a lui aussi visiblement envie de me tuer. Il vient de crier des ordres. Une servante apeurée se présente, s'enfuit, et revient en jetant à côté de moi mes vêtements masculins. J'ai tellement mal partout, surtout intérieurement, que j'ai du mal à réaliser ce qui vient de se passer. Elle me fait signe de me rhabiller.

Fais marcher ta tête Mélisende. Je vais essayer mais c'est drôlement dur.
Pendant que je m'habille à toute allure, je regarde les deux hommes qui n'ont pas l'air d'accord. Ça c'est un comble ! Je croyais Von Selza aux ordres de l'Empereur. Et là, il lui tient tête.

Maintenant je suis convaincue que c'est lui l'auteur du pseudo attentat du souk des imprimeurs sur étoffe. Il joue son jeu, à part de celui de l'Empereur. Je n'y comprends plus rien. Hermann insiste, se fait convaincant, présente des arguments. Mais que s'est-il donc passé pouvant provoquer un pareil revirement ? Von Selza se tait, à bout d'arguments. Manfred réfléchit, ne dit plus rien lui non plus. Il est allé s'asseoir un peu plus loin, le visage de nouveau impénétrable.

La maîtrise de cet homme me fascine. Elle est absolument extraordinaire. En un rien de temps, il est capable de passer du fantasme sexuel en train de se concrétiser à une colère noire à l'égard d'un soi-disant subordonné, puis de se calmer tout aussi soudainement et de réfléchir d'une manière très approfondie ensuite. Assurément il a dû avoir de bons maîtres, de bons conseillers.
Mais comment peut-il avoir aussi une double, voire même une triple, nature ? Cela me saute aux yeux. Un peu à notre manière, à nous, les Faraglioni.

Il nous ressemble. Mélisende, tu sais ce que tu es en train de dire ? Parfaitement. À part le débordement sexuel... cela va sans dire. Il pouvait être un être d'exception. Il est un être exceptionnel. Il a tout pour lui. Y compris et surtout le Mal. Car il est le Mal incarné.

Il veut la mort de tout être humain, de tout organisme vivant, de tout temple matériel, mosquée, cathédrale ou synagogue, de tout ordre militaire pour dire la vérité. Pas seulement pour en être le maître, mais pour se faire reconnaître comme le maître.

- C'est bon, dit-il enfin en langue franque, comme pour me faire partager la fin de la discussion.

Je suis plaquée contre le mur, immobile. Il se lève. Son visage reflète le commandement, une autorité souveraine. Il se permet un mince sourire. De cynisme et de contentement. Il vient pourtant d'accepter quelque chose d'inacceptable. Il s'est cependant dominé. Je voudrais bien savoir de quoi il s'agit. Je vais l'apprendre très vite, je le sens.

- Mélisende, quel que soit ton vrai nom, ce sera donc pour une autre fois.

Que signifie le « donc », fort bizarre ? Hermann Von Selza se détourne comme pour dissimuler un rictus de satisfaction.

- Le cardinal d'Albano est en bas, me jette l'Empereur.

La foudre me serait tombée sur la tête qu'elle n'aurait pu parvenir à me faire un effet aussi tonitruant.

- D'Albano est en bas. Je murmure machinalement.

- Tu n'as pas besoin de répéter ce que je dis. Tu as l'air surpris. Ou surprise. Comme tu veux. Je l'ai été aussi il y a un instant.

- Il insiste, ce sont les mots de Von Selza, pour conclure sur le champ une négociation.

- Une négociation...

- Mélisende, fais attention à toi. Tu n'es pas obligée de te faire l'écho de mes paroles.

Il se retourna vers Hermann.

- La carte, hein ? La vraie carte ? Pas les fausses, que ce garçon fait circuler dans tout l'Orient.

- Non est la simple réponse.

- Et toi, tu ne demandes pas pourquoi le cardinal, le Visiteur Général de l'Ordre, est là ? -Si-.

- Un échange. Il me manquait, c'est vrai, pour acheminer un contingent de fanatiques Teutoniques vers les mines d'or, le véritable itinéraire. Il vient me l'offrir. Celui que ta sœur a très correctement dessiné. Contre toi. Immédiatement. À prendre ou à laisser. J'ai accepté.

Hermann quitte la pièce, tout aussi furtivement qu'il y était entré. Il a accompli sa mission, et l'a bien remplie. Manfred arpente d'une jambe nerveuse la pièce et me tance sans me regarder.

- C'est un bien étrange et insaisissable personnage que ce cardinal d'Albano qu'on tient pour papabile lorsque le pape actuel sera mort. Faut-il qu'il tienne à toi pour jeter ainsi dans la balance les fameuses mines d'or ? L'or qui me faisait défaut… Ou bien il sent le vent tourner et il a acheté par anticipation mon pardon - ce que je ne crois pas entre nous - ou bien, et on en revient au point de départ, il tient terriblement à toi. Mais se rend-il vraiment compte, ton cardinal, qu'il facilite le débarquement de mon armée, mon implantation, et qu'il accélère le retournement désormais définitif de l'Ordre du Temple concurrencé par les Teutoniques ? Tu dois être un bien précieux pour valoir une telle carte…

Il laisse la phrase en suspens pour lui donner du relief. Je n'écoute déjà plus ses paroles. Je les enregistre. Je les resservirais plus tard. Je me dirige d'un pas que je voudrais plus ferme, vers l'antichambre, le corridor, et je commence à descendre plus ou moins rapidement les marches. Je dois avoir une mine épouvantable, car d'Albano a un léger mouvement de recul. Mais il ne dit rien. Je le rejoins. Il me pousse doucement vers la sortie. Quatre Templiers se sont déployés. Trois Teutoniques aussi, derrière Manfred. J'ai le temps de visualiser une géométrie relative.

Aux trois extrémités d'une espèce de triangle, trois personnages. D'Albano, Manfred, Mélisende. Autour d'eux, formant à nouveau un heptagone, sept chevaliers. Allons, c'est une vue de l'esprit tout ça.

- La carte, questionne Manfred abruptement ?

- La carte sera remise à Von Selza, qui va nous accompagner jusqu'à la maison chevêtaine du Temple à Jérusalem. Vous n'allez pas mettre en doute la parole d'un prince de l'Église ?

L'autre ne répond même pas mais me pousse en avant. Nous marchons d'un pas rapide dans la cour. Un Templier m'amène une jument. Et nous partons à vive allure. Brusquement, je me sens glisser le long de la selle, mon corps se penche en avant, ma poitrine frôle l'encolure de la jument. Je vais tomber… Je tombe.

Je mets trois jours à refaire surface. Un apothicaire me veillait, m'auscultant toutes les heures, me faisant boire des breuvages dégueulasses et m'enduisant tout le corps de baumes dégageant une odeur infecte de pourriture très avancée.

Je repris conscience et connaissance. Ce n'était pas un vague apothicaire de quartier mais un médecin perse hébergé pour l'occasion à la commanderie, avant de s'embarquer pour l'Espagne musulmane via Tunis.

Il plaçait en ce moment même un morceau d'ambre gris sur mon nombril pas le moins du monde ému par ma frêle nudité. A qui il mit le feu. Pas à la nudité, au morceau d'ambre.

- Lorsque tu sentiras la chaleur suivie de la douleur, tu me presses le poignet, recommanda-t-il.

Ce qui fit que je m'endormis de nouveau sans même sentir l'une et l'autre. Un vague sourire flottait sur mes lèvres, aux dires du sarcastique médecin perse.

- A quoi penses-tu ?

- Je pense avoir réussi un joli coup.

- J'en suis ravi. Il faut continuer à présent.

Mes doubles étaient déjà partis depuis quelques jours.
Mais quelle mince satisfaction pour une pareille épreuve !

- Bon Dieu, qu'a-t-il murmuré cet apothicaire perse ?

- Qu'il fallait continuer à présent…

J'envoyai tout promener, couverture, drap… j'enfilai mes vêtements masculins, dégringolai les escaliers, pour tomber dans les bras d'Ilghazi.

- Où qu'il est ?

- Parle normalement, veux-tu… ce n'est pas parce que tu es malade à crever qu'il fait prendre des libertés avec la langue que…

- Où est-il ?

- Mais qui ça ?

- Ça va… laisse tomber…

CHAPITRE XXVIII

Hermann et l'Empereur

Hermann avait lui aussi reprit ses esprits après son triomphe de la veille. Mais il n'en avait tiré aucune jubilation. Bien au contraire. Il demanda à être reçu par Manfred pour éclairer sa lanterne car il semblait perdu dans de sombres perspectives.

- Ne trouvez-vous pas étrange, Sire, qu'un cardinal de la curie romaine soit épris d'une très curieuse fille au point de vous apporter sur un plateau, pour sa rançon, l'itinéraire exact, cette fois-ci, ou peu s'en faut, pour se rendre aux mines d'or du roi...

- Tais-toi, ordonna brutalement Manfred.

Hermann s'interrompit sur cette brusque injonction de son Empereur mais se méprit complètement sur les raisons. Il gardait en outre pour lui d'autres étrangetés. Ne lui avait-on pas assez répété que cette Mélisende se faisait passer à l'occasion pour un homme au point que plus d'un s'y était laissé prendre. Alors que penser d'un cistercien amoureux d'un tel personnage androgyne ?

L'Empereur faisait les cents pas, réfléchissant intensément. Un flot de lumière entra par les fenêtres largement ouvertes en ce début de matinée. Cette pièce eut été magnifique si seulement elle avait été meublée avec goût. Mais si Manfred, dans ses palais de Sicile, manifestait son opulente richesse et des œuvres d'art, ici, dans cette commanderie teutonique, tout était strict et militaire. Puis il se rassit en laissant Hermann toujours ébahi par sa sortie.

- Tu as bien dit, commença-t-il comme si les pensées venaient de s'ordonner, que même un homme amoureux n'irait pas laisser échapper une telle quantité d'or pour les beaux yeux ou les seins d'une femme ?

- Oui... en quelque sorte... oui…

- Tu as raison. J'aurais dû y penser plus tôt, tout à la satisfaction inattendue de récupérer la carte avant de remettre Mélisende à son cardinal.

- C'est-à-dire qu'il a très bien pu en prendre une copie.

- Bien sûr qu'il a pu en prendre une, voire dix copies.

- Donc il s'en moque.

- Je ne crois pas qu'il s'en moque. Il doit y avoir autre chose. Mélisende n'a-t-elle pas lâché comme par inadvertance que la carte en elle-même était insuffisante.

- Elle voulait se vanter, faire valoir son savoir ou son expérience.

- Attends... restons sur d'Albano... l'étrangeté de la situation… Un homme amoureux prêt à tout pour…

- Oui, sire ?

- Donc il fait bon marché de la richesse éventuelle de l'Ordre de Temple, ce d'Albano. Il est bien léger, insouciant.

- Il semblerait…

- Il semblerait qu'il n'en ait plus besoin, mais pas parce qu'il en a pris de copies. Une seule suffirait d'ailleurs. Aurait-il voulu me tendre un piège ? Récupérer sa donzelle au moindre prix ? Car cette carte ne lui coûtait rien.

- Là, je ne comprends plus, Sire.

- Attends, répéta-t-il, comme pour se convaincre du bienfondé de sa pensée.

Et il se leva et refit les cents pas en martelant le sol dallé de ses talons. Hermann ne bougeait toujours pas mais à présent le soleil lui arrivait directement sur le visage qui commençait à s'empourprer et à suer.

-   Et si, reprit l'Empereur… non c'est impossible… et si la fille avait mémorisé le plan ?

-   Mais ne venez-vous pas à l'instant d'affirmer que une ou dix copies ne serviraient à rien.

-   Voilà… ça y est… suppose un instant que la carte contienne des indications subliminales, ou même ne dévoile pas toutes les indications.

-   Sire, je dois dire que j'ai du mal à vous suivre.

-   Oui… des indications secrètes données par des vrais signes. Un trait peut évoquer une route par exemple, un carré une forteresse, et ainsi de suite. Si tu n'as pas la clef, la carte ne te sert à rien. Et puis, il y a autre chose de plus terrifiant encore. D'accord donc pour émettre l'hypothèse que Mélisende ait pu d'une manière ou d'une autre mémoriser certaines informations ne figurant pas sur la carte. Avec une copie, elle s'en sort très bien. Donc le cardinal s'en moque. Mais il y a plus étrange. Elle a bien la gorge zébrée par une cicatrice.

-   Assurément. Qu'elle recouvre de son éternel foulard vert.

-   Le garçon surpris en 1099 par nos prédécesseurs au moment où il s'enfuyait, avait un bandage autour du cou. Est-ce une coïncidence ou un précieux indice ? Il n'a d'ailleurs jamais été rejoint, a disparu et n'est jamais revenu.

-   Assurément.

-   Tiens-toi bien. Suppose à présent que ce soit la même femme qu'en 1099.

-   Voyons Sire, sans vous offenser, c'est radicalement impossible. Si la fille avait vingt ans en 1099, elle en aurait soixante-dix aujourd'hui. Or cette fille est très jeune, ce n'est pas elle.

Manfred négligea l'intervention d'Otto.

-   Oui, mais si c'est la même femme alors elle s'en moque, elle aussi, complètement.

- Et son cardinal de malheur le sait ?

- Il doit s'en douter. Mais il ne peut quand même pas prétendre que la fille qu'il est venue chercher a soixante-dix ans. C'est risible. Mais incompréhensible tout de même.

Hermann ne bougeait toujours pas, il négligeait la sueur lui coulant sur le corps, tout à l'incroyable hypothèse émise par son souverain, hypothèse qui était par l'effarante vérité émise, soudainement vraisemblable.

L'Empereur murmura comme pour lui. « Donc à présent, ils vont y aller. Et si les deux autres étaient déjà partis ? ».

- Je voulais précisément vous informer que sa jumelle et son frère ont disparu. Enfin, pas disparus. Ils accompagneraient une caravane.

- Eh bien voilà, s'exclama l'Empereur ! Quand est-ce arrivé ?

- Mercredi, Sire. Il y a quatre jours.

- On fait beaucoup de choses en quatre jours. Notamment à cheval… renseigne-toi à leur villa sur leur destination exacte. Au besoin, tu t'en prends à la servante puisqu'elle a l'air de donner des ordres à sa maîtresse. Elle est forcément au courant. Que l'on soit donc prêt à lever le camp lundi.

- Qui Sire ?

- Deux groupes. Le premier descendra jusqu'à Akaba et s'embarquera jusqu'à Al Hodeïda, sur la côte est de l'Arabie. Le plus important. Nous deux, avec quarante Teutoniques, Akaba toujours, puis ensuite direction Mekele en Éthiopie, où se rejoindront les deux groupes. Tu te souviens de son étonnement sans borne de cette foutue Mélisende lorsque j'ai introduit dans la conversation, lors de notre première entrevue ici même le nom de Mekele ? Voilà pourquoi, même si on te raconte n'importe quoi, nous, nous nous dirigeons vers l'Éthiopie. Car j'ai vérifié, Mekele est bien un port éthiopien sur la Mer Rouge. Et nous y allons-nous aussi. Avec un peu de chance, nous rattraperons les deux Faraglioni.

CHAPITRE XXIX

Le désert

À perte de vue une mer de glace sous le feu solaire. Une mer minérale et blanche faite d'une épaisse couche de sel et dont la croûte à jamais figée depuis des siècles est insensible aux vents pourtant dangereux, tourbillonnants, puissants, et résonnent sous leurs pas comme s'ils marchaient sur un tapis de cristal.

Leur guide les avait abandonnés. Il leur avait dit sans rire en marquant du doigt un point imaginaire à l'horizon : « maintenant c'est tout droit au bout de ce wadi-ad-natrum, de ce désert de sel ».

Ils ne discutèrent même pas pour le convaincre de les accompagner encore un peu. Ce n'était même plus une question d'argent. Il avait déjà de quoi nourrir sa famille pendant des générations. Et si de plus il les trahissait, ce qui paraissait infiniment probable, il ne saurait même plus quoi faire de ses dirhams d'argent.

Non, il avait peur. Il avait simplement peur.

-	Ah oui, les mines d'or, avait-il marmonné et répété tout au long de leur périple commun... une légende… une très belle légende… Salomon dites-vous... c'est bien possible… chez nous, les anciens doivent s'en souvenir… Maintenant si des étrangers veulent risquer leur vie... libre à eux...

-	Tu penses que nous ne reviendrons pas, avait demandé Alix ?

-	Femme, tu sais que je ne dois pas, en bon musulman, adresser la parole à l'épouse d'un frère. Je vais faire une exception, qu'Allah me pardonne... non, vous ne reviendrez pas... c'est écrit... oui, je sais, vous avez deux chameaux, des vivres, de l'eau pour un long voyage… mais ces mines d'or… tu vois, et il se tourna vers Geoffroy, c'est de l'autre côté de ce que tu appelles si bien une mer… mais de l'autre côté, que penses-tu bien trouver… ?

Sans répondre directement, le garçon l'affronta du regard.

-     Djeffar… ne nous vends pas trop vite au plus offrant… laisse-nous quelques jours… une chance… tiens, je te propose de jouer aux dés rapidement, juste avant que tu t'en retournes chez les tiens.

Et Geoffroy sortit d'un sac de jeu des dés…

-     Aza… hein… c'est la chance dans ton langage et c'est le même mot pour les dés… alors on joue ?

-     Mais à quoi veux-tu jouer, répliqua Djeffar, soudain alarmé.

-     Précisément, si tu dois nous trahir auprès de nos ennemis

-     Mais comment ?

-     Très simple. On jette les dés… celui qui obtient le plus grand chiffre oblige son adversaire à une certaine chose.

-     Et si je gagne moi ?

-     Très simple aussi. Tu nous vends avant même d'être arrivé dans ton pays. Aux vents du désert pour qu'ils en emportent la rumeur.

-     Comment je ferais si c'est toi qui gagne ?

-     Tu attends une petite semaine.

Djeffar éclata de rire.

-     Tu as de l'humour, mon frère… une petite semaine… et que comptes-tu faire en une petite semaine… t'évaporer dans l'air, disparaître dans une crevasse de sel…

-     Tu veux savoir ?

-     Bien sûr.

-     Alors jouons.

Et Geoffroy tricha et gagna.

- Sept contre quatre, tu as perdu Djeffar.

- Bon. D'accord pour une petite semaine.

Ce marchandage serait passé pour n'importe quel spectateur pour invraisemblable. Un traître affiné, reconnu, patenté aurait dit Mélisende, acceptait d'attendre sept jours avant de trahir ceux qui l'avaient piégé… cela avait un aspect d'une irréalité un peu folle.

- Tu as dit que tu m'indiquerais pourquoi.

- C'est vrai. Une petite semaine... c'est le temps pour que nous trouvions les mines d'or.

- Si tu veux.

- Attends, que nous trouvions les mines d'or. J'ai l'air de me répéter ou tu n'as pas entendu ?

- Tu veux t'enfuir avec de l'or… avec seulement ta femme qui, entre nous, te ressemble étrangement au point que…

- C'est une cousine, coupa le garçon.

- Oui, bien sûr, je me disais… donc tu veux te tirer de ce désert avec tout l'or de mines inconnues avec seulement ta femme et deux chameaux… mais le soleil t'a tapé trop fort sur la tête, mon frère…

- Tu respecteras notre accord, par Allah.

- Par Allah, qu'il me donne la mort si je ne respecte pas notre arrangement…

- C'est bien. A présent, va-t-en…

Djeffar monta souplement sur son chameau, tira le second de remonte, les releva tous les deux et leur fit un dernier signe en se retournant et s'enfonça vers l'Est.

A présent ils naviguaient véritablement sur une mer. Les chameaux paraissaient insensibles, allongeant seulement leur cou et marchant d'un pas très lent. Alix et Geoffroy avaient rabattu le capuchon de leur burnous sur leurs têtes, avaient tiré le litham sur leurs yeux non sans les avoir préalablement enduits de khôl pour éviter la très dangereuse ophtalmie des sables, et ici, l'insoutenable réverbération du soleil sur le sel. Une trousse abondamment fournie en potions, baumes, onguents, devait largement pourvoir à toutes sortes de maux provenant de la marche à travers le désert. Mélisende avait insisté comme si leur sort, à tous les trois, en dépendait.

- Partez. Partez très vite. Je vais lanterner le germain mais je ne sais pas combien de temps je tiendrai.

- Il voudra la vraie carte.

- C'est pour cela que je ferai durer le plaisir.

- Mélisende, prends garde à toi, qui seront tes gardiens si nous ne sommes pas là ?

- N'est-il pas dit : « je suis ou je ne suis pas le gardien de mon frère ? » À un certain moment on est forcément tout seul. Mais par pitié, partez, fuyez plutôt. Mettez le plus de distance entre les Teutoniques et vous. Et ne comptez pas trop sur les Templiers. Débrouillez-vous.

- Et tu nous rejoindras, émit faiblement Alix ?

- Oui.

- Comment peux-tu en être aussi sûre, questionna Geoffroy ?

La fille ne répondit pas et s'en était allée rejoindre l'Empereur.
Aucun des deux ne posait la question vitale à présent.
Et si au bout du bout de cette mer il n'y avait pas de mines d'or ?
De toute façon, il était trop tard.

Ils pensaient seulement à leur chère sœur, essayant de tenir tête à Manfred l'Empereur de Germanie, retardant le plus possible sa propre ruée vers l'or.

Que faisait-elle ? Succombait-elle volontairement, irrésistiblement à cet homme dangereux, maléfique, à ce prince des Ténèbres ? Ou arriverait-elle, comme elle le leur avait promis, à succomber mais en le terrassant en même temps ? Irréalisable, pensaient-ils. Malgré sa légendaire tournure d'esprit, jamais Mélisende ne paraissait capable de vaincre Manfred l'Empereur tout puissant. Surtout à la tête d'une invincible armée.

Contiendrait-elle longtemps les Teutoniques, fanatiques partisans de leur Grand Maître Hermann Von Selza ou étaient-ils déjà sur leurs talons ? Une petite semaine ? De quoi rire, en effet.

- Tu sais, jeta Alix, la nuit tombée où ils faisaient brûler un maigre feu de brindilles d'un sac de leur bagage pour chauffer l'eau destinée à être bue, afin d'abaisser la température de leur corps, tu sais qu'elle est capable de nous les emmener, là, aux mines d'or, si elle n'arrive pas à les retenir. Pour s'amuser.

- C'est vrai. J'y ai pensé. Plutôt que d'être livrée à l'impudeur morbide d'un esthète à l'égard d'un androgyne, pourquoi n'irait-elle pas au-devant des désirs de l'Empereur ?

- Vous voulez trouver les mines d'or ? Mais votre Majesté, c'est très simple. Je vous y emmène. Et qui trouverons-nous là-bas ? Mon frère et ma jumelle. Cela vous va-t-il ?

Mais en fait ils n'en menaient pas large. Mélisende prenait des risques insensés en s'étant jetée délibérément dans la gueule du loup. Comptait-elle, à elle seule, faire basculer les événements qui se préparaient ?

Leurs voix se répondaient sans qu'ils y prennent garde. Un murmure plus qu'un son.

Était-ce là le légendaire Pays de Pount ? Le berceau de la civilisation égyptienne où, des millénaires auparavant, des dieux venus des étoiles ou du fond des mers avaient créé la plus extraordinaire civilisation religieuse alors que l'Occident et l'Orient de l'époque vagissaient comme des nouveaux nés au fond d'insalubres cavernes vêtus comme des bêtes, et ânonnant des syllabes déformées.

Ici était la terre des dieux.
Ils furent ramenés à la réalité par une voix d'outre-tombe surgie de nulle part.

- Que venez-vous faire ici ?

Ils se regardent, trop stupéfaits pour proférer un son et, d'un commun accord, parcoururent du regard le désert.
Rien.
Pas âme qui vive.
Aucun homme.

- Déguerpissez, sinon…

- C'est curieux comme verbe, fit Alix… inemployé depuis des générations…

- C'est vrai, compléta le garçon. Il aurait pu dire « tirez-vous ».

La voix hurla et ses imprécations résonnèrent à leurs oreilles. « Dieu s'est enfui, enfui dans le désert… je suis à sa recherche… laissez-moi ».

- Un anachorète, proféra Alix… un de ces hommes fous d'un dieu qui n'existe pas et qui s'est retiré dans le désert.

- Mais où est-il ?

Je suis là, fit la voix.
Et ils virent surgir, tel un démon, plutôt bondir, hors du creux aménagé dans un tronc d'arbre fossilisé et couvert depuis longtemps de sel si fin qu'il se confondait avec le désert, le corps décharné d'un homme.

Instinctivement, ils se reculèrent. Il était effrayant de maigreur. Seule une chevelure crasseuse et grouillante de vermine pour tout vêtement, descendant jusqu'aux genoux, dissimulait sa nudité. Il tendait une main où ils crurent apercevoir des ongles démesurés, ses yeux noirs étaient entourés de cernes rouges. Son front depuis longtemps brûlé par le soleil disparaissait sous des croûtes brunâtres.

- Partez, exigea-t-il… laissez-moi avec Dieu…

- Depuis combien de temps êtes-vous là, répliqua le garçon ?

- Partez, fut la réponse.

Déjà Alix se préparait à lui abandonner quelques vivres quand son frère l'arrêta.

- C'est inutile. Il les refusera.

- C'est bien, fit-il en réponse. Nous partons.

Il ne demanda rien. On ne lui proposa donc rien. Il repartit pour disparaître dans l'obscurité.

- Par Allah, il m'a fait peur ce type, gronda Alix, fort mécontente de la situation. Y en a- t-il beaucoup comme lui ?

- Aucune idée, fut la réponse de Geoffroy. On m'en avait parlé sans que j'y prête attention ; combien sont-ils ? Quelques dizaines. Je ne pensais vraiment pas tomber sur un de ces anachorètes, dans un tel lieu, si loin de toute habitation.

- Mais comment fait-il pour vivre. Pardon, pour survivre ?

- Aucune idée non plus. Pas plus que pour l'eau, indispensable pourtant. Ici, plus qu'indispensable.

- Mais un reste de charité ne nous aurait-il pas forcé à lui en laisser…

- Il ne nous a rien demandé. Il aurait refusé.

- Pourtant j'y retourne, fit Alix.

Et elle se leva, s'orientant dans la direction où l'anachorète fou avait disparu. A la seule lueur de la lune, elle parcourait des yeux le vaste champ fossilisé en tentant de repérer les très vieux troncs d'arbres. Nul être n'en sortit. Mais où était-il passé ? Aucune silhouette à l'horizon. Une ombre la fit allonger le cou pour permettre enfin de le visualiser.

L'anachorète était dissimulé dans un trou aménagé entre deux plaques de sel complètement invisibles. Elle aurait pu passer sur lui sans l'apercevoir. Il lui jeta un regard de dément. Elle laissa tomber une gourde et pressa son chameau qui ne se fit pas prier.

Mais c'est impossible, irréaliste, murmurait-elle. Chercher un dieu dans le désert... Il se trompe complètement. Le dieu de l'Univers est au cœur des villes, des campements des bédouins... pourquoi chercher à créer une atmosphère totalement artificielle... aucun dieu ne peut exiger un tel dépouillement...

Elle rejoignit son frère et lui fit part de sa découverte. Il hocha la tête en guise d'approbation.

- Je sais, poursuivit-il, que d'Albano désapprouve cette solitude - si solitude il doit y avoir elle se fait au centre d'un univers claustral, univers que l'on a décidé de rejoindre, s'agissant d'un monastère.

- Je ne suis même pas sûre qu'il prie, fit Alix. Au fond ça n'a pas d'importance. Mais je préfèrerai ne pas en rencontrer à nouveau.

- Évitons-les alors.

- Sauf s'ils surgissent comme des démons.

- Nous verrons bien.

Ils s'endormirent sans s'en rendre compte comme pour évacuer et la fatigue et l'énervement causés par cette stupide apparition.

CHAPITRE XXX

Les statues

L e lendemain, après un thé rapide accompagné de galettes de sorgho, alors qu'ils reprenaient leurs investigations, soudain, devant eux, émergèrent des monstres.

Des statues géantes, identiques aux colosses de Memnon, de pierres blanches. Toutes blanches, même après des millénaires. Des hommes jeunes sur lesquels ni le temps ni l'espace n'avaient de prise, aux visages empreints de sérénité, d'un calme souriant, comme se l'imaginait Alix, des dieux de la préhistoire. Et leur sourire avait quelque chose d'indéfinissablement féminin. Geoffroy, déjà, s'éloignait. Elle le laissa pour méditer sur cet étrange spectacle.

- J'ai compté, fit le garçon revenant vers elle, toujours immobile… trois cent quarante-trois… il y a des inscriptions que je ne peux pas déchiffrer… une très ancienne écriture…

- La première, demanda Alix ?

- Celle du fond… là-bas…

- Si chaque dieu a régné soixante-dix ans, cela fait 24.010 années…

- Mais c'est impossible, bégaya Alix, tu te rends compte de ce que tu viens de dire… tu dois t'être trompé… prends plutôt vingt années par dieu ou par pharaon.

- Cela fait toujours un nombre incroyable, répliqua son frère… je viens de faire mentalement le calcul… Tu ne le croiras pas… 6.860 années… et cette dernière, et ce faisant il désigne la 343ème … elle est vraiment très ancienne… regarde l'écriture sur la stèle… bien avant Salomon… donc par rapport à nous… et si Salomon a vécu, il y a deux mille ans…

- 8000 ans au bas mot, siffla Alix… c'est impensable… donc ce lieu…

- A toujours été connu mais préservé…

- Tu sais sur quoi nous marchons ?

Instinctivement ils se penchèrent sur le sol. Un dallage uniforme de larges pierres impeccablement équarries.

- La fameuse route de la fameuse carte. Celle qui part de nulle part, pour arriver nulle part. …Une distance alors, suggéra la fille.

- Une impasse peut-être.

- Sûrement un chemin.

- Alors là-bas, près de la première pour commencer… et le garçon la désigna.

- Depuis Salomon et Hiram de Tyr, personne n'a foulé cette route…

- Tu as raison, plus personne n'est venu… sauf…

- Je sais… sauf cette fameuse fille de 1099, ou le garçon des Teutoniques.

- Que fais-tu des indigènes… il doit bien y avoir une peuplade au-delà du désert… d'ailleurs ici… le désert de sel semble avoir disparu… car tu remarques l'air est plus doux, moins sec, malgré le soleil, on dirait qu'il y a de l'humidité qui refroidit l'atmosphère. Et Alix rabattit pour un instant sa capuche pour capter cette bienfaisante fraîcheur.

- Écoute, cette route…… Quelqu'un l'a bien construite… plusieurs individus même, non ?
Alix répondit après un temps de réflexion et que son frère lui eut demandé de remettre sa capuche à cause du soleil.

- Je pense que chaque dieu ou chaque pharaon a dû mesurer la distance séparant deux statues et a procédé de même entre la dernière et celle qui serait élevée à sa mort.

- Mais pourquoi les statues sont-elles éloignées, regardant un point du désert, et pourquoi ne se font-elles pas face à face comme les alignements des béliers de Karnak.

- Je n'ai pas de réponse. Et tous ces hommes jeunes dans le désert. De très jeunes dieux. Il semblerait qu'il y ait une indication dans leur regard, comme si les yeux enchâssés dans la pierre n'étaient pas aussi immobiles, qu'ils pourraient le paraître au premier abord. Je suis sûr qu'entre le premier et le 343ème, l'œil gauche du premier converge vers le même point que l'œil droit du dernier.

- Ainsi les dieux ont-ils pu être jeunes. Un temps d'éternité. J'aime la jeunesse des dieux.

- La convergence… donc il ne faut pas marcher sur la route ?

- Non, tu as raison. La convergence est le sommet d'un triangle et là doivent se trouver les mines d'or. Pas au bout d'une route qui ne commence nulle part et ne finit pas son chemin.

- Alors, c'est là-bas, et Alix tendit le bras.

- Il faudrait, suggéra Geoffroy, que je parte de la première statue et toi de la dernière et que nous nous dirigions l'un vers l'autre à partir de deux droites. Nous finirons par nous rencontrer.

- En plein désert ?

- Je ne crois pas que ce sera en plein désert.

- Alors on y va.

- On y va.

Et ils se séparèrent.

Ils avançaient inexorablement sur deux routes séparées. Se pouvait-il, pensait Alix, que leur trio soit à jamais séparé, lui aussi. Des silhouettes se dessinaient au loin, auréolées d'une brume blanchâtre, faite aussi bien de la condensation du sel sur cette mer que de la réverbération solaire, mais pour disparaître. Un mirage.

De son côté, le garçon entendait des bruits... des sons... somme des coups répétés sur des gongs, ceux qu'il imaginait à la cour d'Assurbanipal... pourquoi ce roi... ? Il n'en avait aucune idée. Sa sœur bien aimée... il ne la voyait plus mais il l'entendait. Peut-on posséder seulement une imagination sonore ? Un autre mirage.

Il n'avançait pas. Ses jambes lourdes ne lui obéissaient plus. Ses pieds, pourtant sérieusement bottés, étaient emprisonnés par des vagues de sel lui battant les chevilles.

Ils étaient prisonniers. Plus sûrement que dans les mains d'une tribu du désert. Plus sûrement que cet anachorète de malheur, au fond du creux de son arbre fossilisé. Prisonniers d'un paysage abstrait. Inhumain.

Au même moment le mot frappait Alix.

- Inhumain, mais mon chéri, ce n'est pas seulement non habité par les hommes... mais par d'autres êtres ou esprits, ou des états de conscience.

- Des états d'âmes aussi...

- Donc des mirages, par exemple. Tu sais cela, n'est-ce pas Alix ?

- Des mirages, c'est-à-dire une autre illusion que l'alchimie. Et des mirages, on passe au miracle.

- Mon cher cardinal, persiflerait leur grande sœur, croyez-vous aux miracles ? Oui, je sais l'Église... mais vous... au fond de vous-même... ?

Les statues, elles, semblaient toujours là, immobiles.

- Elles sont bizarres ces statues, fit soudainement Alix.

- Oui, émit silencieusement le garçon, elles avancent avec nous.

- Ça par exemple. Elles marchent même drôlement vite. Bientôt elles vont nous dépasser.

- Mon pauvre Geoffroy, le soleil t'a vraiment tapé sur la tête...

Ils étaient au sommet d'une falaise rocheuse de granit noir dominant le miroir lumineux d'un lac sans savoir comment ils y étaient parvenus. D'un lac noir. Extrêmement noir. Ni bleu... ni blanc... Non... noir.

Les statues semblaient s'être arrêtées lorsqu'ils se retournèrent puis elles disparurent pour reprendre leurs places primitives, ayant assuré leur devoir, celui de les conduire à bon port.

- A bon port, tu es sûre ? Ou était-ce une illusion de plus ?

- Ce lac me fait trembler, frémir, j'en ai la chair de poule.

Ils redescendirent en se prenant par la main. Ils se percutèrent sans s'être aperçus et en tombèrent par terre.

- Eh ben...

- Eh ben...

Ils restèrent allongés.

- Le soleil va se coucher Alix. Bientôt il fera froid. Cherchons un abri pour dresser notre tente de fortune.

Et aux risques de s'attirer les foudres des jeunes dieux ou des anachorètes, ils tirèrent leurs toiles entre deux statues, piquèrent des bâtons pour les auvents, firent baraquer leurs chameaux et s'installèrent.

- Je ferais bien l'amour, fit-elle.

- Ici... tu es folle...

- Laisse-toi faire et ferme les yeux. Je n'ai certes pas l'expérience de Mélisende mais il m'est venu une idée. Couche-toi là. Tu es bien. Ne pense à rien, ou si, à tes deux amantes. Mélisende, si elle fait l'amour avec l'Empereur, aura certainement de ses positions qu'elle affectionne lorsqu'elle me prend. Et toi, tu verras. Tu ne dis rien ? Tu as raison.

L'instant suivant, le couple, déjà, dormait.

CHAPITRE XXXI

Le lac Tala

L e lendemain matin, ils firent chauffer de l'eau avec ce qu'il leur restait de petit bois de genévrier. À peine quelques gorgées de thé très chaud. Puis des figues séchées et des lamelles de viande. Puis ils refirent l'ascension de la colline.

- Alors, le point de départ, c'est là ? Nous y sommes, non ? Que faut-il découvrir à présent ?

Les questions s'enchaînaient. Les eaux du petit lac miroitaient au soleil. Des eaux effectivement noires. Très noires et qui semblaient très froides. Une malédiction des dieux ? Ce lac avait dû être, en ces temps très anciens, l'objet de toutes les superstitions pour les peuplades environnantes, qui avaient certainement préféré le quitter plutôt que de vivre à ses côtés. Les autres dépressions où les eaux, par les oueds, s'écoulaient, étaient vert turquoise, transparentes, bleues même. Mais jamais noire. Ni froides. Ils approchèrent.

Des eaux sans poisson non plus.
Les eaux des autres petits lacs du pays, couvertes sur leurs rives par les roseaux, abritaient des nichées d'oiseaux, des bancs d'alevins. Les villages s'étaient installés sur leurs bords. Rien de semblable avec le lac Tala. Aucune végétation, pas d'oiseaux, pas d'hommes. Un lac que les hommes fuyaient. Il devait porter malchance. Jamais une embarcation ne devait s'y aventurer.

- Tu as vu ce lac ? Il y a du vent, oh ! un très léger vent, mais rien ne bouge. Aucun frémissement, aucun bruissement des eaux. Elles semblent mortes. Ce lac me fait peur.

Alix se blottit contre son frère qui lui entoura l'épaule.

- A moi aussi il me fait peur. A cause de sa couleur.

Ils s'approchèrent à pas souple de la rive. Aucun clapotis. L'eau ne venait même pas mourir sur le sable. Elle s'arrêtait brusquement comme si une ligne de partage venait de la séparer de la terre. Une frontière, pratiquement. Instinctivement ils reculèrent de deux pas pour mieux observer le lac. Il était de forme géométrique. Rectangulaire.

- Tu as vu, fit observer Geoffroy ?

- Oui, le carré long de la carte, l'eau pour Hilduin.

Et du doigt il traça sur le sable le périmètre du petit lac. Alix se pencha et s'agenouilla.

- Vois, le sable n'est même pas humide. On dirait que l'eau ne s'aventure jamais et pourtant, tu le dis-toi même, il existe des mini marées terrestres. La terre bouge.

- Elle tourne même, selon Al Moustansir. Et la lune devrait de temps en temps, tous les vingt-huit jours pour être précis, amener une légère marée. Même ici. Or, ce n'est pas le cas.

- La couleur m'effraie. Je n'ai jamais vu une eau aussi noirâtre comme si quelqu'un ou quelque chose la colorait, mais du dedans.

Elle prit de l'eau dans la paume de sa main. A sa grande surprise elle était limpide, claire, transparente. Mais lorsqu'elle rejeta ce qui restait encore dans sa main, les gouttelettes, avant de tomber dans le lac, se noircirent insensiblement.

- Des gouttes noires, s'exclama-t-elle. As-tu déjà vu ce phénomène ?

- Jamais.

- Cela ressort d'une alchimie particulière, compléta Alix. Je devrais en parler à Jabir l'alchimiste, si jamais on s'en sort.

- Mais... oh, regarde... Ta main... la paume de ta main n'est même pas mouillée... c'est incompréhensible.

Toujours incrédule, le garçon trempa alors sa main dans l'eau et la retira sèche, comme s'il n'avait rien fait du tout.

- Qu'est-ce qu'on fait maintenant, questionna Alix ?

- Je vais remonter au sommet de la colline pour l'examiner plus attentivement, car l'eau semble très artificiellement orientée depuis là-haut vers différents canaux du torrent ou cascades destinées, par marches successives, à alimenter le lac, et puis à un moment donné des retenues inattendues, des petits barrages, surgissent qui freinent le débit de l'eau, l'amenant à zéro.

- Il faudrait donc attendre que le niveau du lac baisse.

Ils s'assoient à l'abri d'un rocher faisant surplomb au-dessus de l'eau.

- Qu'espérons-nous ?

- Il va se passer quelque chose. Mélisende n'arrêtait pas de le répéter. Lorsque vous serez arrivés au lac il se produira un événement, c'est indiscutable. Mais lequel ?

Elle n'en avait aucune idée, si ce n'est qu'elle pensait à la fameuse phrase lue par d'Albano.

- Tu te souviens ? « Lorsque vous y serez, se produira l'événement ». Mélisende a toujours prétendu qu'il s'agissait des mines d'or de Salomon. Comme si elle le savait.

- Alix, ne recommence pas…

Ils fermèrent les yeux, attendant un improbable événement. Puis ils les rouvrirent en même temps.

Car voilà que sous leurs yeux stupéfaits, l'eau, insensiblement, baissait. Des mécanismes invisibles se mettaient également en place pour l'évacuer par les innombrables canaux de dérivation.

- Le niveau du lac tombe car, regarde, l'eau n'y coule plus. Cela doit correspondre à une chute brutale de l'alimentation en eau arrivant par les innombrables torrents. J'ignore s'il s'agit d'un mécanisme quelconque ou d'une singularité de la nature.

Ils détournèrent les yeux, éblouis par l'intense réverbération du soleil sur l'eau en ce milieu d'après-midi. Si l'eau était à une ligne plus basse, elle paraissait ne l'avoir été, par un mécanisme intelligent hors de leur portée, que pour diminuer la hauteur du lac. Car tout s'arrêta tout aussi soudainement, comme pour les inciter à regarder très attentivement.

- Donc, il va se passer quelque chose.

- Oui, mais pourquoi maintenant, à l'instant même où nous venons d'arriver ?

- Nous sommes aux prises avec une succession d'énigmes. J'ai une très simple explication pour cette interruption imprévue des eaux. J'ai interrogé un jour un lettré, reprit Geoffroy, qui m'a expliqué qu'il y avait sur terre le même type de marée que sur mer, c'est-à-dire qu'insensiblement, sans que nous nous en rendions compte, la terre se soulevait, repartait en sens arrière et revenait.

…De quelques pouces seulement mais suffisamment pour permettre à un lac artificiel, car c'est le cas ici, d'augmenter des phénomènes terrestres par des manifestations célestes d'égale grandeur. Nous tombons de Charybde en Sylla. De plus, aucune réponse pour l'eau très froide. C'est incompréhensible. La température de l'eau est en dessous de zéro. En plein désert. Au zénith du soleil. Incompréhensible. Je le répète.

- Alors, il faut plonger. Et aller au fond, émit tranquillement Alix.

- Et s'il y a une redoutable pieuvre, un gigantesque ver de terre ?

- Ni l'un ni l'autre à mon avis. Mais le froid est lui-même un lieu de sépulture   ou un gardien.

Et Geoffroy, après s'être déshabillé, marcha un instant, non sur l'eau mais dans l'eau, et perdant pied rapidement, en grelottant littéralement, plongea vers le fond après avoir aspiré de l'air un bon coup.

Tout était transparent, immobile. Si du dehors le lac paraissait noir, c'était à cause de… Il en écarquilla les yeux de surprise. Aucune trace d'animaux marins. Ni de plantes marines. Ni oiseaux, ni poissons, ni serpents de mer au fond… Rien, rien qu'une seule, unique et immense plaque noire impressionnante dans la nouvelle translucidité des eaux. Il en fit le tour. Elle paraissait disparaître sous le fond de terre tapissant les rives de l'étendue d'eau. Mais le froid avait disparu.

Alix se déshabillait lorsqu'il réapparut, faisant de grands signes.

- Jamais tu ne devineras…

- Un géant gigantesque… des pieuvres immensément tentaculaires. Il n'a même plus froid. Qu'as-tu fait de ta chair de poule ?

Elle se précipita sur lui pour le sécher avec sa gandourah, le jetant à terre, pour l'embrasser.

- Mais arrête à la fin, finit-il par jeter. Le froid disparaît. C'est étrange… dès que j'ai eu plongé… mais le fond n'est pas éloigné.

- Un fond qui n'est pas profond, émit sentencieusement Alix. Mais laisse les fonds sans fond, parle mon chéri, à ta grande sœur.

- Donc en dessous de l'eau… je ne sais pas…

Et il raconta avoir vu une plaque apparemment non naturelle recouvrant le fond.

- Et en dessous, fit la fille ? Oui, en dessous de ce fond, devant l'air ahuri du garçon.

- En dessous ! Mais tu es folle ! Comment veux-tu y aller ?

- Geoffroy, mon chéri, toi le raisonneur numéro un du comptoir Faraglioni, si tu as un fond artificiellement construit, c'est qu'un mécanisme doit l'en déplacer, le mouvoir, le soulever, l'abaisser, je ne sais pas moi !

Et Alix, nue, à part un pagne de lin autour des hanches, s'aventura dans l'eau en poussant des hurlements, y plongea et puis disparut de la vue de son double.

Six coudées de hauteurs environ. C'est pas beaucoup pour un lac, pensa-t-elle. Pas de végétation. Donc la plaque écarte tout vie, non par émanation d'ondes particulières, mais parce qu'elle doit bouger. Nécessairement, de temps en temps.

- Ça par exemple. Et elle ouvrit très grands ses yeux.

Elle se trouvait sans l'avoir prémédité, pratiquement au milieu de ce lac véritablement artificiel et ce qu'elle voyait était sans ambiguïté aucune la confirmation de leur théorie sur le carré long égyptien. Quatre lignes s'y rejoignaient en un point central, ressemblant à un gros gond de porte, de la largeur de deux mains. Quatre lignes parfaites, des saignées à vrai dire, dont apparemment l'une venait s'encastrer dans l'autre et la deuxième dans la troisième et ainsi de suite.

- Donc… Et elle remonta en donnant un vigoureux coup de pied pour la propulser vers le haut.

- Donc, fit-elle en respirant enfin de l'air pur, elles doivent s'écarter, s'éloigner les unes des autres. Donc il y a quelque chose en dessous. Il m'a semblé…

Geoffroy la frottait pour qu'elle se sèche enfin car le changement de température pouvait être dangereux. Les pointes très dures de ses seins pointèrent vers le jeune homme, qui recula d'un pas.

- N'aie pas peur mon chéri. Une simple réaction épidermique, mais pince les moi. Voilà, aïe, c'était très bien. Non… Plus tard, fit-elle en écartant la main du garçon.

- J'y retourne. Tu ne devineras jamais. Je dois encore vérifier. Et si je ne reviens pas, c'est que je serai passée de l'autre côté du miroir.

Elle mit du temps à réapparaître et beaucoup de temps également à reprendre son souffle.

- Il vaut mieux que nous y soyons ensemble.

- Mais qu'as-tu aperçu ?

- Viens voir !

CHAPITRE XXXII

Le pluriel

Et il n'y eut plus personne sur les berges de ce lac noir qu'un tas de vêtements. Les deux Faraglioni était à présent au fond du lac, ayant aspiré de l'air pour gonfler leurs poumons. Leurs yeux scrutaient la surface lisse et noire. Geoffroy interrogea d'un geste sa sœur pour lui demander ce qu'il fallait voir. Et ils virent pratiquement au même instant…

Car soudainement, par un phénomène inexplicable sur l'instant, le miroir noir du fond du lac devint transparent comme un verre. A travers ce verre, ils contemplaient une énorme excavation infiniment plus large que les quatre plaques de diorite, très profonde aussi, se prolongeant au-delà de la perception de leurs yeux. Des tranchées s'y trouvaient, des fosses, des terrasses, des chemins, des escaliers, des échelles de corde. Et des couffins d'osier.

De larges couffins d'osier laissés là… par hasard et par qui ? Et à quel moment ? Récemment, il y a des siècles, un millénaire, ou plus ? Les questions se multipliaient dans leurs têtes. Il fallut remonter faute d'oxygène. Ils se jetèrent à plat ventre sur les graviers cernant les rives du lac pour reprendre haleine après s'être couvert de leurs vêtements.

Les Faraglioni, assis en cercle, réfléchissaient. Ils parlèrent pratiquement en même temps.

-     Donc, il faut d'abord vider le lac Tala. Maintenant il est acquis qu'il s'agit d'un lac artificiel. Tout autour, un cirque de montagnes avec des rochers et d'abondantes pluies suivant le même chemin mais par des voies et des voix différentes. Des torrents dans tous les coins et un oued qui y prend sa source. Une dépression bien venue qui peut se remplir d'eau à volonté avec tout un système de barrage, d'écluses, de digues. Si l'on veut, on assèche complètement le lac, on le vide avec toute cette eau qui se trouve détournée par de multiples canaux jusqu'à l'oued qui en principe sort du lac. Et tu te retrouves avec de belles surfaces planes, lisses comme du marbre.

Geoffroy, le rationnel, exposait son point de vue. Il crut qu'elle n'avait pas entendu, ce qui était exact, car sa sœur paraissait écouter quelqu'un d'autre en s'adressant en même temps à une tierce personne. Elle passa la main dans ses cheveux. Elle la retira, sèche. Ses cheveux étaient secs aussi. Elle désigna la chevelure de son frère, retombé dans son raisonnement, et elle enchaîna.

- Noire comme de la diorite. Et incassable comme elle. Ensuite, mise en place du deuxième mécanisme. La diorite, de noire, devient transparente, puis les plaques de diorite doivent s'écarter. De gigantesques escaliers apparaissent, des hautes marches qui mènent à une excavation démesurée puisqu'elle semble s'étendre loin sous les plaques noires. Une hauteur vertigineuse. Et des filons aurifères qui affleurent.

- Un camp de travail sinistre, dit le garçon en désignant le fond du lac. Tu tends la main, tu la plonges dans ce bourbier et tu retires plus d'or que de boue. Aucun chercheur d'or n'a eu cette veine- là. Sans jeu de mots. Moi, je vois très bien des centaines d'hommes, de femmes, d'enfants, creuser sans autre outil que leurs mains cette masse de boue et d'or et en placer de pleines poignées dans des couffins d'osier sous l'œil de surveillants.

- Nous voyons des choses que nous ne devrions pas voir.

Alix fixa son frère qui regardait le sommet de la colline, parti dans une description comme si elle se présentait sous ses yeux.

- Bon ! maintenant mon chéri…

- Mais qu'est-ce qui s'est passé avant ? Et surtout après ?

- Vas-y, toi.

- Pourquoi moi ?

- Parce que.

- L'or a toujours été considéré comme un présent des dieux, le sens de leur inaltérabilité, de leur éternelle jeunesse, car l'or est de la matière parvenue à un stade ultime d'évolution. Après il n'y a que l'homme. Du moins c'est ainsi que moi je vois l'évolution de la terre, ses innombrables strates. De leur complexité va parvenir par unifications successives à ce stade ultime de sublimation, l'or ou l'homme. L'or et l'homme.

Alix leva un sourcil admiratif devant une pareille rhétorique.

- J'ai aussi mon idée mon chéri. Peut-être un jour un Pharaon plus homme que dieu en a trop voulu et le sort contraire s'est abattu sur l'Égypte. On a oublié l'itinéraire pour rejoindre le pays de Pount. Ils avaient, paraît-il, selon la tradition, tout oublié, la source du Nil Bleu, celle qui naît en Abyssinie. Et les ouvriers sont morts esclaves ou non. Plus personne ne commandait et l'or ne leur était d'aucune utilité.

- J'imagine très bien la suite, reprit Geoffroy. Les canaux se sont bouchés. Les écluses n'ont plus fonctionné. Les mécanismes très anciens sont tombés en décomposition. Les immenses plaques de diorite noire se sont d'elles-mêmes replacées au centre du lac. L'eau a tout recouvert. Je ne dis pas que ça s'est passé rapidement. Une génération au moins mais ça n'avait pas d'importance. Et les peuplades environnantes ont fini par oublier elles aussi. Ils sont partis, fuyant une terre maudite. Sauf quelques anciens. Et les siècles ont passé.

- Tu sais ce qui donne de la valeur à un cruchon de terre, interrogea le garçon ? La terre qui lui a été enlevée. Et l'histoire est donc venue aux oreilles de David et plus encore de Salomon. Lui, il avait le temps pour lui. Il a envoyé beaucoup d'expéditions, à mon avis plus ou moins couronnées de succès. Les explorateurs ont interrogé les peuplades, ont parcouru le pays en tous sens, ont perdu des hommes, du temps, n'ont pas cherché au bon endroit. Vois-tu, ils cherchaient ce qui est l'apanage principal d'une bonne mine d'or. Un couloir creusé dans la roche ou une galerie souterraine, jusqu'au jour où quelqu'un, par le plus grand des hasards ou par expérience, a fini par mettre en marche tous les mécanismes.

Alix réfléchit un instant.

- C'est vrai. Cela paraît invraisemblable.

- Alors c'est un miracle, dirait d'Albano.

- Il n'y a pas de miracle du tout. C'est juste un phénomène cosmique.

- Et le lac se vide instantanément.

- Et les plaques de diorite noire s'écartent.

- Et la mine, pratiquement à ciel ouvert, apparaît.

- Alors ils ont recommencé exactement comme un bon millénaire plus tôt. Et l'or a afflué à Jérusalem. Salomon a pu aussi payer Hiram de Tyr pour la construction et du Temple de l'Eternel et de son incomparable palais. Et puis tu sais ce qui est arrivé. Il a épousé les dieux de ses femmes ou autres concubines. Il a oublié l'Eternel et il est mort en ne se souvenant plus d'aucun nom de son Dieu.

- Oui, mais pourquoi nous, et pourquoi aujourd'hui ?

- À cause de l'Ordre du Temple.

- Tu peux aussi ajouter : à cause d'une fille avec une cicatrice blanche sur la peau ocrée de sa gorge. En 1099, à Jérusalem, lors de la première croisade.

- Quoi qu'il en soit du personnage dont parlent les Templiers et les Teutoniques, il est venu. C'est indéniable. Et c'est lié à l'Ordre du Temple. Toi qui rapportais l'autre soir les paroles de ce vieil ouvrier de Megiddo, selon lesquelles les premiers Templiers étaient déjà là en 1099, sitôt terminé le siège de Jérusalem.

- C'est ma foi possible.

- J'en suis certaine Geoffroy. Il est venu ici, même s'il ne reste évidemment rien de son passage. Tu penses, cinquante ans ont passé ! Si il est venu, et sur une interruption du bras de son frère elle ajouta, c'est qu'il savait exactement et où aller, et où chercher.

- Geoffroy, il a pris de l'or. Elle en a eu le temps. C'était indispensable. A ton avis, l'Ordre du Temple, comment a-t-il été créé et pourquoi a-t-il prospéré aussi vite ?

- Tu veux dire…

- Que s'il n'avait pas, c'est indiscutable, une solide assise financière, jamais il n'aurait vu le jour.

- Alors, l'or…

- Est venu de cette mine.

CHAPITRE XXXIII

L'énigme du lac

Ils errèrent un bon moment le long du lac, puis agrandirent leur champ d'investigation, explorèrent le bas de la falaise, élargissant sans cesse leurs recherches pour se retrouver finalement épuisés et toujours insatisfaits. Ils s'assirent sur le sable en repliant leurs genoux. Ils étaient légèrement angoissés. Et cette angoisse, le garçon la manifesta à sa manière.

- Ce qui paraît invraisemblable. C'est qu'il ne reste aucune trace d'êtres humains, ni ossements, ni squelettes affleurant la terre, ni foyer, ni lieu de rassemblement, car cette mine a quand même été exploitée. Il reste cependant des vestiges de leur séjour : outils, pioches, pelles, couffins.

- Il n'y a aucune explication à cette absence de toute population d'esclaves ou non, n'est-ce pas ? Sauf, là encore, l'impossible.

- Que veux-tu dire par là ?

- Un peu comme si un beau matin ceux qui travaillaient ici, esclaves, terrassiers, contremaîtres, surveillants, soldats, étaient partis sans demander leur reste, presque sur un coup de tête.

- Allons, voyons ma chérie, c'est impossible.

- Je viens de le dire… Peut-être pas sur un coup de tête, mais sur une instruction supérieure, relative par exemple à l'annonce d'un cataclysme, une injonction à laquelle personne n'a pu ni voulu se soustraire. Un peu comme si le commandant de la mine leur avait dit « nous devons être partis avant la tombée de la nuit ».

- Mais qui, s'enquit le garçon ?

Alix ne répondit rien.

- Salomon met la main sur les mines d'or et il s'est bien servi. Il a eu raison, on ne sait jamais ce dont l'avenir sera fait. Tous les trois ans, selon la Bible, une expédition s'en allait au pays d'Ophir. Et puis quelque chose s'est brusquement passé. Et il a tout oublié.

- Mais avant d'oublier, c'est mon hypothèse de départ, il a tout consigné sur un rouleau de parchemin. Peut-être en deux ou trois exemplaires. Il en a confié un à son chef de garnison. Avec deux emplacements. Celui sous le temple concernait la cache de l'or, l'autre relatif à la carte pour retrouver les mines d'or. Là où on se trompe actuellement, et notamment les Templiers, c'est de rechercher l'or. Il y a mieux à faire à l'évidence. Le fameux personnage de 1099, par un hasard ou croisade et l'arrivée de l'armée à Jérusalem.

- Il a existé, ce garçon, d'Albano a aussi mentionné le secrétaire du cardinal de Bellechose, un personnage assez énigmatique. Énigmatique à ce point que le cardinal, dans ses mémoires, finit un chapitre par ces mots étranges : « Mais de qui suis-je finalement le jouet ? ».

- Et pour compléter le tout, Urbain II qui, dans sa bonne ville d'Avignon, reçoit immédiatement un jeune moine, venu de la part de ce cardinal, avec un message de la plus haute importance. Importance telle qu'il se met presque aussitôt en route pour Clermont là où il va prononcer son fameux prêche « sus aux barbares, Dieu le veut ». Et aussi soudainement, il s'affranchit du roi de France. Même le Hohenstaufen depuis Palerme lui fait les yeux doux. Il lève par la même occasion les deux excommunications.

- Cherchait-il ce jeune homme, à Jérusalem en 1099, pour le féliciter ?

- Hughes de Champagne a bien dû s'apercevoir au bout de quelques semaines que cette soi-disant fille le menait en bateau. D'où leur complicité apparente. Je préféré leur réelle complicité.

- Ils se sont alors partagés le travail avant de le faire pour le magot.

Ils sentaient qu'ils tenaient un fil, pouvant casser à tout instant. Ils étendirent les mains qui se rejoignirent. Il monta légèrement jusqu'à la poitrine.

- Inattendu.

- Quelqu'un s'est ingénié, après coup, à faire disparaître toute trace de leur passage. Une technique de premier ordre. Ils n'ont rien laissé comme pour faire accroire qu'il n'y avait jamais eu le moindre aventurier ici. De la magie… de l'illusion. J'en suis convaincue.

- Mais la fille à la blessure sur la cou ? Ou le garçon si tu préfères. Tu as une explication ?

- Non. Je n'ai pas d'explication là non plus. Par contre, je suis absolument sûre de sa présence. Ils ont survécu, et sont revenus à Jérusalem.

- Et ils ont attendu.

- Mais quoi ? Ou qui ? S'ils étaient tous morts.

- Qu'un fait surgisse, qu'un homme se manifeste, qui irait droit à eux. Ou plutôt qu'ils iraient droit sur lui car ils le reconnaîtraient.

- Le reconnaître, dis-tu, mais à quoi ?

- Alix, voyons ! Qui a mis la main sur Megiddo, de nos jours, si ce n'est Hilduin,

- L'architecte de l'Ordre. Il en parlait depuis des mois... qu'il fallait entreprendre des fouilles, et…

- Non, Geoffroy, ce n'est pas lui.

- Enfin, c'est bien lui qui a insisté, puis convainquit le chapitre de l'Ordre de lui donner l'autorisation de…

- Non, Geoffroy, ce n'est pas lui.

- Alors qui ?

Alix ménagea un temps de suspens.

- Mais d'Albano mon chéri. Il est derrière toutes leurs

manigances. C'est bien lui le Visiteur Général, non ?

Le garçon tourna la tête pour répondre puis se ravisa en regardant sa sœur.

- Alors d'Albano sait.

- A mon avis, depuis la première minute où il nous a repérés. La cicatrice, et elle porta la main à sa gorge, oui, elle a dû lui sauter aux yeux immédiatement. Par contre il a dû avoir un choc en la voyant au cou de trois personnes. Et il a pris son temps comme tout homme d'Église. Il nous a confié, sous le secret, un merveilleux conte des Mille et Une Nuits. Tu te souviens du fameux souper sur les hauteurs de Montmuzard, lorsqu'il nous a sorti, au moment de partir « les cisterciens et maintenant les Templiers font des recherches sur une fille très jeune, à la peau ocrée, qui aurait connu le Comte de Champagne, et les Teutoniques, un garçon.

- Donc, ils ne sont pas tous morts. Ni au lac Tala ni à Jérusalem, ni en Occident. Certains ont pu en réchapper ou le sort les a désignés pour rester en Orient. Une continuité a été assurée malgré les aléas. Et à travers les ans. Puis graduellement sur une injonction supérieure, ils se sont mis à la recherche, ici, en Terre Sainte, d'une femme ayant une cicatrice sur la gorge. Car j'y tiens, à la fille.

Alix hésita avant de poursuivre, Geoffroy en profita pour lui couper la parole.

- Mais ma chérie, si c'était vrai, et si nous étions réellement concernés, cela se saurait depuis des années. Or, nous ne savons rien. Absolument rien. Et ici même nous errons comme des âmes en peine.

- Nous ne savons rien, dis-tu. C'est faux !

- Quoi, s'exclama Geoffroy en se levant brutalement ! Répète ce que tu viens de dire !

- Je dis que c'est faux.

- Quelqu'un savait.

- Obligatoirement !

Puis la fille se tut pour laisser à son frère le temps d'assimiler la terrible phrase. Elle lut sur son visage la stupéfaction, le doute.

-       Tu ne veux pas dire que…

Il avait du mal à mettre bout à bout ses mots. Elle le laissa compléter tout seul sa phrase

-       Tu ne veux pas dire que...

-       Mais oui mon chéri.

-       Qu'elle sait ! Bordel de bordel de merde, c'est impossible ! Mélisende ne peut pas plus savoir que nous.

-       Et si. Car autrement rien ne s'explique. Tiens, pourquoi crois-tu qu'elle s'est mise dans la couche de l'Empereur. Par fantasme sexuel, allons donc, la bonne blague ! elle cherche par tous les moyens, dont celui-ci en particulier, à le retarder au maximum pour l'empêcher d'arriver jusqu'ici.

-       Mais c'est la seule qui n'ait jamais été intéressée par la fameuse carte. Et cette insistance des Templiers à fouiller n'importe où, sous l'esplanade du Temple, à Megiddo, la faisait rire aux larmes. C'est pas possible d'être aussi bête, n'arrêtait-elle pas de s'exclamer.

-       Pardi, bien sûr. Elle l'avait dans la tête, la fameuse carte. Tiens, encore un fait.

-       Elle court un terrible danger en retardant le Germain, ne le vois-tu pas ? Tiens, une autre preuve, tu te souviens aussi des innombrables questions sur notre fameuse cicatrice ? De d'Albano entre autres ? Et nous, bêtement, nous sortions les conneries habituelles : le chameau, les Mongols, un mari jaloux…

-       Qui a pu mettre la puce à l'oreille de d'Albano ?

-       L'insistance, l'entêtement de Mélisende depuis un an et demi à parler à tout bout de champ, dès qu'elle rencontrait un Templier, disons, de haut grade, de la prise de Jérusalem par les Croisés. Même Ilghazi lui a dit qu'elle se répétait. Or, ce qu'elle savait sur le siège sanglant de Jérusalem, personne ne pouvait le connaître.

Elle poursuivit.

- Ni les chroniqueurs arabes ni surtout l'histoire de l'Occident dans les maigres récits de la première croisade. Avec ce luxe de détails, comme si elle y était. Elle nous a rapporté, comme en s'amusant, l'intermède au château fort du Germain, entre elle et leur Grand Maître, où elle prétendait avoir bien vécu les événements du siège et du sac de Jérusalem. Et le Von Selza qui n'arrêtait pas de dire « voilà elle recommence ». « Laisse » répondait invariablement l'Empereur sans plus y ajouter d'intérêt. Or, à mes yeux, son comportement prouvait qu'il y portait, au contraire, un très vif intérêt.

- Elle ne pouvait pas y être.

- Elle y était mon chéri, je n'en démordrai pas.

- Tu es sa jumelle, Alix, alors ne viens pas maintenant me dire que tu as soixante-dix ans. Tu es née après moi et moi non plus je n'en démordrai pas.

- Mélisende y était. Elle s'est reprise lorsque Ilghazi, un soir de beuverie, lui a jeté « Mais tais- toi, tu ne pouvais pas y être ». Et elle a feint de rire de la bonne blague. Et lorsqu'un chevalier qui se croyait intelligent lui a jeté « Mais Geoffroy », parce qu'elle était toi, ce soir-là, « tu ne pouvais pas y être car nous sommes en 1149 et la première croisade a eu lieu en 1099 ». Et tous d'éclater de rire.

- Elle a dû les écouter rire avec satisfaction. Elle venait enfin d'atteindre son but. Il y aurait bien quelqu'un qui allait, enfin là aussi, se présenter à elle pour...

- Voilà le point où tu te trompes. Personne ne s'est présenté en disant « Entre nous je suis le descendant du Prince de... ou du Comte de... ou du Seigneur de... Je viens pour l'or, enfin les mines d'or. Bon maintenant ou tu m'y conduis, ou ça va très mal se passer ».

Alix éclata de rire.

- Mon pauvre Geoffroy ! Mais ça ne se passe pas comme ça !

Interloqué, il la regarda.

-     Et toi, comment sais-tu que ça peut se passer autrement ? Alix, tu ne m'écoutes pas. Mélisende a ton âge.

-     Je te dis qu'elle y était.

Ils se séparèrent fâchés, mais inquiets. Dans la nuit cependant, Alix rejoignit son frère qui lui fit l'amour très doucement

CHAPITRE XXXIV

L'accident de la Mer Rouge

L'Empereur germanique avait cependant suffisamment d'informations à sa disposition pour hâter son expédition. Du moins pour les premiers indices qui semblaient fiables. Après avoir payé, beaucoup payé, les traîtres à l'Ordre du Temple, les guides, les traducteurs, un contingent Teutonique s'embarqua donc à Akaba à bord de trois boutres pilotés par des jordaniens jusqu'à Al Hokkeide, port yéménite où là, en principe, d'autres marins du port devaient prendre la relève pour les débarquer de l'autre côté de la Mer Rouge en plein territoire éthiopien.

Ils firent du cabotage en bordure d'une côte fort inhospitalière où très rapidement le désert arabique fit place à des falaises rocheuses tombant à pic sur la mer. Il fallut éviter les écueils se dressant, menaçants, et les hauts fonds marins. Inutile de préciser qu'aucun des teutons ne savait nager en cas d'avaries graves et n'avaient pas du tout le pied marin. Mais sous la férule de Rupert Von Manstein, ils se tinrent droit et continuèrent d'obéir. Il était après tout le premier Grand Maître adjoint des Teutoniques.

La traversée prit trois jours puisque les nuits, les capitaines s'arrangeaient pour trouver un refuge dans une anse abritée. Ils descendaient à terre, faisaient du feu, et montaient en outre la garde.

Au détour d'une presqu'île, ils virent s'approcher les blanches masures du port yéménite. Il avait la chance d'avoir une rade en eau assez profonde, ce qui fait que les boutres purent jeter l'ancre et les Teutoniques furent contraints d'emprunter des barcasses pour gagner la terre ferme. Là, Von Manstein dut discuter avec l'aide d'un capitaine jordanien le passage sur l'autre rive. Ce fut pratiquement impossible. Les Yéménites refusaient obstinément de débarquer sur une terre hostile par principe, et obligatoirement dans un port, faute de connaissances suffisantes de la côte adverse.

- On m'a parlé de Mekele, s'obstinait Rupert.

- Mais Mekele est plus haut, rétorquaient les Yéménites. Vous auriez dû débarquer juste en face.

La traduction, les aller- retours, les questions réponses, prirent au bas mot une demi-journée et le germain se rendit compte lentement qu'il ne s'agissait pas du tout d'argent. Les Yéménites ne voulaient tout simplement pas y aller, quel que soit le prix proposé.

Un doute lui vint graduellement. Tout homme a forcément son prix, songeait-il. Encore plus s'il s'agit d'habitants pauvres et pour lesquels le transfert de chevaliers francs non seulement représentait une véritable aubaine, mais leur assurait une bonne année.

À des regards échangés entre les Yéménites, regards auxquels il n'avait pas, de prime abord, attaché d'importance ; aux hésitations naturelles il soupçonna autre chose. À la fin de la deuxième journée, alors que les germains crevaient de chaleur, où pas un souffle d'air venu de la mer ne rafraîchissait l'atmosphère, il entrevit une possibilité.

Il s'en ouvrit aux deux commandants teutoniques qui participaient avec lui aux âpres discussions.

- Que vous semble-t-il de l'attitude des yéménites ?

- Elle n'est pas franche du tout. Ils hésitent, mais pas seulement parce que la côte d'en face est habitée par des tribus guerrières et fort hostiles.

- Moi je pense, finit-il par articuler, que quelqu'un les paye pour qu'ils disent non à toutes nos propositions.

- Quoi, s'écrièrent-ils tous deux en chœur ? Et qui ?

- Le vizir du Yémen peut-être, avança l'un des deux.

- Non pas. Simplement le chef, le caïd du village qui veut faire monter les enchères, suggéra le second. Ce que nous leur avons déjà proposé constitue, pour eux, une véritable pluie d'or.

- Et alors, interrogea Ruppert ?

- Alors, il attend son chiffre et vous verrez qu'à ce moment-là tout se résoudra.

- Je n'y crois pas. Ni vizir, ni caïd du village, mais quelqu'un d'autre.

- Vous voulez dire…

- Je veux dire qu'un homme agit derrière le caïd, lui souffle les réponses, les bonnes réponses, un homme qui voit d'un très mauvais œil notre arrivée.

- Mais nous sommes cent quatre-vingt. Il ne compte pas, cet individu, nous arrêter ? Avec de l'argent, si.

- Et avec de l'or, encore plus.

Les deux commandeurs étaient stupéfaits par la présence d'une tierce personne manœuvrant en sous-main et malgré l'or dépensé.

- Il faut faire parler le caïd, émit l'un d'entre eux.

- Vous oubliez que nous ne parlons pas sa langue.

- Au fait, où est le traducteur, quoique minable, qui nous a aidé dans ces informations ?

On le fit chercher. On ne le trouva point.

Ils s'adressèrent en leur langue aux Yéménites rencontrés sur le port. Soit ils hurlaient de rire en se tordant ou affichaient l'incompréhension la plus absolue. Enfin, ils mirent la main, dans une taverne crasseuse et nauséabonde d'une petite ruelle, sur l'un des capitaines jordanien. Sa mine, en les voyant, s'éclaira.

- Alors, on repart, fit-il avec dix phrases, des tas de gestes… ?

- Non. On ne repart pas. On continue.

- Mais vous continuez quoi ? Ils ne veulent pas, ils ont une trouille bleue et… le tout en un temps fou, cinquante phrases et quinze fois plus de gestes qu'auparavant.

Il escomptait, avec les deux autres capitaines, une remontée sur Akaba et pensait bien voir le chiffre de la traversée décuplée par rapport à celui de l'aller. Sinon, ces teutons de merde pourraient bien revenir à pied, alors… Von Manstein tentait d'y voir clair dans cet imbroglio, et soliloquait.

- Il a une trouille bleue, lui aussi, mais de qui ? Du même homme. C'est possible. Mais qui est-ce ?

Aussi, pour plus de sûreté, il donna des instructions. Par groupe de trois, les Teutoniques devaient parcourir toutes les ruelles, se faire ouvrir toutes les masures, entrer même à la mosquée, visiter de fond en comble tavernes, entrepôts de carénage des navires, pour trouver un homme n'étant pas de leur bord. Ils y passèrent l'après- midi sans autre résultat que le mécontentement généralisé de la population.

- Vous devriez cesser vos menaces, émit le caïd en cinquante phrases incompréhensibles.

- Le traducteur a vraiment disparu, argumenta Von Manstein.

- Disparu, lui ? Et le caïd éclata d'un rire gras. Il fait une sieste, très prolongée, avec une jolie fille… le tout en cent phrases.

- À ce train-là, pensa Rupert, on en a pour des semaines.

- Sauf si on repart, émit l'un des commandeurs qui l'avait deviné. Ils n'attendent que ça.

Enfin le traducteur réapparut, affamé, les traits chiffonnés, l'air visiblement hagard. On venait certainement de le tirer des bras d'une jolie fille. Il était borgne, édenté, et boitait. Sa connaissance de la langue franque tenait de l'approximation la plus pauvre.

- Eh bien, qu'est-ce qui se passe encore, commença-t-il, parce que autrement je retourne me coucher… ?

- Il se passe, répondit le caïd, qu'ils veulent toujours aller en face.

- Qu'ils y aillent donc à la nage.

Et ils continuèrent ainsi encore dix minutes sur le même ton, clôturées par des saccades de rire… ah, elle était bien bonne… y aller à la nage… excellente idée.

- Bon, ça suffit, ordonna le Teuton, ivre de rage. Faut-il encore vous payer pour continuer la discussion ?

- Mais quelle discussion, hasarda le pauvre hère. Elle est terminée. Ou vous y allez par vos propres moyens et Allah connaît votre bravoure, votre enthousiasme, bref tout et tout, ou vous remontez sur Akaba.

- C'est Geoffroy Faraglioni qui vous paye, éructa alors le teuton prononçant sans y penser le nom de son adversaire ?

- Qui ça, bégaya le traducteur ?

- Ne te fais pas plus bête que tu n'es, et Rupert, du haut de sa stature impressionnante, attrapa le pauvre homme par le cou.

- Vous… vous m'étranglez, finit-il par dire entre deux hoquets et deux quintes de toux.

L'autre finit par le relâcher si violemment que le traducteur en tomba par terre d'émotion en soulevant un tas de poussière. Ce fut le caïd du village qui le releva.

Les chevaliers teutoniques observaient avec intérêt la scène en se demandant comment tout cela allait bien finir ; avant deux jours, il faudrait décider de remonter car les vivres viendraient à s'épuiser et le village était tout sauf accueillant.

Un bref aparté réunit le caïd et le traducteur, ponctué par des claques sonores dans le dos. Ils se séparèrent et ce dernier, en s'époussetant, crachant même quelques cailloux, revint vers le Germain.

- Quel était, déjà, votre dernier prix ?

- Vous le savez bien. Il vous a fallu une heure pour le lui faire passer.

- Répétez-le à nouveau, je vous prie.

- Trois mille dirhams d'argent.

- C'est bien ça. C'est tout à fait ça. C'est bien ça que j'avais compris, d'ailleurs.

- Et alors, ça vous avance à quoi ?

- À moi, rien. À lui -et il désigna le caïd qui souriait- ça lui fait beaucoup.

- Donc il est d'accord.

- Il est d'accord pour trois mille cinq cents dirhams.

- Ah, non !

- Ah bon. Comme vous voudrez. Et le ton était étonnamment placide et, pour une fois, le vieil homme avait prononcé la phrase d'un trait.

- Vous plaisantez ?

- Sûrement pas.

Tout le monde avait saisi qu'on était parvenu à un point capital de la négociation. Le commandant teutonique serra ses poings, ivre de colère. Il s'était fait manœuvré, depuis le début, lorsqu'il avait proposé mille dirhams sur indication, d'ailleurs, de ce même traducteur à la manque. Puis deux mille. Puis trois mille. C'était, paraît-il, le dernier mot.

- C'est curieux, commentait l'un des commandeurs teutonique pour son voisin, mais ce traducteur a soudainement des éclairs d'intelligence dès qu'il s'agit de chiffre.

- Pardi, il doit avoir une belle commission à la clé. Il aura de quoi vivre pour une année lui aussi.

- Et si c'était lui qui donnait ces ordres absurdes ?

On le regarda, qui souriait d'un air idiot, regarda le caïd qui attendait, les trois capitaines qui comme par miracle venaient de sortir de la même taverne crasseuse et qui attendaient, eux aussi. Il lui fallait prendre une décision sur le champ.

- Bon. Préparez-vous à réembarquer, ordonna Rupert. Qu'on amène un coffret. Dissimulez-le au regard, et tirez en trois mille cinq cents pièces d'argent que vous mettrez dans une sacoche de cuir.

- Vous êtes raisonnable, émit le vieil homme, mais votre poigne n'est pas douce. Il pourrait vous en cuire.

- Des menaces à présent… reprit le teuton.

- Non, une simple invocation à Allah qui connaît ma droiture, quant à vous…

Le comptage des pièces prit un certain temps, le caïd prétendant que le compte n'était pas bon. On fit cinq tas finalement, trois pour les trois capitaines, un pour le caïd, un pour le traducteur. Machinalement Von Manstein tenta de compter son tas à lui. Mazette, il ne s'emmerde pas, pensa-t-il. Au bas mot trois cents pièces ! Le vieil homme surprit son regard.

- La femme qui m'héberge est vénale. Il lui faut…

- Je m'en fous, et le teuton lui tourna le dos.

Maintenant qu'on était d'accord, tout alla très vite. Le départ fut fixé au lendemain matin.

- Il faut emmener le traducteur, suggéra un teuton, car non seulement nous ne parlons pas leur langue ici, mais de l'autre côté, ça risque d'être pire.

- Ah, non, pas lui !

- D'accord, mais qui ?

Von Manstein dut se résigner à s'excuser auprès du vieil homme pour sa maladresse de la veille due au surcroît de panique, de fatigue, de chaleur. L'autre tendit simplement la main et annonça :

- Combien ?

- Ça y est, ça recommence. Et il lui mit dans la main vingt dirhams de plus.

- Je vous préviens, annonça le traducteur, c'est un port, à ce que j'en sais, beaucoup plus important que celui-ci, où je ne connais personne, vous n'aurez pas de mal pour vous trouver un type qui… par contre un Éthiopien qui vit ici depuis longtemps pourra vous y conduire. Je le paierai bien… à votre place.

-    Un Éthiopien ? Comment se fait-il qu'il y ait un Éthiopien ici ?

-    Pourquoi pas ?

-    Et vous ne l'avez pas dit plus tôt ?

-    Parce que vous ne l'avez pas demandé.

Le tout sorti d'un trait…

-    Eh bien, quand il veut, il parle très bien. C'est bizarre ça !

-    Rendez-moi cet argent !

Et le Teutonique faillit passer son épée au travers du corps du traducteur.

-    Un cadeau est un cadeau.

Ils embarquèrent l'Éthiopien qui ne demandait pas mieux que de retrouver son pays d'origine. Les trois boutres levèrent l'ancre, salués par une foule en délire. Ce n'est pas tous les jours qu'on a de riches bienfaiteurs. Les femmes se mirent à youyouler, les hommes de lever les bras, et les gamins de pisser dans l'eau.

-    Dès à présent, faisons bombance, ordonna le caïd. On l'a bien mérité.

-    Tu es un père pour nous, mon frère, murmura la foule admirative à l'adresse du traducteur, et Allah doit être vénéré pour ce bienfait.

-    Dans ce cas, allons tous à la mosquée.

-    Alors ?

-    Ça a marché, mais difficilement. Il m'a serré le cou à m'en faire crever les poumons, m'a jeté à terre, m'a presque piétiné. Je n'y vois plus que d'un œil, je n'ai plus de dents…

-    Abou ! Tu exagères…

-    Tu dis ça, mais il m'a aussi tiré les cheveux pour voir si c'étaient bien les miens, ouvert la bouche de force pour voir si c'étaient bien mes dents, saisi le bras et remonté les manches pour voir à quel point il était décharné, fixé fixement -ça se dit, dirait ton frère ou ta sœur- les yeux pour vérifier qu'ils étaient bien noirs, analysé mes orteils et mes beaux pieds nus dans des sandales de misère et de corde par même occasion.

    - Mais tu as quand même gagné ta vie… Au fait, qu'est-ce qui t'a pris de changer de registre en traduisant, passant d'une traduction hachée, entrecoupée d'arabe, d'hésitation, à un texte plus que parfait.

    - L'ennui. Ces types m'emmerdaient, j'ai voulu abréger leurs souffrances.

Ce fut au milieu de la Mer Rouge que les choses se gâtèrent pour les teutoniques. Les capitaines arabes avaient bien fini par observer que leurs navires gitaient dangereusement, alors qu'aucun vent ne s'était levé. Ils y firent d'autant plus attention que les voiles ne faseyaient plus et les bateaux paraissaient basculer suivant le vent de tribord à bâbord jusqu'au moment où un matelot, étant descendu sur ordre dans la soute, remonta affolé en hurlant.

    - De l'eau, beaucoup d'eau capitaine.

Même les Teutoniques peu doués pour les langues comprirent en un instant ce que vociférait le marin dans un langage des plus incompréhensibles. Mais le pire arriva lorsqu'on constata que les trois petites galères prenaient l'eau simultanément. Ce fut l'affolement général. On ne pouvait mettre aucune barcasse à la mer car il n'y en avait pas. Les capitaines comptaient trop sur le jointoyage effectué à partir du bitume pour renforcer l'imperméabilité du bois de charpente. Mais rien n'y fit.

Ce fut l'horreur, le désespoir, car la cité maritime était à présent toute proche. On voyait se dessiner le profil des falaises tombant à la mer.

Les navires s'enfonçaient de plus en plus malgré les ordres pour écoper. Quelques seaux pour des mètres cube d'eau, une misère. Certains Teutoniques utilisaient, comble de l'ironie, les paumes de la main pour reverser l'eau de la Mer Rouge dans la Mer Rouge.

Une à une les trois galères disparurent dans un petit maelstrom tourbillonnant à l'excès, emportant entre ses flancs les corps désespérés des germains.

Alix, suivie par Abou Zaya, s'embarqua alors sur un petit boutre faisant le cabotage le long de la côte pour se rendre compte de l'ampleur du naufrage, car à l'insu des Teutons, Alix avait grassement payé les Yéménites pour qu'ils fassent d'imperceptibles trous dans les coques des trois navires afin que l'eau s'y engouffre et qu'ils chavirent au beau milieu de la traversée. La mer était calme, mais avec des milliers de petits trous dans votre coque nous n'allez pas loin. Il ne resta bientôt plus aucune trace des trois navires.

-      Bon, à présent, je rejoins Geoffroy à Mekele, lui lança-t-elle une fois revenue au port. Vérifie que tout est en ordre ici et rejoins-nous.

CHAPITRE XXXV

Mekele

Mais l'Empereur dans le même temps, se trouvant à Mekele par un autre chemin, fut informé du désastre par ses espions arabes ayant précédé le contingent arrivé à Al Hokkeide, qui avaient observé et l'attitude du traducteur et celle d'un personnage qui s'avéra être une femme lorsqu'elle s'embarqua pour Mekele. Sa rage ne connut plus de bornes. Non seulement la plus grande des filles lui avait ravi, à sa barbe fleurie, le précieux itinéraire, mais la seconde des jumelles, car il ne pouvait s'agir que d'elle, venait froidement d'envoyer par le fond plus d'une centaine de ses plus valeureux soldats.

-   Elles vont le payer, jura-t-il.

Et pour ce faire il paya, lui, à nouveau, et fort cher, toutes les informations sur les Faraglioni. Comme ce n'était pas tous les jours que des étrangers débarquaient à Mekele, ils furent vite repérés. Djeffar se présenta le premier. Mais il avait attendu plus d'un mois car ses renseignements n'intéressaient personne. Maintenant oui.

-   Oui, c'est moi qui les ai conduits au désert. Je les ai pris pour un couple honnêtement marié. Maintenant si c'est le frère et la sœur, qu'Allah les jette hors de sa vue.

-   Où sont-ils ?

Et le guide d'expliquer.

-   Juste après la zone des terres volcaniques, très marécageuses également, s'étend à perte de vue ce que nous nommons le wadi-ad-natrum, une mer de sel. Je les ai abandonnés là.

-   Oui, mais qu'ont-ils fait à ce moment ?

- Il ne me l'a pas dit.

- Qui vit là-bas ?

- Personne, si ce n'est une petite dizaine d'anachorètes qui s'appellent eux-mêmes les fous de dieu. Mais si j'étais toi, et pour la bourse assez lourde que tu m'as apportée si généreusement, je les chercherai ici, à Mekele. Ce n'est pas un port très grand, donc…

- Combien ?

- Ah ! De l'esprit ! Et bien vois-tu, moi, à ta place… D'autant que le garçon qui a, j'en suis sûr, triché aux dés, m'a demandé une petite semaine de répit. Donc à mes yeux, ils sont certainement revenus.

- Tous les deux ?

- Tous les deux, oui. Non. Car en fait, la femme qu'il prétend être sa cousine, et qui lui ressemble étrangement, semble avoir disparu de Mekele.

- Renseigne-toi, et vite !

- Que la bénédiction d'Allah tombe sur toi et tes bienfaits.

On pouvait atteindre Mekele de plusieurs façons. En général, les voyageurs et marchands descendaient le long de la Mer Rouge, là où elle se resserre au maximum, pour caboter ensuite jusqu'à la côte occidentale. Mais il arrivait que, pressés par le temps, ou les inattendues tempêtes du désert, ces mêmes voyageurs choisissaient de partir d'Akaba de s'enfoncer dans le Soudan pour rejoindre au plus vite l'Éthiopie.

C'était la raison pour laquelle Manfred avait envoyé deux expéditions. Dans les deux cas, il fallait mettre impérativement la main à nouveau sur Mélisende. À la tête du deuxième groupe, il avait, à marche forcée, rejoint Mekele, mais il avait dépassé par une autre piste, celle empruntée par les Templiers escortant la jeune femme. Furieux, d'abord contre lui-même, puis ses éclaireurs, il avait réquisitionné les chefs de tribus insoumises en leur offrant une somme exorbitante pour retrouver la trace de la fille.

Toujours en payant, il avait acquis la conviction que Mélisende se trouvait fort en arrière sur sa propre caravane. Il avait donc quelques jours d'avance lorsqu'un messager vint lui annoncer le naufrage de ses Teutoniques, provoqué par une femme. Il reconnut la main d'un autre des Faraglioni.

L'Empereur, depuis le fort plus ou moins en ruine qu'il avait loué à prix d'or à la grande stupéfaction des Éthiopiens qui n'avaient jamais vu autant d'argent depuis longtemps, avait envoyé des cavaliers d'une tribu voisine d'Adigrat, à une vingtaine d'heures en amont de Mekele, à travers la région pour rechercher la présence de Mélisende. L'un d'eux lui fournit un soir un élément de réponse fort satisfaisant. L'Empereur n'eut pas besoin de traducteur puisqu'il parlait l'arabe.

- Ce sont bien eux, Sayed, et ils savent se battre. Ce ne sont donc pas des pèlerins ni des marchands. Ils sont à deux jours d'ici, se déplaçant fort lentement.

- Et leur chef ?

- Si vous voulez parler du chef chamelier, il s'est aussi bien battu.

- Mais non, pas lui. Je t'avais dit de rechercher un type assez grand, avec une cicatrice à travers la gorge.

- Ah, celui-là ! Impossible de l'approcher à moins d'un cheval de distance. Superbement protégé, mais un rude combattant cependant. Il a pris des coups mais en a donné tout autant.

- Mais tu ne l'as pas capturé ?

- Non Sayed, et je te rends ta bourse. Ce n'était pas prévu.

- Garde-la. Pourquoi voudrais-tu que je la reprenne ?

- Mais Sayed, le plaisir de la bataille. C'est sans prix. Nos armes se rouillaient dans leurs fourreaux. Personne n'est mort mais tous ont combattu avec adresse. Puisque tu avais ordonné une simple prise de contact.

- Où sont-ils maintenant ?

- Près de la bourgade d'In'Bala, en venant d'Adigrat. Droit devant toi. Tu ne peux pas te tromper.

- Tu ne m'accompagnes pas ?

- Cet homme est porteur d'une certaine aura. Les autres le regardaient sans cesse pour voir si rien ne lui arrivait.

- Raison de plus pour foncer à sa poursuite.

- Allah semble avec lui. C'est non. Le salut soit sur toi Sayed.

- Sur toi aussi le salut.

Je n'ai plus ma tête depuis la sinistre mascarade de la forteresse l'autre semaine. Je marche au ralenti. Au propre et au figuré. Comme les Templiers doivent m'obéir : on me fout la paix. Ce fut une erreur de plus. Car ils nous ont rattrapés. Le combat avec les types de cette tribu avait été plus rude que nous l'avions pensé.

Nous dûmes faire halte à un point d'eau pour soigner nos blessures ou autres contusions. J'étais moi-même passablement mal en point. Et cette nuit, les autres, c'est-à-dire les Teutons, nous ont encerclés, faisant passer de vie à trépas les sentinelles, et ils ont fondu sur nous. Sur moi surtout. J'ai été maintenue à terre avant d'avoir pu bouger. Je n'ai rien vu venir. Je pensais le Germain loin derrière moi, tentant certes de me rattraper, mais pas au point de me dépasser.

On me traîna plus morte que vive sous la tente de Manfred. J'arrivai cassée en deux, avec une misérable djellaba transparente. Assez courte, donc. Car quand je dors, je veux être à mon avantage. Je plaisante, mais je n'en mène pas large. L'Empereur est arrivé, fier comme c'est pas pensable. Il venait de récupérer son androgyne de service.

- Assieds-toi.

Bigre, de la politesse ! Chacun sur son tabouret pliant. Il a fait les choses en grand. Les mêmes servantes apeurées que dans la citadelle du Chastelet, des tapis partout, des pâtisseries dégoulinantes de miel, des dattes fourrées et, chose bénie des dieux, de l'alcool de figues glacé. Avec de petits gobelets grands comme les dés qu'utilise Leila pour coudre ce qui parfois me sert de robe.

-     Prosit, fit-il en levant son petit godet.

-     Prosit, dis-je en l'imitant.

-     Il faut que je te raconte.

J'ai tressailli immédiatement. Quand un homme commence ainsi une histoire, c'est qu'il a déjà en tête un plan bien précis. Celui de vous séduire. Et si je veux être séduit, il faut aussi que je sois séductrice. Une enfant de huit ans vous le dirait. Je me suis alors légèrement penchée en avant, j'ai courbé les reins, faisant ressortir – c'est pas si facile- mes fesses et mes seins. Une combinaison dont je ne suis pas peu fière entre nous.

El les yeux. Brillant d'émotion, luisant de tendresse. Non, j'exagère mais d'admiration. C'est mieux. Et quelques interjections du genre « ah, mon dieu ». Car il me racontait sa folle équipée pour me retrouver. Moi seule. J'ai tout gobé. Évidemment, c'était   trop beau.   J'avais du mal à tenir la position, je veux parler de mes fesses et de mes seins. Il fallait qu'il abrège. Et toute mon attitude contribuait à proclamer : « et comment ai-je pu passer sans le voir devant un pareil personnage ? Oh, mais maintenant on va se rattraper ».

Et la respiration à présent. Haletante la respiration. De grands moments d'extase. Le souffle court, oppressé, ou lent, des exclamations qui fusent « c'est pas dieu possible ». Hermann voyait indistinctement que la grande demeurée se foutait de son Empereur. Je sentis qu'il ne fallait pas aller trop loin, aussi jetai-je hâtivement.

-     L'histoire de votre famille m'a toujours prodigieusement intéressé.

CHAPITRE XXXVI

Othon

- Ainsi j'ai bien connu, également, votre grand-père. Il a raison Hermann.

- Sire, permettez-moi d'intervenir cette fois. Cette fille est folle mais elle fort indigne de vous et habitée selon moi par le diable.

- Tiens, qu'en ferais-tu ? Je ne te sais pas avare d'imagination.

Manfred tourna un regard ironique vers son commensal Hermann encouragé n'hésita plus.

- La remettre à la disposition de l'Inquisition.

- Tout simplement ?

- Mais oui... je me suis trompé. Elle n'est pas folle du tout Mais de sombres fantômes hantent sa chair et son esprit. Elle doit être brûlée vive.

- Comme tu y vas !

- Mais Sire, il faut exorciser le Mal, les démons, Satan…

- Attends... Avant, qu'elle nous raconte comment elle a bien connu mon grand-père. Au fait comment s'appelait-il ?

- Othon, Sire. Joli prénom, très teuton d'ailleurs.

- Jusque-là rien à dire, poursuivit l'Empereur. Cela me change mon cher Hermann des contorsionnistes, cracheurs de feu ou même derviche tourneurs.

- Comme vous voudrez, accepta Von Selza.

Mais il était lui aussi impatient de connaître la suite. Cela ne ferait qu'augmenter la liste des accusations à rencontre de cette satanée salope.

- En fait, reprit Mélisende comme si elle poursuivait un aparté depuis longtemps commencé, un événement me demeure inexplicable dans cette défaite insoupçonnée.

- De quelle défaite parles-tu ?

- Mais de Courtrai, Sire. Une défaite imprévisible, tout sauf programmée.

- Allons donc. J'ai lu et relu maintes fois les chroniques de l'époque. Les types en face de nous étaient plus forts, nous succombâmes malgré notre vaillance.

- Votre vaillance, parlons-en, le coupa-t-elle, j'y étais, comme ne veut pas le croire notre bon ami Hermann... Si... si… Othon était au centre d'un solide contingent de lourds chevaliers poméraniens, étincelant dans son armure d'or avec un casque à pointe, déjà, et en or. L'oriflamme de son empire flottait hardiment à ses côtés. Et de toutes parts, comme prévu, ses troupes attaquaient les Francs.

- Jusque-là c'est correct. On peut également le lire dans toutes les chroniques.

- C'est maintenant que le sort va tourner car il y eut inopinément une avancée d'un groupe de cavaliers étrangers contre son flanc droit qui céda un instant surpris par cette contrattaque. Ce fut suffisant pour qu'un lancier de Bourgogne…

- Oui… un lancier de Bourgogne…

L'Empereur s'était soudainement fait très attentif.

- Un lancier de Bourgogne vint planter sa lance dans l'œil droit du cheval de l'Empereur.

- Mais qu'est-ce qu'elle raconte, balbutia en tremblant Hermann ?

- Laisse, ordonna Manfred, devenu très pâle soudainement.

- Fou de douleur, le cheval se cabra, tournant, virevoltant dans tous les sens, s'élevant sur ses postérieurs. Othon, votre grand-père, rappela-t-elle, mais s'était inutile tant les deux hommes étaient littéralement suspendus à ses lèvres, Othon, donc avait le plus grand mal à le maîtriser, tandis que ses gardes du corps taillaient en pièce le faible contingent franc. C'est alors... mais vous connaissez la suite.

- Non, non, articula avec peine l'Empereur.

- C'est alors qu'un cavalier champenois plus aventureux que les autres se porta à la hauteur de l'Empereur, saisit le cou du monarque…

- Arrêtez, hurla Von Selza. C'est impossible, Othon était un émérite guerrier.

- Tais-toi, cria Manfred.

- Saisit le cou du monarque germanique allongé sur sa monture en train d'agonir, ce qui compliqua particulièrement la manœuvre, et malgré l'épaisse cuirasse…

- Bon dieu, tu continues ou je t'étrangle moi aussi, vociféra hors de lui l'Empereur.

- Étrangla très proprement votre grand père avant de succomber percé de mille coups de lance.

- La suite vous la connaissez tous les deux. Ce fut la déroute chez les germains qui ne virent plus leur maître. Les routiers flamands furent les premiers à déguerpir, suivis des saxons à pied, le reste se débanda. Le roi de France épuisé, ainsi que sa maigre troupe, ne les poursuivit point. Cette bataille qui se déroula entre midi et trois heures eut lieu un après-midi assez pluvieux de mars entre Tournai et Arras. Ce fut, vous le savez bien la fin de la domination impériale sur le nord de la France.

Déjà Manfred avait repris son calme, au prix de terribles efforts. Von Selza était loin du compte, affalé sur un coffret de bois, totalement anéanti par ces révélations dont il ignorait tout.

- Tu racontes fort bien et avec un rare plaisir le funeste destin de mon grand-père.

- Il n'était pas votre grand père. Vous n'êtes, Sire, qu'un descendant d'un bâtard, la femme d'Othon de Brabant le trompait hardiment. Il était impuissant. Mais la cour se tut.

- Mais... avança Manfred.

- Mais, voulut dire Hermann.

Le jeune Empereur secouait sa chevelure bouclée, ayant énormément de mal à assimiler cette vérité cruelle. Si jamais cela venait à se savoir…

Von Selza passablement troublé, n'en menait pas large. Tout son édifice mental se fendillait. L'Empereur reprit.

- Ce... Je voudrais revenir sur le début de ton récit… Tu as bien parlé d'un fait accidentel totalement imprévisible… mon… mon grand-père voulut-il affirmer avec foi en tapant du pied… a été tout simplement trahi et vous… les francs en ont profité pour arranger à leur manière l'histoire.

- Disons que le sort de la bataille, qui au milieu de la matinée ne faisait plus aucun doute dans les deux camps a subitement tourné. On a changé la main.

- Je ne comprends pas…

Il avait beaucoup de mal à formuler la question qui lui enflammait les lèvres. Ce fut Von Selza qui la sortit le premier, toujours hagard.

- Parce que, bien sûr, vous y étiez ?

- Mais non, mon bon Hermann, et elle éclata de rire. C'est impossible voyons. Je n'ai que dix-sept ans. Quel âge aurais-je pu avoir à Courtrai à votre avis ? J'ai seulement bien potassé mes cours d'histoire.

- Emmenez là, vous autres, commanda Manfred aux chevaliers de garde.

Elle fut tirée, sortie sans ménagement de la salle d'apparat.

- Elle y était, jura l'Empereur.

- C'est impossible Sire. Elle vient de l'avouer. Elle a consulté les chroniques de l'époque.

- Mais quand ?

- Je ne sais pas moi.

- Elle y était, j'en mettrai ma main au feu,

- Alors, si elle y était, elle aurait aujourd'hui plus d'une centaine d'années…

- Je pense qu'elle a bien plus que cela.

Mais Von Selza n'entendit pas cette prophétie murmurée à voix très basse par l'Empereur toujours sous le coup de la plus complète stupéfaction.

- Car si c'est vrai… ajouta-t-il, tout s'explique.

Sonné, Von Selza sortit de la tente.

En fait, rien de tout cela. Je vous fais marcher. Mais pour écouter, ça oui… il a écouté. Mais son cerveau déjà s'était mis en veilleuse. Il devait être convaincu de la magie aphrodisiaque du pouvoir. Rien n'avait changé à mon avis depuis l'homme des cavernes ramenant un ours à sa compagne.

C'est ce moment que choisit Hermann -ce cher Hermann, contente de vous revoir, si, si, c'était bien vous l'autre jour dans le souk des imprimeurs sur étoffe, le coup de coutelas à travers la gorge- pour toussoter à l'entrée de la tente où on me retenait prisonnière. Manfred venait tout juste d'y entrer Ça ne se fait pas, je sais, merci.

- Qu'est-ce qu'il y a encore, grommela l'Empereur, interrompu dans les plus belles de ses péroraisons ?

- C'est que… j'ai cru bien faire, sire… j'ai compté les morts, leurs morts.

- Tu as bien fait et c'est ton travail après tout.

- C'est-à-dire qu'il en manque.

- Il manque des morts… !

Et l'Empereur riait en tressautant d'une joie maligne.

- Eh bien cherche-les !
- Non… les vivants...
- Quoi les vivants ?

Et là, mon Empereur était salement emmerdé.

- Sire, la garde noire a compté nos adversaires hier avant la courte bataille. Environ une trentaine d'hommes, plus… plus… celle… celui…

Et il me désigna. En fait il ne savait plus comment me désigner.

- Oui, bon, alors ?
- Nous avons tué seulement trois sentinelles et douze types, et… celle-ci…
- Ça va, j'ai compris. Il manque des vivants.
- C'est exactement ce que je voulais dire. Des Templiers, assez nombreux donc, ont réussi à s'enfuir. Ils sont loin à présent car rien ne les retarde.
- Leur direction ?
- Mekele, bien sûr. La piste la plus directe.

L'Empereur s'est levé. Moi, toujours assise sur mon petit tabouret, j'ai pâli intérieurement. Il ne leur a pas fallu beaucoup de temps pour comprendre. Ah, l'ordre germanique et sa manie de tout compter ! Il s'est tourné vers moi, les yeux étincelants de rage.

- Tu le savais et tu me joues une comédie depuis quelques heures. Tu me laisses parler. Tu voulais me séduire, détourner de moi d'éventuels soupçons. Mais ton compte est bon maintenant. Toi, ordonna-t-il à Hermann, qui ne se tient plus de joie, poursuis les Templiers pour les empêcher d'informer d'Albano et ramène moi deux solides Prussiens. Je m'en vais lui faire passer définitivement l'envie et l'idée de se foutre de moi.

Je reste muette. Je me lève cependant. Nous nous faisons face. Les seconds couteaux vont réapparaître. Ce ne sera pas drôle du tout. De nouveaux adversaires. Il ne me sous-estime absolument pas. Il marche lentement. Je l'ai de profil. Il est blême de colère. Il serre les poings avec frénésie. Puis il se tourne à nouveau vers moi.

Un petit sourire aux lèvres. Mais de contentement. Il a son androgyne bien à lui. Pour cette nuit. Dans l'intervalle il va lui faire cracher tout ce qu'il sait. C'est tellement vrai qu'au moment où Hermann revient avec deux Teutoniques, il le renvoie brusquement.

- Reste dehors ! Eux aussi. J'en ai pour très peu de temps.

Très peu de temps. J'ai bien entendu.

- Tu as perdu Mélisende. Il faut savoir le reconnaître. Honnêtement.

- Honnêtement je ne crois pas.

- Ah, ta manie de reprendre mes paroles !

Là je m'abstiens de reprendre.

- Treize types... morts... c'est quand même cher payé, insiste-t-il, le même comportement très étrange que ton cardinal. Tu dois représenter un intérêt majeur pour d'Albano. Je ne vois pas encore lequel. Et les autres, où vont-ils, où sont-ils ? Parle ! Pas à Mekele ?

Par les autres, il entend mes doubles, ma jumelle et mon amant. Je le sais foutrement bien, où ils vont.

Non, effectivement, pas à Mekele. Mais au lac, Sire. Tout simplement. Et avant que vous me posiez la question suivante pour rejoindre les autres Templiers.il y a plein de Templiers brusquement par ici, vous avez remarqué ?

Il ne répondit pas et poursuivit.

- Où est d'Albano ?

- Je n'en sais rien.

- Je ne te crois pas. Où est d'Albano, car si tu es là, il ne peut pas être bien loin ?

- Une supposition. Il a dû apprendre votre expédition. Donc il est derrière nous. Ou devant. Ou tout à côté. C'est simple à comprendre, une colossale ironie, non ?

Il me gifle d'un revers de la main. Ça fait horriblement mal.

- Prends-le sur un autre ton avec moi.

Et là je recommence le coup du thé brûlant. Je me penche et d'un geste brusque j'essaie de lui arracher la dague qu'il a dans sa ceinture. Je vais y parvenir. J'y parviens. Il s'est reculé avec un oh de stupéfaction et je lui plonge la lame dans la poitrine. Mais elle glisse car il a rapidement esquivé le coup. Tout aussi soudainement, il s'est repris, s'est porté en avant, et sa main a saisi mon poignet pour le tordre.

Nous luttons pendant de longues secondes. Il est ahuri de ma résistance musculaire. Je vais y arriver par tous les dieux... Plus forte que l'Empereur. Et cette phrase me perd. J'ai relâché mon attention un temps infinitésimal. Il a ramené mon bras vers lui et l'a dirigé vers mon avant-bras. La lame s'y plante. Je hurle et tombe à terre.

- Sacrée femelle !

Et il crie des mots orduriers. Je ne suis pas arrivée à le blesser malgré ma rapidité, mais j'ai repris l'avantage. Comme avec la tasse de thé brûlant. Je me redresse toute seule et lui fait face. Hermann est resté en dehors de la tente. Il n'a pas un seul instant supposé que je pouvais, musculairement parlant, tenir tête à son Empereur.

Un jeu de dames arabes. Il a les noires évidemment. Je devrai maintenant avoir l'avantage. La fameuse diagonale de l'algébriste yéménite. Il le sent à d'imperceptibles riens. Car il m'observe. Cet homme a une personnalité hors du commun. Il aurait pu faire de grandes choses. Celles qu'il entreprend ressortent d'une entité du Mal. Il a mal choisi ou on a mal choisi pour lui.

Il me gifle à nouveau avec une incroyable brutalité. Il redouble. Un aller-retour appliqué avec sadisme. Comme avec ses poings. Je vacille, tente de me retenir à n'importe quoi, et je m'écroule de douleur et de rage à terre. J'ai les pommettes enflammées. Je dois être affreuse à voir. Il me pousse légèrement du bout de ses bottes dans les côtes. Il enfonce tout doucement et appuie.

Ça fait très mal. Il se recule et me balance un nouveau coup de bottes en bas des côtes. Je hurle de douleur. Je suis aveuglée et la respiration me manque, le souffle coupé. Je suis toujours à moitié nue avec un simple pagne de lin et ma vague djellaba blanche et transparente, qui dévoile à tout un chacun ma féminité. Mes hurlements ont du s'entendre au dehors.

Mais personne n'intervient. L'Empereur peut faire ce qu'il veut. Je parie même que ses sbires se sont éloignés pour le laisser à ses fantasmes. Je sais ce qui va arriver. Les deux choses. Je vais vraiment y passer cette fois, et ensuite il me torturera pour savoir comment aller au lac. D'ailleurs il ne m'a même pas demandé de quel lac il pouvait bien s'agir.

Je dois être d'une inconscience crasse car j'attends avec sérénité ces deux moments où ma vie va désormais basculer. Si quelqu'un lit dans mes pensées, il doit croire que je suis une folle doublée d'une salope. Je me redresse péniblement sur les genoux.

Il en profite pour tirer sans ménagement sur mes vêtements qui se déchirent. Je ne sais pas ce qu'il peut me trouver de sensationnel mais je suis tout sauf appétissante. Ça me rappelle les propos des premiers Teutons se demandant si la fille à la cicatrice était encore consommable.

Peut-être qu'il veut simplement se payer une arabe dont la peau est très différente de la sienne. Et moi, j'ai envie de lui. Insensée, crient les voix dans ma tête. Une belle salope. Une lesbienne qui fait l'amour avec sa sœur, une incestueuse qui fait l'amour avec son frère, une salope qui baise pourvu qu'on lui flanque des coups. Voilà, vous avez deviné.

Il s'est rapidement déshabillé et vient s'allonger auprès de moi, sur le tapis recouvert de coussins. Ses mains sont douces qui parcourent mon corps. Il est blanc de peau avec quelques petites taches de rousseur. Très musclé, très viril aussi. Sa chevelure est blonde, bien bouclée, retombant sur ses épaules.

Je ne bouge plus, étendue sur le dos, mais j'ai un frémissement dans les reins et une chaleur dans le ventre qui ne trompe pas. Il me fait lentement l'amour. J'écarte les jambes, relève le bassin pour le recevoir très profondément en moi. Je garde les yeux ouverts. Il les a fermés. Inattendue comme surprise.

Je jouis doucement puis rageusement comme pour exorciser ma douleur. Il a pris son temps. C'est un maître là aussi. Il lâche quelques mots en germain, comme tous les hommes. Ils sont bêtes parfois les hommes. Je préfère ne pas savoir ce qu'il a dit mais j'en devine le sens.

Le sens… les sens... il me reprend une deuxième fois. Plus sauvagement. D'habitude c'est l'inverse, non ? Je suis bien. Je sens mes paupières se fermer et les siennes s'ouvrir.

Et je m'endors. Je sais que dans la nuit il m'a reprise une autre fois, différemment, comme Ilghazi aime à le faire. Comme un garçon bien sûr. Il doit se demander ce qui se passe dans ma tête, car il paraît surpris, et de mon manque de résistance auquel il ne s'attendait pas, mais surtout de mon active participation. Sans retenue.

Je sais. Je suis une véritable salope. Une… oui, aussi. Une putain. Le maître mot. Je lui en donne pour son plaisir et au petit matin c'est moi qui le prends entre mes lèvres. Je n'ai pas eu à me forcer, comme lorsque j'étais effectivement une putain dans un bouge d'Alexandrie, il n'y a pas si longtemps. Lorsque j'avais onze ans.

CHAPITRE XXXVII

Le bordel

Je dois honnêtement reconnaître que je ne sais pas comment je suis arrivée dans ce bordel. Oh, si, quelques bribes d'une situation que me restitue ma mémoire. Sacrée mémoire qui me joue des tours. Je suis capable de raconter le siège de Jérusalem en 1099 comme si j'y étais, et je ne me souviens plus de… nous revenions en convoi sur Âcre lorsque les deux galères vénitiennes furent attaquées sans sommation par des navires égyptiens.

Nous n'étions pourtant pas en guerre avec eux. Bref, au terme d'un très rapide combat, les marins furent jetés par-dessus bord, sauf les galériens, et les femmes passèrent un très bon moment. Une dame d'un certain âge voulut prendre ma défense. On lui cloua le bec avec une belle lame dans sa somptueuse poitrine. On me renversa sur un tonneau, jambes pendantes, et… et la suite vous pouvez la deviner. Al Mansour, le capitaine, que je devais revoir par la suite, me vendit à une maquerelle d'Alexandrie pour une somme dérisoire.

- Que veux-tu que j'en fasse, a-t-elle maugréé ? Elle est maigre à faire peur, des jambes interminables, oui, des fesses à la rigueur, c'est toi qui lui a fait cette cicatrice ?

Un très intéressant marchandage a suivi, dont le produit était mon corps. J'ai appris beaucoup de choses au travail. À me servir de mes trois possibilités de faire l'amour. Si je vous choque, vous le dites. Mais les clients en eurent pour leur argent. C'est la mère maquerelle qui la première eut l'idée de m'habiller en garçon pour enflammer leurs sens. Ce fut une réussite.

Un jour que Al Mansour venait lui vendre de la chair fraîche, il monta avec moi sans trop me regarder.

- Mais c'est ma petite Mélisende, fit-il en se déshabillant.

Il me racheta à la tenancière du sérail, car je lui vendis l'idée que mon parrain, le vieux Bartolomeo lui offrirait la cargaison d'une petite galère en guise d'échange.

- D'accord, si je te revois de temps en temps.

- De temps en temps alors, car tu pèses deux cents livres et tu viens de me fracturer les côtes. Ici, là, et plus bas.

Il m'envoya une de ces bourrades qui m'envoya valdinguer sur un coffret où je m'aplatis. Et l'occasion s'en présenta. Il me reprit comme le premier soir sur le bateau. C'était pas mal cette fois-ci.

- Tes seins ont poussé.

- Il faut ce qu'il faut Al Mansour. Au fait, c'est dix dirhams de plus.

- De quoi ?

- Dix dirhams. Pas compris dans le prix de départ. Si le client est content, il doit…

- Ah ! on marchande ?

- Oui, on marchande.

Nous sommes depuis les meilleurs amis du monde. Mais je ne l'ai pas revu depuis longtemps. Un prochain soir peut-être. Lui, s'il savait ce qui est en train de m'arriver, il mobiliserait toute l'armée égyptienne.

Je dois au plus vite redescendre sur terre car les souvenirs d'un bordel ne nourrit pas sa femme. J'ai même sorti un soir à Ilghazi que j'y étais allée de mon plein gré pour parfaire mon expérience amoureuse. Il n'a pas voulu me croire mais il en profité quand même.

Dans ma tête tout se met en place. Les différentes pièces du puzzle se réajustent une à une. Les pions se sont laissés prendre. Sacrifiées les diagonales du yéménite. Je n'ai pas triomphé. Je ne me suis pas laissée séduire. Je n'ai pas séduit non plus. J'ai tout simplement succombé. Avec l'Empereur, nous sommes pour l'instant à égalité.

Le réveil, comme prévu, est brutal. Je suis à peu près nue. Les Teutoniques, entrés dans l'intervalle, me dévisagent sans vergogne. J'entends l'échange de mots à mi-voix.

- Mais qu'est-ce qu'elle a de si terrible cette putain ?

Il va me torturer pour me faire cracher les indices manquants sur la carte. Ceux que je possède depuis longtemps dans ma tête. Il prendra son temps pour que je souffre bien, je vais prendre aussi mon temps.

Vous ne comprenez toujours pas l'attitude de cette salope, hein ?

- C'est du sadisme à l'envers, je vous l'accorde.

- La main gauche, ordonna l'Empereur, car au lieu de me livrer à eux sans merci, il vient d'avoir une excellente idée. Ça vaut mieux.

Un Teutonique s'agenouille près de mon bras, tire un couteau très effilé d'un fourreau de cuir, me prend la main gauche et commence à découper. A découper ? Oui, le cal. Il fait ça très bien le boucher. Au début je ne sens absolument rien. De fines lamelles de cornes se détachent. Aïe ! A présent il taille dans le vif. Il n'y a plus de cal. Il continue quand même et regarde son Empereur.

- Continue encore un peu.

Sagement le Teuton obéit. Je perçois le fluide de sang qui s'échappe. Je me retiens de crier. J'ai la chair à vif. Je crie. L'autre s'arrête.

- Un avant-goût, ricane l'Empereur. Il faut équilibrer le corps. Passe à l'autre main.

Mais l'autre main n'a pas de cal ! Il est fou ! Fidèlement le Teuton refait la même opération. Et là il découpe froidement dans la chair. Un bon petit morceau. Le sang pisse immédiatement.

- Ça t'apprendra à casser des tables, jette-t-il. Je ne te demande pas comment aller là-bas, tu vas me le dire très gentiment.

Je secoue ce qui me sert de tête.

-    Non ? Prévisible.

Ça fait atrocement mal. Hermann s'approche avec un petit sac de toile.

-    On en a trouvé quelques-uns.

-    Fais voir. Ça ira.

Hermann ne torture pas une femme. C'est indigne d'un barbare. Mais il désigne un freluquet.

-    Toi, vas-y !

Le type a tout de la fouine. Il s'agenouille. Décidément c'est une manie chez les Germains dès qu'ils voient une femme. Délicatement il m'enfile des brins d'épineux très acérés sous les doigts de pied pour commencer, et des mains pour finir. Il les a, je parle de ses propres mains, toutes baignées de mon sang. Et il les allume. Je veux dire les épineux, pas les mains. Il s'y reprend à plusieurs reprises et il pousse la cruauté jusqu'à pousser au plus profond les épineux.

Je hurle de douleur. Au choc des pointes sur mon épiderme se joint maintenant la brûlure. Je tente de me dégager et les mains et les pieds. Vainement. Les autres ricanent de me voir gigoter sur le sable. Je hurle sans discontinuer. La douleur est intolérable. Hermann lâche « Das ist ein verschärfte Vernehmung ». Il vaut mieux que je ne traduise pas.

-    Je... je parle, vais parler...

-    Mais non, Mélisende, j'ai tout mon temps.

-    Je dis que je parlerai.

-    J'ai bien entendu. Mais pas maintenant. Ton souffle peut éteindre les flammes.

L'autre prend tout son temps. Il y va tout doucement et en profite pour pousser un peu plus les épineux. Mon cœur chavire ; ma tête éclate. Je suis atteinte de partout. Je hurle mon désespoir.

- Par pitié, arrêtez, arrêtez, par pitié.

Je dois saigner de partout. Je ne pourrais plus jamais marcher, me servir de mes doigts. Puis on me retire les épineux. Ça fait encore plus mal. Je me tords désespérément pour échapper à l'implacable souffrance. Je suis incapable d'endurer une seconde de plus pareil supplice. L'autre se rend compte que je suis à point pour parler, dire n'importe quoi, livrer mes meilleurs amis, juste en échange d'un peu de répit.

Un homme s'approche alors il a l'air d'un arabe. Avec une sacoche de cuir en bandoulière.

- Un apothicaire, murmure l'Empereur, il te soignera lorsque tu auras parlé. Juste ce qu'il faut.

Ai-je bien entendu ? Juste ce qu'il faut ? Comment, c'est pas fini ? Ma pauvre Mélisende, être conne à ce point-là, ce n'est pas permis. Qu'est-ce que tu croyais ? Qu'il allait t'offrir à souper à la manière des nomades du désert ?

- Vous deux, relevez la doucement. Des coussins ? Ton dos ne te fait pas mal ? Y vois-tu suffisamment ? J'approche la carte, une de tes fameuses cartes. Tu vas très gentiment m'en donner la clef.

Et je livre tout. Le chemin exact à partir d'Akaba, la traversée de la Mer Rouge, le port de Mekele, la piste dans le wadi-ad-natrum. Ensuite les immenses statues, le chemin qui n'a ni queue ni tête. Et enfin le miroir noir.

- En dessous, questionna l'Empereur à mon oreille pour que personne n'entende ?

- Le miroir s'ouvrira pour vous.

- Pour moi ?

- Oui, il attend son heure.

- Tu n'inventes pas ?

Il sait que c'est vrai à mon intonation de voix.

- Ton frère et ta jumelle…

- Y sont déjà.

- Nous allons donc les rencontrer.

- Oui. Vous pouvez même les capturer.

C'est le type même du dialogue hors réalité. Pas de question. Seulement des affirmations. Et en réponse, à nouveau des affirmations. Là encore, un spectateur eut trouvé la scène dénuée de toute logique. Il affirmait en maître, je répondais en femme soumise.

Il me regarde étonné. J'ai trahi, sans concession et sans condition. Une femme amoureuse, blessée ? Pour se venger ? Peut-être, mais de qui ? Il se relève. Bizarrement il n'a pas l'air content. Hermann, qui a bien vu le manège, s'approche. Qu'est-ce que cette femelle a bien pu lui raconter ?

- Ça va… ça va, jette l'Empereur contrarié.

Il n'y a pas de quoi. Je lui ai tout donné et il est encore insatisfait.

- Soigne-la, ordonne-t-il à l'apothicaire qui n'attendait que cela et qui demande à ce que je sois conduite sous une tente.

Il se désintéresse de moi à l'évidence et part à grandes enjambées.

- Je parle très bien l'arabe, me fait l'apothicaire. Je vais utiliser le dialecte d'Acre. Tu le comprends ?

Et je sursaute, tel un ressort, tétanisée. Bordel de merde... le même apothicaire qu'à Jérusalem il y a quelques semaines.

- Qu'est-ce qui t'arrive ? Recouche-toi ! Veux-tu enfin te calmer !

Je fais signe de la tête que oui.

- J'ai ordre de cautériser tes plaies, d'y appliquer des baumes.

Mais non de te guérir.

-   Hein ?

-   Calme-toi. C'est ce que j'ai dit, je ne sais pas ce qu'il a dans la tête.

Moi... si... Ce n'est pas fini... Et pourtant il a toutes les cartes en main. Il devrait rayonner de satisfaction. Il rage de colère au contraire.

-   Je vais quand même te soigner. Pour te guérir.

-   Même si ça ne sert à rien ?

-   Inch'Allah !

-   Inch'Allah !

Mélisende divaguait dans l'intime de son être. Par toutes les fibres de son cœur et de son corps, elle se sentait atteinte par une souffrance intolérable, inexplicable. Elle pleurait intérieurement les larmes du dernier désespoir, pour être restée si longtemps dans le noir, sans personne à qui tendre la main. Une femme ratée, travestie pour les besoins d'une cause supérieure en un homme averti. Elle ne fut jamais capable de faire la différence. La preuve, les minables aventures dues à pareil travestissement.

-   Tu te trompes, vient de murmurer mentalement une voix.

Dans sa torpeur comateuse, elle sursauta imperceptiblement et haussa sans le savoir un sourcil interrogateur au-dessus des paupières obstinément closes.

-   Tu te trompes Mélisende. Tu penses n'être qu'un entre deux. Mais c'est faux. Une illusion, c'est vrai, pour les autres, le monde d'en bas, car elle gisait là, la trouvaille permettant la réussite du plan.

Le jeune moine d'Avignon, le secrétaire du cardinal de Bellechose, le souriant vénitien de Palerme, comment en confier les démarches à une autre que toi.

-   Moi ?

-   Tu n'as pas d'âge Mélisende. Toi-même l'as répété à ton ami

Ilghazi, et amant occasionnel.

- Mais ne dit-on pas qu'on ne s'en souvient pas ?

- Au contraire. Comment pourrait se réaliser l'anamnèse dont tu te moquais l'autre jour si elle ne te restituait pas les différentes phases d'une existence ?

- Ah oui, la mémoire de toutes les mémoires.

- Tu n'es pas un androgyne et tu n'as pas non plus un corps original comme voudrait te le faire croire ton Empereur, Tu es une personne élaborée pour un certain but.

- Je vais mourir à présent, n'est-ce pas, après cette confession et cette discussion ? C'est le but de votre visite. Vous ne dites plus rien ? C'est donc vrai ? Ah, vous êtes parti… c'est dommage, j'étais bien avec vous, une infinie seconde.

- Mélisende combien y a-t-il de statues le long de cette route.

- 343.

- Le grand miroir noir. Une eau maléfique. Tu t'en souviens ?

- Bien sûr.

- Hugues de Champagne ?

- Ah mon frère Hugues, un beau et noble sire, il avait drôlement confiance en moi.

- Drôlement… un terme que tu affectionnes d'utiliser souvent.

- Tu vas mieux.

- Tiens, quelqu'un d'autre vient de me parler. Me parler réellement. Oh non ! Un sursaut, un sursis.

Le médecin perse est penché sur elle et jette rapidement quelques phrases à mi-voix. Mais Mélisende comprend tout à la seconde où il les prononce.

- Ne dis donc pas de bêtises. Bien que tu sois moribonde, à

l'agonie, je vais t'expliquer ce que j'ai fait. Je ne suis pas apothicaire mais un véritable médecin praticien, c'est-à-dire que je ne me contente pas de décrire une maladie, je la soigne. Tu m'écoutes ? Elle m'écoute. Mon nom est Abjar-al-Kinavi. Je viens de très loin. De Gundishâpur, au sud de la Perse. On m'a parlé, à un moment, des mines du roi Salomon. Tu remarques le système des coïncidences, n'est-ce pas ? J'ai voulu aller vérifier par moi-même.

-

...Une curiosité. Un devoir plutôt. Tu as entendu, petite, un devoir. Trop long à t'expliquer, plus tard assurément. Comment je vais te guérir si le grand caïd n'y met pas un terme... voilà... tu écoutes toujours ? C'est parfait. D'abord je t'ai fait boire quelque chose d'infect. Un analgésique. Tu sais ce que c'est ? Parfait, elle sait. J'ai mélangé, c'est horrible à faire entre nous, de la mandragore, de la jusquiame, et un champignon, la morelle noire. Ça t'intéresse encore ? Les trois destinés à endormir la douleur et l'esprit. Puis je t'ai fait vomir. Affreux. De la bile jaune et de la bile noire. A suivi une diète forcée, car comme tu étais morte, ça ne pouvait pas te faire de mal.

- Et il a le courage de plaisanter.

Les lèvres de la jeune femme ont formé ces mots. Une voix s'insinuait dans le cerveau de Mélisende et une infinitésimale esquisse de sourire passa très rapidement sur ses lèvres.

Un brouillard ombrait le bleu du regard.

- Je ne vois rien.

- Mais tu parles. Un gros progrès, à mon avis.

- Je bataille avec les mots.

- Ne bataille plus, par pitié.

- Tu m'as drôlement bien soignée. J'ai tout entendu.

Abjar-al-Kinavi émit un grognement pouvant aussi bien passer pour un assentiment qui pour un gémissement en prévision d'une réanimation plus que probable.

- Ah, j'oubliais, fit Mélisende.

- Quoi donc ?

- J'ai une faim… exquise. Et je m'enverrai bien de l'alcool de dattes. Bien glacé s'il vous plaît, Sayed Tabib, monsieur le médecin. C'était vous n'est-ce pas la première fois ?

- La première fois.

- Je ne vois pas grand-chose mais je devine. Vos mains d'abord. Je les ai senties sur moi l'autre jour à Acre lorsque vous m'avez fait ingurgiter de force des potions dégueulasses. Vous mangez à tous les râteliers on dirait.

- Oui, on peut présenter les choses de cette façon.

- Dors à présent. Nous reprendrons cette conversation plus tard.

Mais pourquoi un médecin perse s'occupe-t-il de moi au point de me sauver -ce qu'il va encore faire ici- par deux fois déjà ?

Quel est son intérêt dans cette histoire ?

CHAPITRE XXXVIII

Dans le souk de Mekele

Déambulant au gré de leur fantaisie dans les souks de Mekele, Alix et Geoffroy furent soudain séparés par un interminable couloir d'ânes, transbahutant des couffins si hauts qu'ils disparaissaient sous eux et que les âniers s'efforçaient en vain de mettre dans le droit chemin.

Geoffroy aperçut sa sœur sur sa droite, crut l'apercevoir sur sa gauche, se haussant sur la pointe des pieds pour l'entrevoir bloquée au carrefour de deux ruelles. De son côté, Alix fut repoussée sans ménagement par un portefaix, buta sur une pierre d'angle, perdit l'équilibre, et s'affaissa sur le sol pavé inégalement. En une minute ils disparurent l'un et l'autre de leurs vues réciproques.

Ce fut suffisant.

Alix fut relevée avec brutalité par deux malabars, traînée sur les genoux au risque de se les écorcher, jetée dans une échoppe dont le volet de bois se rabattit aussitôt sur elle. On la tira par le bras, elle trébucha, malmenée en même temps par d'autres séides qui la lancèrent dans une autre ruelle. Un voile noir sur sa tête, ses deux bras furent ramenés dans le dos, on l'obligea à courir, elle se tordit la cheville, une porte grinça sur ses gonds, elle fut projetée dans un réduit à cochons.

- En voilà déjà une, lança en langue franque un Teutonique.

- Je suis Leila, parvint-elle à dire lorsque son bâillon lui fut enlevé.

- Ferme-la !

- Mais je suis la servante, Leila, vous pouvez vérifier.

- Qu'est-ce qu'elle a, hurle le teuton ?

- Elle n'est pas Alix, mais Leila, la servante.

- Oh, mais c'est très simple, on va vérifier. Toi, debout !

On l'aida à se relever.

- Il y a un moyen très simple de s'en assurer, dicta le Teutonique. Et tu sais quoi ? Leur cicatrice. Leur commune cicatrice. Si cette femme en a une, alors c'est bien Alix, puisque l'autre est pratiquement entre les mains de l'Empereur, et on la bastonnera pour lui apprendre à vivre et à mentir. Après elle aura droit à d'autres bricoles.

On lui arracha brutalement son voile, on déchira son litham.

- Relève la tête !

Elle releva la tête.

- Merde, jura un Teutonique.

Il n'y avait aucune ligne blanche sur le cou ocré de la femme. Aucune cicatrice. Un Teutonique voulut s'en assurer et y passa la main puis l'index.

- Cette femme n'a jamais eu de cicatrice.

- Mais je me tue à vous le dire. Je suis Leila, j'ai quinze ans. J'accompagnai Geoffroy Faraglioni pour faire des achats. Alix est à la maison.

- Alors, il faut la relâcher.

Le sergent d'armes faillit relâcher la fille, mais un reste de soupçon le retint.

- Non. Elle va nous accompagner à leur demeure. Et tenez-la bien, qu'elle ne s'échappe pas pour prévenir sa maîtresse.

- Toi, rhabille-toi à présent !

Et la femme se réajusta tant bien que mal. Direction la petite masure dans la vieille ville.

- Marche un peu plus vite, exigea un Teutonique.

- Tu m'as tordu la cheville tout à l'heure, je boîte, j'ai mal.

Et elle se mit à l'injurier en arabe.

- Ferme-la. Tu vas ameuter tout le quartier.

- Je m'en fous. Bien fait pour toi. Il ne va pas être content le Geoffroy.

- Oh, si, il va être content, répliqua le Teutonique.

Et elle continua à crier d'une voix aigüe n'ayant rien à voir avec la voix rauque habituelle de Faraglioni.

- On s'est fichu dedans, marmonnait un Teutonique. Il va pas être heureux le chef si on lui amène la servante.

- Sauf si on arrive sans crier gare à leur maison et qu'on enlève la petite qui ne nous attend pas.

Arrivés à la maison, ils trouvèrent porte close. Ils frappèrent à grands coups. Un pas rapide dans le jardin. La porte s'ouvrit, à la stupéfaction d'Alix qui pensait Leila dehors pour un long moment. Celle-ci parut.

- Qu'est-ce que tu fais là Alix, jeta Leila ?

Le Teutonique se trouvait en présence de deux Leila. Il retrouva vite sa présence d'esprit.

- Saisissez-les toutes les deux ! On va vérifier une dernière fois.

Ce fut inutile. Alix avait abaissé sa capuche et montra son cou sur lequel se dessinait une fine ligne blanche.

- Tu étais Leila tout à l'heure ?

Elle acquiesça.

- Comment as-tu fait, alors ? Car j'ai bien vu… il n'y avait rien.

Elle ne répondit pas puis se hasarda sur un méchant coup sur le bras.

- Une illusion ne dure que l'espace d'une illusion, n'est-ce pas ? Un très court instant.

- Je ne te crois pas. Mais Hermann va être content.

Von Selza fut effectivement satisfait

- Et voilà, on les a toutes les deux. Alix, la responsable du naufrage de l'autre semaine où les nôtres ont péri par dizaines, et la tueuse à présent. L'Empereur l'a très bien traitée mais méfiez-vous en. Elle a possédé notre Empereur dans les grandes largeurs en lui refilant, alors qu'elle était au bord de l'effondrement, une vraie fausse carte. C'était d'Albano, j'en conviens, mais cette fille a dû l'envoûter, il n'y a pas d'autre explication. Une femme pareille qui, de plus, a en la personne de d'Albano un cardinal dans sa manche, est plus que dangereuse. Avec celle-ci en prime, le jeu est très bon.

Et ils embarquèrent Alix sans plus de cérémonie. La servante ne les intéressait pas. Von Selza fit jeter la fille dans une cave du vieux fort.

Leila, affolée, parcourut en tous sens la bourgade, pour finalement mettre la main sur Geoffroy à la recherche de sa sœur. Il avait retrouvé Abou Zaya dans une taverne, et ce dernier questionnait, en payant tout informateur capable de donner des indications sur la direction prise par les commanditaires de l'expédition.

À ce moment précis du soir, Geoffroy et Abou Zaya étaient dans l'ignorance de la capture de Mélisende. Pour dire la vérité, même si son arrivée déchaînait les foudres de l'Empereur, et son désir de mettre la main sur elle, ils étaient loin de penser qu'ils l'avaient poursuivie et capturée. Que d'Albano vint les rejoindre, oui, mais pas Mélisende. Du moins pas encore. Donc pour les deux hommes seuls le salut d'Alix dépendait de leur habileté.

L'affaire se révéla en partie hors de leur portée. Les Teutoniques logeaient dans les ruines de l'ancien fort dominant la cité, mais avaient circonscrit leur domaine à quelques pièces et des caves. L'une d'elles pouvait être la cellule d'Alix.

-       Combien de types ?

-       Une bonne centaine, voire plus.

-       Bigre, cela va être difficile de s'y introduire.

-       Geoffroy, mon ami, il n'est pas question d'entrer dans cette petite forteresse à deux, tenta Abou.

-       Si tu ne veux pas, j'irai seul.

-       Tu me méconnais. Geoffroy, mais on va se faire prendre, immanquablement. De nuit plus que de jour.

-       Bon, on ira de jour. Qui s'y rend de jour ?

-       Personne. Ah, si ! Comme il faut bien que les Teutoniques se réinstallent et que quelqu'un fasse leur cuisine, ils ont embauché deux femmes de pêcheurs qui quittent le fort ce soir.

-       Eh bien, c'est tout simple, fit Geoffroy, on va se déguiser en femme de pêcheur.

-       Geoffroy, je peux à la rigueur inventer dans un de mes contes pareille histoire à dormir debout mais dans la réalité il en va tout autrement.

Abou passa sa journée à négocier avec les femmes du village pour finalement mettre la main sur celles qui approvisionnaient le fort. Au départ, elles refusèrent, craignant à juste titre les représailles des étrangers. Elles se laissèrent convaincre, à la vue d'une bourse bien garnie, et leur confièrent même des indications précieuses sur l'état des lieux, les sentinelles, les allers et venues des soldats, leur campement. Elles avaient appris ou deviné la présence de captifs, mais n'avaient jamais été autorisées à se rendre dans leurs cachots. Ils y enferment même les soldats qui sont punis pour avoir désobéi, avait ajouté l'une d'elles.

En général, l'après-midi venant, tout le village accompagnait les deux femmes jusqu'aux grandes portes du fort, ce qui fait que jamais les Teutoniques ne leur prêtèrent attention. Mais deux hommes travestis en femmes arabes finissent immanquablement par attirer l'attention, même des moins avertis.

Geoffroy et Abou entrèrent donc dans un premier temps sans difficulté, porteurs de vastes paniers de linge, revinrent chercher auprès des autres femmes d'autres paniers contenant de la nourriture et des cruches de bière et se dirigèrent la première fois vers ce qui passait pour une buanderie et la seconde fois vers la cuisine située en haut des escaliers menant à la cave.

Là, ils devaient se séparer, Geoffroy descendant et venant délivrer sa sœur, et Abou faisant le guet tout en se dissimulant. Si les choses tournaient mal, Geoffroy et Alix pouvaient ressortir et plus tard, Abou se déshabillerait et filerait par un autre chemin étant redevenu un pécheur éthiopien. Il justifierait le cas échéant sa présence en affirmant vérifier le comportement de la soldatesque à l'égard des femmes.

Le plan reposait sur une multitude d'inconnues, conçu qu'il était dans la plus parfaite improvisation. Ils firent le premier aller-retour et posèrent les paniers de linge sale à l'entrée du fort, puis rapportèrent ceux contenant les vivres. A ce moment, Geoffroy abandonna Abou qui se mit à contrefaire deux voix pour donner l'impression que les deux femmes étaient toujours dans la cuisine.

Là Geoffroy tomba sur un premier garde en bas des escaliers qu'il dut assommer car l'autre à l'évidence ne se méfiait pas d'une femme arabe. Il le délesta de ses clefs, ouvrit la première cellule. Puis, ce fut le chaos le plus absolu. Un garde un peu plus soupçonneux trouva qu'Abou passait beaucoup trop de temps dans la cuisine en déplaçant des ustensiles et lui fit signe de se presser.

- Où est l'autre, questionna un second garde ?
- Pas vu.
- Cherche-la. Et fichez le camp !

Abou s'apprêtant à repartir se mit à youyouler, la seule façon d'avertir Geoffroy. Celui à présent était aux prises avec deux adversaires surgis de l'angle du couloir et surveillant les autres cachots. Il était à présent impossible de sortir à trois femmes du fort quand les Teutons en avaient vues seulement passer deux. Il préféra aussi assommer le garde qui le pressait de partir. Il se déshabillait déjà, allait pour se débarrasser de sa robe arabe lorsque Geoffroy surgit, toujours en femme.

-   Non, n'en fais rien ! ils sont trop nombreux en bas.

Ils sortirent rapidement de la cuisine, enfilèrent un couloir, se retrouvèrent dans la cour tandis que l'alerte était déjà donnée, se hâtèrent vers les grandes portes et rejoignirent avec un ouf de soulagement les gens du village. Tout le monde partit en courant, les dissimulant en partie.

Mais ils avaient échoué. Lamentablement. Abou eut la sagesse de ne pas poser de question ni d'affirmer qu'il l'avait bien dit. Le caïd du village était fort mécontent.

-   Ils vont s'en prendre à nous, grommelait-il.

Abou dut rajouter d'autres pièces à celles déjà versées, étant dans une colère noire.

La nuit tombée, ils firent le point dans une taverne.

-   Bravo, fit Abou Zaya, qui ne se contenait plus ! Nous avons gagné sur tous les fronts. Tu es content ?

-   Non, pas du tout. Je n'ai rien pu faire c'est toi qui avait raison.

-   Tu as vu Alix ?

Geoffroy tentait, sans y parvenir, de reprendre ses esprits pour faire le point. Abou mit aussitôt cela sur le compte de la souffrance de n'avoir rien pu faire, remarqua son teint livide mais continua à questionner à haute voix lorsque le garçon répondit enfin.

-   Tu as vu Alix oui ou non ?

-   Alix ? Un bref instant.

- Et…

- Elle dormait. Je l'ai réveillée.

- Elle t'a reconnu ?

- Même pas, répondit le garçon, très amer. Puis ils sont très vite arrivés dans mon dos. J'ai dû me battre, remonter les escaliers sur ton youyoulement, car autrement, toute la garnison nous tombait dessus.

- Mais il faut faire attention à présent, commentait pour la énième fois Abou. Ils vont s'en prendre aux gens du village, les faire parler, sûrement. Leur promettre de l'or. Toujours l'or.

- Je le maudis, ton or.

- C'est aussi le tien mon petit.

Ce fut dit sur un ton sans appel.

- Comment allons-nous faire maintenant, se plaignit Geoffroy, apparemment hors circuit ?

Abou sentit qu'il devait prendre la direction des opérations devant l'abattement du garçon. Lorsqu'ils revinrent à la villa, ce fut pour apprendre par Leila, qui avait écouté les paroles prononcées par les Teutons les ayant surpris, la capture de Mélisende dont se vantaient dans les tavernes les Teutoniques ivres morts. Les dents de Geoffroy grincèrent. Il eut un accès de tachycardie.

- Il les a toutes les deux, lâcha-t-il. Il faut donner l'assaut au fort…

- L'assaut ? Mais tu es fou ! D'Albano, qui va arriver, n'a pas quarante Templiers pour un combat perdu d'avance face à une centaine de Teutoniques, et nous devons sur le champ quitter cette demeure.

Geoffroy sombra alors dans un désespoir morbide, sans bornes, mais fut obligé de les suivre pour un improbable refuge.

CHAPITRE XXXIX

Les femmes capturées

Avant la tentative avortée d'évasion, remise à peu près d'aplomb par le médecin perse, Mélisende avait été amenée devant l'Empereur, soucieux d'enregistrer les derniers détails de son expédition. Il entra immédiatement dans le vif du sujet et la questionna donc abruptement pour vérifier qu'elle ne l'avait pas trompé lors de ses aveux. Elle eut un geste d'immense lassitude pour lui demander de la laisser. Le médecin perse dut intervenir pour qu'il s'abstienne de poursuivre son interrogatoire.

- Bon, ça ne fais rien, je sais tout à présent. J'y vais immédiatement avec une solide escorte. Toi, fit-il à l'attention d'Hermann, rejoins-moi. Fais attention cependant aux Templiers. Ne t'attarde pas en route. Nous aurons vraisemblablement à les combattre. Ce d'Albano ne renonce jamais. J'aimerais cependant bien savoir ce qu'il lui trouve.

- Moi aussi, pensa Von Selza qui regrettait l'assassinat manqué.

- À moins qu'il n'agisse que pour l'or. Ce que j'ai, jusqu'à présent, négligé comme solide argument. Donc il arrivera avec le frère, qui est introuvable depuis qu'on lui a volé sa sœur. Cela promet. Une belle bataille. La dernière pour eux deux.

- Ils ont aussi Ilghazi, compléta le comte. C'est paraît-il l'amant de cette fille.

- Va pour Ilghazi. Nous en ferons un beau carnage. Avec l'or, je ferai un empire en Germanie, mon cher Hermann, jusqu'aux marches polonaises et aux rives du Danube : nous construirons des forteresses inexpugnables, un ordre de moines chevaliers pour mille ans…

Déjà le Grand Maître n'écoutait plus ayant déjà entendu les couplets et le refrain de la chanson maintes et maintes fois. Il s'occupa de vider le vieux fort de la garnison, après le départ de l'Empereur, et emmena les deux filles sous une solide escorte.

Manfred triomphe. Les dieux sont avec lui. Ceux de l'ancienne Germanie comme les dieux de Palestine et d'Arabie. L'androgyne lui a tout révélé avant d'être jetée dans une étroite cellule, contigüe à celle de sa sœur, du fort à moitié en ruines. Pour l'instant, donc, elles sont séparées et ignorent tout du sort de l'autre. Car il leur réserve, aux deux femmes Faraglioni, un singulier supplice. Il lui suffit d'aller tout droit au lac Tala et d'attendre.

Von Selza se hâta vers le Wadi ad Natrum sur les indications laissées par la fille et figurant sur un plan dessiné par Manfred. Il rejoignit l'Empereur. Il le trouva à sa plus grande stupéfaction devant une excavation qui existait depuis des millénaires. Déjà les Teutoniques étaient au travail, s'étant transformés en ouvriers.

- Allons-y ensemble ! Vous autres, travaillez, creusez, et extrayez-moi le plus d'or possible !

- Tu cherches le lac, jeta Manfred ? Il s'est retiré. J'étais à peine arrivé. À croire que l'androgyne avait raison. Non. Je me trompe. Mais j'ai la tête qui tourne et ce n'est le soleil. L'excavation était déjà ouverte. Incroyable, n'est-ce pas ?

- Ça par exemple, murmura Hermann éberlué. La fille avait donc raison ! Le lac, les eaux, les diorites, la mine d'or. Mais comment le savait-elle ?

- Hermann, tu te souviens des récits du carnage de Jérusalem ?

- Bien sûr. Vous voulez parler de la fameuse fille ou du fameux garçon. Jamais retrouvé.

- Quel est ton avis à présent ? Était-elle à Jérusalem ?

- Sire, je n'y crois toujours pas. C'est impossible.

- Pas impossible Hermann, sûrement invérifiable.

- Oui Sire, mais, puisqu'elles vont mourir les jumelles Faraglioni, elles ne sauront par contre jamais s'ils avaient finalement réussi. Et pourquoi Mélisende s'était-elle sacrifiée ? Quel puissant motif la guidait ?

Alors, toujours éberlué, Von Selza lâcha :

-    La mine était toujours au fond du lac ?

Déjà l'Empereur ne l'écoutait plus, donnant instructions sur instructions à ses fanatiques soldats.

-    Venez Sire, le moment est venu de vous venger définitivement de ces femelles.

L'Empereur paradait devant les jumelles, inertes, couchées sur le sol dans le wadi-ad- natrum, en leur débitant un discours fort bien préparé.

-    Eh bien, les voilà toutes les deux réunies ces femelles Faraglioni de malheur ! Avec la plus grande en prime. Comment leur faire payer la vie de cent vingt de nos hommes envoyés par le fond en traversant la Mer Rouge ? Elles n'en mènent pas large.

…Les décapiter ? Ce serait beaucoup trop simple. J'avais au départ l'idée de les attacher aux postérieurs des chevaux et de les traîner au soleil sur ce désert de sel bien croûteux. Cela aurait provoqué immédiatement des blessures inguérissables avec le sel comme élément de cautérisation. On les aurait entendues hurler jusqu'à Jérusalem. Et puis Von Selza, qui a vraiment beaucoup d'imagination, a eu l'idée de vous transformer à votre tour en vestiges fossilisés.

…On pourrait ainsi passer à côté de vous sans vous voir. Bien sûr on vous verrait si on vous mettait côte à côte. Mais non. On va vous mettre un peu partout au milieu des autres troncs pétrifiés, des autres navires fossilisés. Personne ne pourra vous reconnaître. Ni vous délivrer, bien sûr. Hermann, jamais à court d'imagination, a eu une autre idée. Pour que votre supplice soit complet, il a ajouté, « on va aussi les enduire de sel ».

Il redressa sa haute taille, martela le sol de ses bottes, l'air hautain et arrogant, et s'approcha des deux filles.

- Je m'en vais vous dire une bonne chose, à vous, les femelles Faraglioni. Ça risque de vous surprendre, mais en recommandant votre âme au dieu qu'il vous plaira d'invoquer, gardez en mémoire ceci : J'ai beaucoup étudié en Sicile, l'astrologie, la nécromancie, les sciences dites occultes, et surtout, la science sacrée des Égyptiens. Eh bien, entrez-vous ça dans la tête, au lieu de me regarder avec des yeux fous... votre religion n'aime pas les femmes...

Les filles étaient trop épuisées déjà, même pour le regarder sur cette injonction.

- Hein... ça vous surprend cette hérésie de plus... je n'ai pas osé le dire à Von Selza qui pourtant en a entendu des vertes et des pas mûres... et quand je dis votre religion, je veux dire toutes les religions, autant qu'elles sont. Elles détestent même les femmes à un point qu'elles les ignorent, les vilipendent, les traitent plus bas que terre... tenez, à part Marie-Madeleine, la reine de Saba... tout est réservé aux hommes. Moi, j'ai une idée assez originale sur le sujet. Dieu n'aime pas les femmes car il n'en est pas une. Je verrai bien dieu, n'importe lequel, en femme, car ce serait logique, non ? Vous approuvez ? Elles approuvent. Von Selza, tu sais, elles n'écoutent même plus, tu as du trop forcer la dose.

Les filles étaient à peu près nues, les cheveux dénoués. Un simple pagne de lin autour des hanches. Elles étaient blanches. On venait de les enduire de sel.

À ce moment, un éclaireur, hors d'haleine, revint au galop en toute hâte.

- Sire, je précède les Templiers et le cardinal qui ne sont plus qu'à quelques heures de chevauchée.

- Alors nous avons le temps d'extraire le plus d'or possible. Tous les hommes dans l'excavation, ordonna-t-il, à creuser.

Et l'Empereur ne se tint plus de joie. Il claqua sa main gantée sur sa cuisse en parlant d'un rire rauque et sonore. Von Selza détourna la tête. Il commençait à en avoir assez. De plus, il était inexplicablement inquiet. Le Hohenstaufen le retint par la manche.

- Nous allons être très riches… l'empire…

L'autre connaissait par cœur la chanson.

Par Djeffar, jamais avare de ses deniers, Geoffroy avait appris l'expédition de l'Empereur au lac Tala, en compagnie des filles. Ce n'était sûrement pas pour les libérer, sinon il l'aurait déjà fait. Donc il va les tuer. Il faut y aller. C'était l'avis également de d'Albano pourtant épuisé par la marche rapide jusqu'à Mekele. Il s'était abstenu de tout commentaire sur la tentative avortée d'évasion.

Ainsi, les Templiers, depuis l'aube, scrutaient-ils inlassablement le désert, et les vestiges fossilisés du wadi-ad-natrum, pour y retrouver la trace des jumelles. Ils avaient appris de leur côté très rapidement le départ de l'Empereur, suivi par le Grand Maître emmenant les filles. Ilghazi et Abou Zaya qui menaient les recherches, sans parler de Geoffroy, étaient ivres de rage.

Le médecin perse s'étant acquitté de la tâche pour laquelle il avait été payé -même si le paiement ne l'intéressait guère- avait abandonné le contingent germanique. Il avait retrouvé Abou Zaya s'enivrant seul dans une taverne de Mekele après leur cuisant échec et avait souhaité, pour le plaisir disait-il, se joindre à eux, l'or, avait-il proclamé… je n'en ai jamais vu… si, si c'est vrai… Abou avait approuvé s'en foutant complètement. Geoffroy avait haussé les épaules de fatalisme.

D'Albano réfléchissait. Il y avait beaucoup d'incohérences dans la chronologie des événements. Des fractures imposantes aussi. Tout était parti de la première croisade. Non. De son prêche. Non. Avant. Ah oui, avant. Jérusalem était tombée fort opportunément entre les mains des Turcs. Que disait-on dans le royaume de France. Il faut reprendre le tombeau du Christ à présent entre les mains des infidèles qui tuent, torturent, violentent nos frères chrétiens d'Orient.

Quelle plaisanterie ! Un des plus gros mensonges de l'histoire. Le fait pourtant étant indéniable, les Turcs occupaient bien Jérusalem. Alors qui avait payé les Fatimides du Caire au pouvoir depuis quelques décennies à abandonner, sans combat, la ville sainte des trois religions ?

Payer. Jamais le verbe n'avait eu pareille importance. Payer les Hohenstaufen, le pape, les grands vassaux, le roi de France.

Un seul personnage. Ashmole.
Comment avait-il procéder ?
Avec de l'or.
De l'or des mines vers lesquelles nous nous dirigeons.

Comment a-t-il fait, un pour le découvrir, deux pour l'extraire, et trois pour frapper les différentes pièces de monnaie concernées ? Quelle organisation avait-il à sa disposition pour entreprendre pareille affaire ?

Et Ashmole avait disparu.
Exactement depuis cinquante ans.
Venait-il de réapparaître ?
Sous un autre vêtement, une autre personnalité ?

Ashmole. Ce nom, ou prénom, trottait dans la tête du cardinal avec une insistance pénible.

D'Albano serrait, à s'en blanchir les phalanges, les rênes de son cheval en parcourant en tous sens l'inexplicable perspective. Une journée venait de s'écouler. Les hommes morts de fatigue, de chaleur et de soif parlaient d'abandonner les recherches. Le cardinal, plus que tout autre, voulait poursuivre, car l'Empereur était devant eux au lac Tala, tout près. Il pouvait même surgir dans leur dos. Le soir déclinait. Dans quelques minutes, la nuit allait tomber brusquement comme toujours en Orient. Il s'était assis à l'écart sur un vieux tronc d'arbre fossilisé. Qu'avait donc jeté le fou de dieu, un vrai anachorète ?

-   Moi, si j'étais vous, je me hasarderai sur cette chaussée bordée de géants.

Il s'était assis, las de contempler cette mer de sel à perte de vue, sur un socle ayant appartenu il y a un millénaire à un autre dieu. Il s'est essuyé le front avec un mouchoir, l'a passé devant ses yeux, et a pensé avoir la berlue. Il a cru voir une statue bouger, imperceptiblement. Il s'est à nouveau essuyé le front et les yeux. Puis il s'est levé, pensant que c'était une illusion due au soleil couchant. Là, droit devant lui, sur une colonne de pierre, un corps avait infinitésimalement bougé. Il a cru que le soleil lui avait tapé sur la tête et appela.

Les premiers Templiers à ses côtés s'y précipitèrent. Pour découvrir la première fille. Complètement déshydratée, les lèvres boursouflées, la langue doublée de volume, le front et la poitrine brûlés et par le soleil et par le sel.

D'Albano suivit à vive allure Ilghazi, le menant sur le lieu d'un terrible supplice, inattendu et atroce. Et pourtant ils étaient passés mille fois devant. Avant, bien avant, ce désert avait été une véritable mer, toutes les anciennes chroniques l'attestaient, puis pour des raisons inconnues, elle s'était retirée, asséchée, avait disparu par un bras de mer dans la Mer Rouge qui s'était refermée, et tout avait été pétrifié très brutalement. Un raz de marée inexplicable, mais à l'envers.

Tout était là, sous leurs yeux. Des carcasses de navires naufragés ou échoués, des forêts d'arbres glacifiés par le sel, des êtres humains statufiés en un instant. Des colonnes de pierres se dressaient vers le ciel.

« Ce ne sont que des squelettes d'arbres, gigantesques, d'une hauteur vertigineuse, des arbres comme on n'en voit plus depuis des millénaires. Un jour on retirera même des anachorètes de leurs troncs », avait murmuré Abou.

Et ces vestiges d'un autre âge, d'un autre cycle cosmique, ces témoins d'un naufrage universel, ressemblaient vaguement à des épouvantails qu'on place dans les champs ou les vergers pour chasser les oiseaux. Des épouvantails de sel avec une vague calotte sur le crâne, des bras de bois calcinés par le soleil.

Les deux hommes couraient à perdre haleine pour trouver la seconde fille. Ilghazi, haletant, lui jeta.

-   Ils les ont crucifiées !

-   Hein !

-   Oui, tu as bien entendu. Ce que nous avons pris pendant une bonne heure d'interminables allers-retours sur cette chaussée de géants pour les restes pétrifiés de vestiges appartenant à une humanité d'autrefois, ces épouvantails étaient…

-   Oui, je t'en supplie, parle…

-   Étaient des croix.

-   Oh, non… oh non… pas ça…

-   Et sur ces croix, ils avaient crucifié les filles Faraglioni.

-   Mais c'est impossible. On ne crucifie plus personne aujourd'hui. C'est un acte d'une rare barbarie.

-   Tu peux le dire et le rappeler. Les Germains ont eu la main lourde.

La seconde croix venait enfin d'être découverte.

Ils s'arrêtèrent respectivement devant l'une et l'autre croix où déjà s'affairaient les Templiers. Ils n'avaient pas enfoncé de longs clous bien pointus dans leurs paumes ou les chevilles des pieds, mais ils avaient attachés leurs corps pendants, leurs pieds reposant seulement sur un petit socle pour que précisément le supplice dure plus longtemps. Les filles étaient nues, un simple pagne autour du ventre, comme pour mieux se moquer de leur infernal amour incestueux. Elles étaient restées en plein soleil une journée durant.

-   Nous sommes peut-être arrivés à temps, fit Ilghazi. A cause de cet anachorète de malheur qui psalmodiait que c'était la faute à l'autre christ, qu'il fallait sauver les âmes de ces dames, et que s'il s'agissait de lui, il saurait bien les retrouver, racontait Ilghazi.

Ce fut dans le plus grand et le plus complet désordre qu'ils s'approchèrent. Bien sûr ils n'avaient pas d'échelle. Il fallut que des Templiers montent sur les épaules de leurs camarades. Les corps étaient inanimés. Aucun souffle ne passait entre leurs lèvres complètement desséchées et leurs corps déjà bruns et ocres étaient presque carbonisés à leur tour. On aménagea des tentes à la va vite.

Le médecin perse intervint alors.

On leur refroidit le visage. On leur bassina le corps. Et les Templiers qui, normalement, d'après leur Règle, ne doivent pas jeter un œil sur une femme, « alors tu penses… sur deux, et nues par-dessus le marché… », essaya de rire Abou, ne faisaient même plus attention aux deux corps qu'ils manipulaient avec précaution.

Et pourtant, ils étaient passés mille fois devant ces croix, sans plus les voir que ces vestiges qui se comptaient par centaines en ce lieu horrible. Quelle différence pouvaient-ils faire entre des carcasses calcinées de vaisseaux, des troncs d'arbres transformés en colonnes de pierre, des humains pétrifiés soudainement par un diabolisme sans précédent s'étant abattu sur eux. Le Germain a eu la main très lourde.

- Ces germains ne sont jamais à cours d'idée dans le barbare, poursuivit Ilghazi. Pour être sûrs que nous ne les remarquerions pas, ils ont enduits les filles de sel marin qui instantanément, de liquide, s'est solidifié, les faisant comme revêtues d'une carcasse rigide. Elles étaient inanimées, sans vie, exposées à la plus horrible des morts. Une insolation qui ne pardonnerait pas, et l'air bloqué inonderait les poumons par la position de crucifié. Mais ils ont pris bien soin de relâcher les pointes des pieds sur le socle pour que le supplice dure plus longtemps. Des gens raffinés, vraiment, que ces Teutons.

Les deux hommes se turent. Nul besoin de parler.

- C'est inexplicable avec des mots ordinaires. J'ai parfois parlé de la mort avec Mélisende, je ne sais d'où lui est venue cette expérience que jamais une fille de dix-sept ans ne peut avoir vécue, comme une fissure dans le corps portée par l'esprit. Fissure par laquelle quelque chose pénètre en toi. Car ce Mal qu'on a imposé, qui surgit, fait bizarrement, sans le vouloir, une place à quelque chose d'autre qui lui est supérieur. Plus le jour devait s'assombrir dans tous les sens du mot, plus elles ont eu dû éprouver que quelque chose écartait, douloureusement certes, toutes les fibres de leurs êtres, mais pour les emporter ailleurs.

- Je ne comprends pas. Tu dis que ce sont les paroles de Mélisende ?

- Je te l'avais dit. C'est inexplicable cette expérience qu'elle a de la mort... un phénomène d'épuration se produit selon elle... de détachement, oui, c'est cela, et les âmes se sentent portées dans et vers une aventure insoupçonnée. Peut-être avait-elle raison...

Ilghazi serra le bras du cardinal. Ils avaient l'un et l'autre du mal à recouvrer leur sang-froid. Quant à leur sérénité, ou autre paix de l'âme, elle était pour le moment reléguée sur une autre planète.

- Tu ne vas pas me croire. Lorsque j'ai détaché l'une des filles...

- Tu veux dire Mélisende...

- Mélisende... oui... bon... j'ai jeté malgré moi un regard à son visage... je sais, Henri, aujourd'hui que l'on peut crier son désespoir avec ses paupières.

- Dis-moi, j'ai l'air de changé de sujet... une anomalie que je ne m'explique pas, et à laquelle je n'avais pas prêté attention à Mekele.

- Laquelle ?

- Ce médecin perse... il a l'air compétent... d'où sort-il ? Et par quelle série de coïncidences se retrouve-t-il aujourd'hui de notre côté et non de celui de l'Empereur ? Chercherait-il à son tour quelque chose ?

Ivre de douleur, Geoffroy pleurait des larmes silencieuses, à côté de ses doubles, priant le dieu de l'Univers de les sauver.

CHAPITRE XL

Le sort en a décidé

L a lutte était acharnée. Deux cent vingt chevaliers Teutoniques se battaient à présent contre le maigre contingent templier. Le combat était totalement inégal. Les Templiers reculaient pas à pas, étaient obligés, parfois, de combattre dos à dos. Les autres les pressaient et sous les yeux de Geoffroy et de d'Albano, cette guerre fratricide était irréelle, comme si des morts déjà programmés combattaient entre eux. À tous les niveaux des assauts sanglants. Puis un nouveau groupe de chevaliers noirs surgit, furieux et forcenés. C'en était fini pour les Templiers si une intervention ne leur offrait pas une porte de sortie dans cette impasse souterraine.

Déjà Geoffroy remontait vivement en amont du terrain de bataille, vers la falaise rocheuse où, par un long couloir de descente, les volumineuses roches avaient basculé les unes sur les autres. Déjà Geoffroy s'activait en pure perte à libérer la circulation du dernier, puis s'efforçait de casser à coups réguliers de massue les tenons le retenant dans sa chute. Mais en vain. Ses efforts étaient voués à l'échec. Rien ne se passait comme prévu. Il était en nage, tremblant de fureur et de désespoir.

Car plus le garçon, ivre de rage, ruisselant de sueur, s'acharnait sur ce qu'était le mécanisme susceptible de sauver la face des choses, de ralentir leur inexorable défaite, plus il échouait. Le sort était contre lui. D'Albano avait cessé de lui demander ce qu'il tentait de faire. Il en avait l'explication sous les yeux. Si le dernier de ces gigantesques monolithes s'écrasait, c'en était vraiment fini.

Le destin changerait de camp, enfin si... mais voilà, le destin était contre eux. Il dut s'arrêter. Les différents mécanismes refusaient purement et simplement de se mettre en marche ou alors quelque chose venait de lui échapper. Et pourtant les deux autres fois, tout ne s'était-il pas passé avec une facilité dérisoire ? Le garçon dut s'asseoir au bord de l'épuisement le plus mortel.

Et soudain, inexplicablement, il y eut un bruit assourdissant, puis un autre, puis d'autres. Quand ils relevèrent enfin la tête du sol qu'ils fixaient désespérément, quelque chose d'énorme se déclencha.

Geoffroy lança rapidement au cardinal, d'une voix rauque qui lui flanqua le frisson.

- Faites remonter vos Templiers. Vite, s'il vous plaît. Vite. Donnez le signal de la retraite.

Il le donna, abaissa le gonfanon, les Templiers refluèrent, remontèrent par les petits escaliers aménagés dans les parois, ou les échelles de corde, de niveau en niveau. Une scène hallucinante se déroula alors sous les yeux horrifiés du Visiteur Général. Par les mécanismes mis en marche, non par le Faraglioni mais littéralement tout seul, les fameuses plaques de diorite se mettaient en place à une rapidité foudroyante, alors que le jour du phénomène, sous les yeux même de l'Empereur, elles s'étaient plutôt écartées les unes des autres lentement.

Les Templiers grimpaient à toute allure pour s'échapper mais la majorité des Teutoniques demeurait encore au fond de l'excavation, surpris par ce phénomène insolite. De plus l'Empereur leur avait ordonné de ramasser le plus d'or possible.

Geoffroy débitait pour lui-même des séries de phrases, comme s'il parlait à l'une de ses sœurs. Puis il s'énervait, proférant à mi-voix des mots à présent très distincts.

« Il est là… au fond… mais vois par toi-même… il est en train de grimper à toute allure les barreaux d'une échelle qui vacille sous son poids. Car il a compris. Quelque chose de terrifiant, cosmiquement parlant, est en train de survenir. Il est le Mal. Le Mal incarné. Tu parles s'il a compris. Très rapidement. Mais c'est trop tard mon bonhomme. Tu n'auras jamais le temps. Regarde. Il a jeté un coup d'œil à un sac de jute rempli de belles pépites d'or. Il va mourir sur un amoncellement de richesse. C'est d'un drôle ! Il va pouvoir se payer toutes les richesses de l'Enfer. C'est le cas de le dire. Avoir sa petite armée de fanatiques, construire de redoutables forteresses en Poméranie, se payer un anti pape… ».

Geoffroy cette fois-ci continuait à haute voix. Le cardinal le crut devenu hystérique.

- Il m'a vu. Je lui fais un signe ?

- Tu es fou ! Geoffroy, arrête !

- Mais pas du tout. Il montre les dents. Ah, il fixe désespérément les quatre dalles noires qui sont en train de se déplacer depuis leurs alvéoles de rangement. Tu es cuit mon bonhomme.

- Arrête Geoffroy, arrête.

L'autre continuait sa diatribe.

- Il va lui aussi mourir étouffé, asphyxié, il ne le sait pas mais il n'y a pas d'air dans l'or. C'est sûr. Et l'eau va recouvrir ces belles dalles transparentes. Mais l'eau, elle, va bien finir par passer au travers, non ? Ce serait une sacrée belle fin.

Puis il se tourna vers le cardinal.

- Mais faites remonter au plus vite vos Templiers, Éminence, sinon ils vont y rester eux aussi.

Il poursuivit, regardé comme un fou par d'Albano.

- Il brandit le poing pour me maudire. Pardi. Battu par un Faraglioni, le Germain ! Il a pourtant bien crucifié mes sœurs. S'il avait pu le faire en leur mettant la tête en bas, il l'aurait fait, tel que je le connais Hein, la tête en bas, c'est une drôle de bonne idée entre nous.

Et le garçon s'approcha le plus près possible de l'excavation. Il dut y avoir un maelstrom dans sa jeune tête.

- Je vais t'expliquer.

Et le jeune homme se penchait, invectivant l'Empereur, brandissant les poings

- Le mécanisme, mais il y en a un, oui, Majesté, il y a un mécanisme. Naturel, je sais c'est idiot, illogique, mais c'est ainsi. Un phénomène des plus naturels. Aussi naturel et universel que la mort. Car la mort va arriver très vite. Elle va monter la garde tout comme tes prussiens, bien droite, sabre au clair ou faux. Au choix.

- Il est fou, non, murmura Ilghazi ?

- Je ne sais pas, c'est difficile à dire… répliqua d'Albano.

Inexorablement, les diorites se conjoignaient en leur centre, et ce qu'il y avait d'insoutenable, d'irréel, était leur transparence. On discernait donc par leur translucidité des dizaines de teutoniques essayant de remonter du fond de l'excavation, le long des pentes, en glissant et perdant l'équilibre, de gesticuler, d'appeler au secours, d'hurler mais personne n'entendait leurs cris de désespoir, mais on voyait malheureusement très bien leur très lente agonie se dessiner. Les Templiers dans leur grande majorité s'étaient repliés au signal du gonfanon abaissé, et avaient rejoint les bords du lac.

Puis les plaques, en un fracas épouvantable, se fixèrent les unes aux autres, la transparence céda la place à la noirceur fatale et sinistre bien connue de Geoffroy, l'eau soudain venue d'ailleurs par une mécanisme inexplicable, s'abattit comme un typhon sur la diorite, une eau noire, maléfique, funeste, servant d'ultime tombeau aux combattants germaniques.

- Je pensais qu'ils auraient eu le temps de… murmura-t-il pour lui-même.

- Ne mens pas. Tu les as délibérément fait mourir. Très lentement. Asphyxiés.

- Ils vont mettre des heures à crever, émit Ilghazi.

- Éminence, je n'ai rien fait vous entendez, rien fait.

- Une très lente agonie.

- Tout ça pour de l'or.

- Alors si les anciens connaissaient le sombre maléfice que renferme cette région, pourquoi ne l'ont-ils pas dit ? Ils auraient pu le faire, avertir... interrogea Abou Zaya.

- Avertir... Cela n'aurait servi à rien... tu verras... reprit Geoffroy, dans des générations, de nouveaux aventuriers se lanceront à la recherche des mines d'or de ce roi Salomon... Et ils mourront à leur tour.

- Alors la Bible ment, souligna Abou.

- C'est ce que tu prétends, demanda d'Albano ?

- Mais non. Elle tire les cartes. À vous de voir, semble-t-elle dire maintenant, si vous prenez au pied de la lettre ce que je raconte.

Puis tout redevint calme. Un carré long. Un miroir noir qui n'agitait aucun vent. Les morts en-dessous, au-dessus les survivants templiers et les rares Teutoniques, maintenus prisonniers à l'écart.

Le garçon ne disait rien et buvait du thé. De temps en temps, il allait, pour une raison inexpliquée, placer son épée au-dessus d'un feu de bois. La lame se portait au rouge puis blanchissait. Et il la retirait alors.

Sur un signe de Geoffroy, les prisonniers teutoniques, les rares qui avaient pu regagner le niveau de l'eau, lui furent amenés, au nombre de trois, terriblement inquiets, les yeux dévorés de terreur par l'insoutenable défaite. Ils avaient encore fièvre allure dans la défaite : arrogants, redressant le col, portant beau avec leur manteau blanc sur l'épaule gauche de laquelle était cousue une croix latine noire. Un manteau bouseux, couvert d'argile, les mains en sang pour avoir voulu arracher l'or au filon.

- Va-t-on, sans plus de procès, les rendre bien gentiment à leur Ordre, se demandait Ilghazi ?

- On n'aurait jamais dû les faire prisonniers. Dans la bataille, quelques morts de plus n'auraient pas fait la différence, conclut sentencieusement Abou.

Les Templiers rescapés s'interrogeaient cependant eux aussi sur le pourquoi et le comment de l'inexplicable événement.

- Et le garçon qui ne bouge pas.
- Et d'Albano qui délibère avec Ilghazi.
- Ah, il vient de se lever !

Geoffroy s'approcha à grandes enjambées du groupe des prisonniers teutoniques et asséna sans avertissement la garde de son épée sur la tête du plus arrogant qui, surpris par la rapidité du geste, vacilla, tituba pour s'effondrer à terre sur le genou droit.

Alors il prit son épée dans la main gauche et l'appuya, chauffée à blanc, sur le front du teutonique pour y tracer une barre horizontale, puis un nouveau geste tout aussi rapide, et l'épée cingla le front en une ligne verticale, appuyée davantage, en travers de la première. Le germain hurlait, levait les bras, portait les mains à son front pour les enlever aussitôt brûlantes, et les autres virent parfaitement dessiné sur son beau et grand front une splendide croix latine rouge.

Alors Geoffroy s'approcha, toujours avec précaution, tenant quelque chose dans l'intérieur de ses gants de maille, qu'il déversa alors sur le front du Teuton, qui avait déjà reçu le même châtiment. Stupéfaits, les témoins de cette scène incroyable d'une impitoyable cruauté, virent tomber de la cendre grise et noire encore chaude sur les plaies cruciformes du front. Puis ce fut le tour du second, puis du troisième…

Ilghazi décida finalement d'intervenir, encore le fit-il avec une grande négligence, car tous y passèrent.

- Vous qui aimez à ce point la crucifixion, et notamment celle des femmes, vous voilà servis. Vous porterez à jamais la marque infamante de votre fameuse croix latine noire. On vous reconnaîtra et on vous chassera partout. D'ailleurs, si vous voulez mon avis, vous ne passerez pas la journée.

Ce châtiment était pire que la mort. Ils ne pourraient plus jamais demeurer en Orient. Et qui voudrait d'eux dans les hautes steppes de Poméranie ?

D'Albano n'avait pas bougé. Il écoutait à présent le garçon soliloquer.

-    C'est un phénomène inexplicable à l'échelle purement humaine. J'ai souvenance d'une réflexion d'un de mes maîtres, commença Geoffroy d'une voix hachée, qui, comme en pensant à autre chose et méditant à haute voix, à mon intention, soulignant qu'une abeille pour faire son miel, extrayait du suc de fleurs innombrables, s'alimentant ainsi à des sources différentes et inépuisables. Ou mieux encore. L'eau de la Mer Rouge, lorsque vous y plongez, vous y trouvez à partir d'une certaine profondeur des algues qui se sont nourries de milliards de particules accumulées dans ces eaux. Ainsi en est-il de ce lac, et de cet or.

-

...Un processus plurimillénaire qui s'est nourri de milliards d'infinitésimales particules. Les unes ont donné naissance à l'or, les autres à un prodigieux mécanisme vivant. Car il est vivant ce mécanisme. Il n'a peut-être pas été mis au point par un architecte de génie mais il est venu du fond de l'Univers.

D'Albano écoutait sans mot dire cette extravagante interprétation contre laquelle son esprit méthodique et rationnel se rebellait. Voyons, c'était impossible ! Et puis s'insinuait dans son cerveau la foi en l'analyse de Geoffroy. Supposons, pensait-il dit, supposons que ce soit vrai…

-    Mais alors le calcul que tu nous as proposé l'autre jour, en mesurant les trois cent quarante-trois statues pour leur donner un âge, plus de vingt mille ans, c'est impensable.

-    Si tu dis ça à un type de Rome pour qui l'Univers n'a pas plus de quatre mille ans, tu te fais égorger pour blasphémer le créateur, avança Ilghazi à d'Albano.

-    Le monde a bien plus de quatre mille ans, surenchérit le garçon. Et c'est logique. Ilghazi, tu as calculé le nombre exact d'années à partir de la durée de vie d'un pharaon, d'un demi dieu, ou d'un colosse venu du fond des deux. Mais tu oublies une chose plus essentielle. Lorsqu'ils sont venus ici pour la première fois, tes géants, tout était déjà prêt.

- Attends, et un geste de d'Albano l'arrête. Tu viens de dire qu'une... je n'ai pas de mot approprié... qu'une accumulation de monolithes comme le processus de mise en marche était bien antérieure à l'arrivée d'un homme dieu, d'un pharaon de la plus lointaine Égypte...

- Exactement. Lorsque tout a été à peu près terminé, alors on le leur a fait savoir. Comment ? Nous ne saurons jamais le fin mot de l'histoire.

- Plus de vingt mille aimées, répéta-t-il dubitatif. Et avant, encore combien d'années...

- Des dizaines de milliers, probablement.

- Elles avaient le temps.

- Mais qui, elles, questionna Ilghazi ?

- Ces énergies cosmiques qui nous entourent. Cela se met lentement en place dans ma tête. Lorsque nous buvons de l'eau fraîche lorsque nous avalons quelque nourriture, notre corps s'en trouve mieux. C'est très simple à ce niveau, et lorsque nous sommes malades, l'apothicaire du coin te fait avaler un infâme breuvage ou soigne ta blessure avec des éléments constitutifs, ou des breuvages et du baume, piqués un peu partout dans le désert avoisinant.

-

...Un désert qui n'a l'air de rien si ce n'est d'un désert mais qui recèle des richesses insoupçonnées. On les appelle des simples. Des arbustes rabougris, des fleurs, des épines pilées, de l'écorce macérée, et même l'eau et les algues de cette Mer Rouge. Et l'on se sent mieux. Mais c'est invisiblement que nous nous abreuvons aux énergies de l'Univers.

Il avait débité ce discours d'une traite comme s'il en savait par cœur les moindres phrases. Par cœur, le mot frappa d'Albano. Quelle mémoire ! Non, ce n'est pas de la mémoire, seulement c'est… autre chose… Ils demeurèrent silencieux, réfléchissant à ce que venait de leur sortir le garçon.

Geoffroy n'arrêtait pas d'aller et venir entre ses amis et le lieu retiré où le médecin perse tentait de faire revenir ses sœurs à la vie. Il écarta du bras Geoffroy qui s'approchait.

- Tu es sûr que tu es médecin, lâcha le garçon, cherchant à vexer le Perse.

- Je n'ai peut-être pas les qualités morales pour cela, du moins aujourd'hui, répondit-il calmement. Mais je dois continuer. Laisse-moi, veux-tu !

Mais nul signe d'encouragement n'apparaissait.

- Mais… ce que nous venons… pardon, ce que tu viens de faire, même si tu dis que tu n'y es pour rien, reprit d'Albano, la fermeture inexorable du mécanisme… Cela correspond bien à une raison… autrement c'est tout bonnement inexplicable. Et tu disais que c'était le dernier monolithe, qu'il n'y en avait plus, après sur ce chemin balisé.

- Oh, il y a une explication toute bête, bête car elle est humainement compréhensible et ce serait… ce serait penser que ces énergies sont venues voir ce que les humains parvenus -c'est moi qui le dis- à un certain degré de maturité pouvaient bien en tirer comme résultat. Et elles ont vu. Pas très brillant, ces résultats.

Abou intervint.

- Mais personne ne pouvait prévoir qu'on allait enfin mettre la main sur la véritable carte menant aux mines d'or du roi Salomon. Personne ne pouvait prédire que Manfred avait désespérément besoin d'argent et d'or pour se constituer et une armée de métier et un empire.

- Personne, vous pouvez ajouter, les moines-soldats de je ne sais quel Temple, ne pouvaient penser que l'Ordre du Temple allait fouiller pendant des décennies, compléta Geoffroy à mi-voix.

Ils étaient tous trop épuisés pour relever les anomalies contenues dans la phrase mais elles y firent leur chemin. Puis le garçon retomba dans son apathie.

- Un jour, on s'en prendra à vous, reprit-il. A cause de vos richesses. Vos fausses richesses sur lesquelles tous, à commencer par vous, vous vous êtes illusionnés. Un état dans l'état. Vous verrez, quelqu'un un jour vous la sortira, cette phrase, et ce sera la fin.

- Ce que je viens de voir il y a quelques heures était prémonitoire, admit le Visiteur Général.

- Des Templiers y sont restés, n'est-ce pas ? Pas seulement des teutoniques. C'était un signe…

Il s'arrêta puis reprit.

- Dis-moi, et d'Albano prit à témoin leurs amis, dis-moi… ton… enfin ce mécanisme… j'ai l'air d'être ignorant en posant la question... comment pouvait-il savoir qu'on se battait à mort au fond de cette excavation qui semblait pourtant à l'air libre, même si elle a été recouverte pendant des millénaires par ces invraisemblables dalles de diorite noire ?

- Aucune idée, vraiment... aucune idée… le hasard de la conjonction d'éléments inconnus de nous… l'apparition du nombre incroyable d'humains dans un lieu désert et déserté depuis des millénaires. Si, j'ai bien une idée qui vient de surgir du fond de ma mémoire.

- Une idée… laquelle ?

- Et si c'étaient les statues ?

CHAPITRE XLI

La mort des jumelles

Même le médecin, soignant les jumelles inconscientes, plongées dans une espèce de coma dont il préférait se méfier, leva la tête en entendant cette prophétie.

Ils se tournèrent tous d'un bloc vers lui. Le Vénitien se mit à marcher puis à revenir tout en jetant :

- Car n'est-ce pas, trois cent quarante-trois statues, ça fait du bruit. Je m'entends. Elles se sont concertées, à mon avis. On ne peut pas, se sont-elles dit, laisser ces malheureux terriens faire ce qu'ils veulent avec notre idée, car si on les écoute bien…

Ils le regardèrent comme s'il était subitement devenu fou. Sauf Ilghazi qui s'apprêtait à lui toucher le bras, mais s'arrêta.

- Les statues... oui... j'y suis... vous comprenez... c'étaient les gardiennes du Temple. Édifié par l'Univers il y a des dizaines de milliers d'années.

- Mais pour faire quoi, hasarda d'Albano ?

- Je crois avoir trouvé, répliqua Geoffroy. Et pour une autre fois votre Bible dit vrai. Il doit y avoir quelque part, dans ce périmètre géographique circumméditerranéen, un endroit privilégié des dieux, créé pour des humains. Un groupe d'humains, car un seul couple, c'est impensable. L'or c'est la matière arrivée à un degré ultime de perfection. Tout y était. L'or, l'eau, puisque nous avons retrouvé des fossiles marins, donc une contrées verdoyante… un Éden…

Ils l'écoutaient silencieusement.

- Et puis un jour tout s'est effondré. Tout a basculé. Un

tremblement de terre, un gigantesque séisme, une apocalypse. La mer s'est brutalement retirée, emmenant avec elle la vie. Tout a été pétrifié. Puis d'autres humains sont venus. Pour l'or. Ils ont rapidement compris qu'à la suite d'un terrible cataclysme une révolution s'était produite, mais l'or était là. Alors ils ont élevé des statues aux dieux de l'Univers, ou aux énergies cosmiques qui avaient été capables d'édifier cette gigantesque cathédrale à ciel ouvert et de la maintenir ouverte à certaines époques. Trois cent quarante-trois statues qui sont devenues les garantes, les gardiennes, de ce cimetière qu'était devenu le désert pétrifié, cette mer de sel à l'infini.

- Si ça se trouve…

Ils eurent la même idée. Ils sautèrent à cheval. Ils reprirent en sens inverse le chemin mille fois parcouru. Ils s'arrêtèrent, leurs montures à bout de souffle tant ils les avaient forcées. A perte de vue, une mer de sel. À l'infini, oui.

Mais les statues étaient toujours là.

On enterra les Templiers qui avaient fini par succomber à leurs blessures et les trois prisonniers teutoniques torturés par Geoffroy. Ilghazi, pour lui-même, compta les morts depuis le début, et il le fit inconsciemment, comme pour s'occuper.

- Tu sais combien il y en a, demanda-t-il à Abou ?

- Non. Aucune idée.

- Donné un chiffre.

- Deux cents, peut-être plus.

- Écoute, Abou, trois cents quarante-trois, exactement le nombre de statues. Je veux dire avec ceux que tu as, avec Alix, envoyés par le fond dans la Mer Rouge.

- Par Allah, est-ce possible ? Ou est-ce une coïncidence ?

Ils rejoignirent la nuit venue d'Albano assis solitairement sur un tronc d'arbre fossilisé. Personne n'avait envie de boire ou de manger. Geoffroy se tenait aux côtés du médecin perse qu'il injuriait en silence de ne rien faire.

- Arrête-toi, par Allah, lui jeta ce dernier. Ce n'est pas en t'agitant que tu les feras revenir à elles. J'ai fait tout ce qu'Allah peut commander. Maintenant, prie le, si tu veux qu'il nous accorde la grâce de les sauver. Car humainement j'ai fait l'impossible.

- Je le sais, je te prie de m'excuser. La colère, la honte…

- La honte, répéta surpris le médecin.

- Oh, tu ne peux pas comprendre.

- Peut-être, mais toi tu me gênes dans mes travaux. Je n'aime pas te voir tourner autour de moi et d'elles. Oh, à propos…

- Oui ?

- Non, rien. Une simple idée qui s'est vite envolée. Tu n'y es pas allé de   main morte en faisant exploser le mécanisme. Une pareille brutalité... c'était insensé…

- Moi ? Mais je n'ai rien fait.

- Je pense au contraire que si. Maintenant, va…

Geoffroy retourna s'asseoir aux côtés du cardinal et de ses deux autres amis, buvant à présent un thé, le front barré des rides de la contrariété. Mais personne ne demanda comment allaient ses sœurs. Ce fut le garçon qui, sentant l'impalpable malaise, entreprit de le casser, pour dire n'importe quoi, et il commença, comme s'il venait tous les quatre d'interrompre un léger moment une conversation détendue. Tellement détendue qu'on pouvait sentir l'atmosphère pesante les entourant.

- Nous avons fait une erreur incroyable en songeant à un système remarquable d'ingéniosité technique pour l'époque. Tu parles, vingt-quatre mille années au bas mot, mis au point par un architecte d'une envergure si exceptionnelle qu'il n'eut aucun héritier ni descendant parmi les autres civilisations. Et pourtant, dieu sait si elles ont essayé de l'imiter !

- Mais que veux-tu dire exactement ? Ilghazi entrait dans son jeu pour le distraire de ses préoccupations morbides.

- Que le mécanisme que nous avons eu sous les yeux est beaucoup plus simple que nous le pensions.

- Je ne comprends pas ton raisonnement.

- Écoutez... D'abord, le sel... le wadi ad natrum, une mer de sel, puis subitement dans un petit contrefort rocheux, l'or.

- Je sais tout cela.

- Donc l'argent... puis l'or... vous me suivez ?

- Oui.

- Alors comment se fait-il que l'on trouve de l'or à proximité d'un désert de sel ? Tous ceux qui ont beaucoup plus voyagé que nous, vous diraient qu'on en trouve un peu partout dans la boucle de ce grand fleuve que l'on nomme le Niger, ou dans les montagnes rocheuses du centre de cet immense continent... Oui, je connais un peu la géographie, convint d'Albano.

- Mais jamais, je vous coupe, à proximité d'une mer de sel aussi vaste que cette mer que nous avons traversée pour arriver jusqu'ici.

- Et l'absence de toute vie humaine à proximité... Aucune ville ou bourgade, pas un troupeau, pas une tribu proche de ce lieu magique. C'est déjà étonnant, non ?

- Je te l'accorde.

- Alors justement. Comment expliquer l'absence de toute vie humaine, car normalement il devrait y avoir une armée de prospecteurs venue de tous les coins du monde, et d'une façon plus ou moins permanente.

- Eh bien...

- À l'exception des anachorètes, fit Abou.

- Tout juste. Mais l'or ne les intéresse pas. C'est même l'or qui les ferait s'enfuir davantage parce qu'ils veulent échapper à toutes les illusions de la vie.

- Je t'arrête un instant. Mais cette exploitation, nous l'avons bien vu en activité, sous nos yeux… Elle était aussi en activité sous les pharaons et du temps de Salomon, je l'ai bien vue, certifia Ilghazi.

- Mais bien sûr. Et cela ne vous a pas frappé, l'existence d'une fabuleuse mine d'or, à ce point fabuleuse qu'elle paraît inépuisable ? Et au point qu'on parle d'elle au pluriel. Avez-vous noté : il est beaucoup question des mines d'or du roi Salomon mais en fait il n'y en a qu'une. Et de taille ! Un singulier qui vaut un pluriel pour les légendes.

- Ça me plaît, fit Abou. Un singulier pour un pluriel…

Ilghazi fit quelques pas pour rejoindre le médecin perse qui secoua la tête. Il se pencha néanmoins sur les corps des jumelles pour tenter d'y percevoir un souffle ténu de vie. Rien. Désespérément rien. Le perse, méthodiquement, inlassablement, avec un tout petit scalpel, graduellement, enlevait, pièce par pièce, la croûte de sel des corps des suppliciées. Il montra la peau nue par endroit à d'Albano, qui se pencha. La peau était étonnamment lisse, rose même, pour leur teint ocré. D'Albano l'interrogea du regard. L'autre haussa imperceptiblement les épaules, comme pour dire « je vais continuer… ».

Délibérément, pour l'arracher à une effroyable terreur qui pouvait se lire sur les traits tendus du jeune homme, Abou fît comme si de rien n'était et reprit la conversation pour l'obliger à parler et à ne pas trop penser.

- Alors il n'y a pas d'architecte génial, hyper humain, à la connaissance démesurée, qui aurait pu concevoir ce fantastique ballet de rouages, s'emboîtant si parfaitement les uns dans les autres, qu'il finit à la fois par créer une mine d'or et à la protéger à l'aide d'un lac artificiel qualifié de maléfique parce que noir et dont l'eau est très froide. En plein désert !

- Mais, voulut encore intervenir D'Albano, c'est parfaitement géométriques… ces lignes… ces courbes… on dirait les équations logarithmiques de cet érudit yéménite dont tu m'as parlé Al

Kwarzimi.

- Effectivement. Tout est mathématiquement orienté, car tout est mathématique dans l'Univers.

- Alors c'est tout simple comme explication, si on l'accepte.

- C'est tout simple Éminence, car lorsqu'il ne reste que l'impossible, c'est que l'impossible est l'unique solution.

- Mais comment as-tu pu parvenir à ce raisonnement ?

- Aucune idée. Aucune idée, vraiment. Mais peut-être les redoutables épreuves que nous avons traversées, tous les trois, ont-elles contribué à faire lentement émerger et sortir de ma conscience, cette explication…

Les trois hommes suivaient avec effarement son raisonnement. Jamais Geoffroy n'avait jusqu'alors tenu ce genre de raisonnement relevant plus de l'intuition que du rationnel.

- Lorsque j'ai enfin cessé de tout tenter faute de réussite, il n'y avait plus aucun monolithe dans le corridor de descente et le mécanisme s'est mis en route tout seul dans le rainurage. Il venait de descendre.

- Il venait… tu veux dire, le dernier… ?

- Le dernier... oui...

- Alors les mines d'or n'auront jamais existé.

- D'autres mines d'or viendront.

- Mais tu viens de dire toi-même…

- Dans le désert, n'y a-t-il pas un liquide noir que les Ethiopiens appellent naphte ?

Des phosphorescences flottaient et dansaient sur les flots noirs. Des fulgurances traçaient d'étranges sillons dans les eaux tumultueuses. Par moment, ainsi que l'étrave d'un navire tranche les vagues, des lueurs blanchâtres aveuglantes rendaient à cette onde maléfique une luminosité inaccoutumée faite pour disparaître aussitôt.

Le médecin perse s'approcha alors lentement.

Dans la tension du silence, ils entendirent ses pas étouffés. À son attitude empreinte d'une tristesse infinie, ils comprirent. Les deux filles venaient de mourir à la troisième heure de la nuit.

L'heure fatale où les moribonds passent enfin, pour le repos de leurs âmes, à l'Orient éternel.

Personne n'était capable d'aligner des mots de réconfort ou de désespoir. Ils considéraient simplement le feu en train, lui aussi, de mourir. Abou fixait les flammes lorsqu'il y perçut comme un reflet, ce qui le surpris fort. Il leva la tête pour rencontrer les yeux bleus de Geoffroy, le transperçant littéralement mais où il crut apercevoir, avant que celui-ci ne les eût baissés, le néant absolu. Un néant si total qu'il avait même englouti sa fureur.

Le perse s'accroupit, à leur surprise totale, aux côtés de Geoffroy, lui tapa légèrement sur l'épaule, et dit :

- Viens voir.

CHAPITRE XLII

Ascalon

Il l'emmena près des jumelles.

- Je vais les garder ici quelques jours. Près du lac.

Et comme le garçon sursautait, il ajouta rapidement :

- Il se dégage une humidité impalpable, une espèce de vapeur d'eau qui va humidifier leur peau. Il n'est pas question de les tremper dans cette eau noire mais de les faire profiter de ses ondes. Un bain de jouvence.

Le garçon ne paraissait toujours pas comprendre, il continua :

- Il y a, en suspension au-dessus du lac, comme une poussière d'eau, des molécules d'eau très vivantes qui confère un pouvoir de rajeunissement.

- Je vois, murmura-t-il.

- Et puis, elles possèdent quelque chose de très puissant qui les a aidées, jusqu'à présent, à tenir le coup. Toi, en particulier, tu devrais saisir ce fait.

Geoffroy le fixa subitement sur cette phrase singulière, puis l'invita à poursuivre.

- La faim, la soif, et surtout les blessures du style de celles que leur a infligées le Hohenstaufen, sont pratiquement insupportables dans la passivité, l'inertie, et l'inaction. Surtout l'inaction. Or, elles ne comptent plus, voire même elles n'existent plus dans la fièvre de la reconquête de la revanche, donc dans l'attaque. Elles arrivent, c'est juste une expression, à se régénérer, permettent à la peau de se cicatriser, à la douleur de s'estomper, voire de disparaître. Or, la survie, le triomphe de votre projet était là en jeu. Il fallait tout remettre sur le tapis. Tes sœurs semblent avoir trouvé en elles un apaisement exceptionnel, un remède introuvable dans les codex de notre pharmacopée.

D'Albano, qui s'était rapproché, fort prudemment, perçut seulement le murmure des voix mais tout en distinguant l'essentiel. Les filles allaient peut être s'en tirer.

- Je reviens, poursuivit le médecin perse, sur les infinitésimales gouttes d'eau en suspension dans l'air, sur et tout autour de ce lac noir. Il est maléfique, par essence, pourrait-on dire. Mais curieusement, il recèle un antidote au mal, je n'arrive pas à l'expliquer, mais je le sens car autrement tes jumelles auraient fini ici leur courte existence depuis longtemps.

- Tu fais un bien singulier médecin, qui compte davantage sur ses patients que sur les trésors de ses onguents. Je ne sais pas qui tu es.

- Seulement un médecin.

- Ce n'est pas une réponse. Tu n'étais jamais venu ici auparavant et je trouve aussi très curieux que tu te sois joint, apparemment sans difficulté, à la colonne des Teutoniques, et surtout sans motif.

- Ils avaient besoin d'un apothicaire. J'ai pris seulement la place de celui qu'ils avaient engagé.

- Tu n'as pas répondu à ma question.

- En fait, je l'ai payé pour qu'il me cède sa place. Je voulais connaître le fin mot de l'histoire. En fait j'avais déjà soigné ta sœur, oui la plus grande après une sérieuse entrevue avec les Teutoniques, et une deuxième fois après une mémorable torture.

Il l'aida à se relever et lui mit la main sur l'épaule. Étrangement, le garçon hyper énervé ne se dégagea pas de cette accolade fraternelle.

- Maintenant pars, pars vite. Ne te retourne pas. Prends congé de tes amis. Ils t'accompagneront de leurs pensées.

- Moi, il faut que je reste là, le temps nécessaire. Cela peut prendre effectivement beaucoup de temps. Et ici tu me gênerais. Rentre à Saint-Jean d'Âcre, organise une expédition sur Pétra où on pourrait se retrouver. Avec elles ou sans elles. Ne sursaute pas. Elles sont dans les mains d'Allah.

D'Albano approuva la décision. C'était encore la moins mauvaise idée. Eux, ils devaient rentrer tout en laissant quelques templiers pour l'accompagné.

D'Albano et Ilghazi voulurent lui adjoindre une solide escorte. Il commença par refuser, puis accepta finalement deux imposants gaillards.

- Pourvu qu'ils se taisent et tout ira bien, ordonna-t-il.

C'est Ilghazi qui les choisit et leur parla séparément pour insister sur le manque de sociabilité du jeune garçon qui s'enfermait pendant des jours dans un mutisme absolu.

- N'y faites pas attention. Par moment, il part également dans des fous rires incontrôlables et surtout inexplicables. Mais c'est un bon voyageur. Il connaît très bien l'Orient. Fiez-vous à lui et à ses intuitions.

Une heure plus tard, le garçon sellait rapidement son cheval, et après un au revoir rapide, et sans d'ailleurs que les autres fissent quelque chose pour le retenir, prit lentement le chemin du retour. Ils traversèrent le wadi-al-natrum sans le remarquer, s'embarquèrent à Mekele pour Akaba, où ils achetèrent des chevaux et prirent la direction d'Acre. Ils n'avaient pas échangé trois mots. En cours de route, Geoffroy leur annonça qu'il les quitterait pour Ascalon. Ils acquiescèrent en hochant la tête et rejoignirent une de leurs commanderies.

Ainsi c'était terminé. Lamentablement. Une mine d'or au fond d'un lac ! Qui croirait désormais une telle fable ?

Le garçon poussait à présent son cheval vers Saint Jean d'Acre, en traversant des bourgades sans même y faire attention, à la limite de l'écœurement. Il aurait voulu un combat mortel, regrettait de ne s'être pas battu contre les Teutoniques au fond de leur trou, préoccupé uniquement de sauver ses sœurs et amantes, mais en vain. Les autres n'avaient prononcé aucune parole inutile de réconfort, assurés par leurs seules personnes de participer de sa souffrance. Le médecin perse parlait de leur survie, mais dans quel état les reverrait-il s'il les revoyait jamais ! Ce serait très long et très dur.

Le résultat ?

Il était admirable le résultat. Des années et des années d'efforts inlassablement renouvelés. Des dizaines d'hommes parmi les plus braves, les plus initiés, les plus savants, les plus en avance sur leur temps et leur époque, disparus à jamais et dont l'histoire ne saurait jamais rien.

Il choisit le caravansérail sud d'Ascalon pour y passer la nuit, sur la route d'Athlith, se mêla aux chameliers et autres marchands, en reconnut deux avec lesquels il partagea une bière fort alcoolisée, parlant de tout et de rien, pour ne plus penser. Mais une angoisse indicible lui poignardait le cœur, lui tordait l'estomac, nouait sa gorge qui lui semblait être un vieux parchemin.

- Mais qu'est-ce que tu as, questionna un des marchands ?

- Le paludisme, probablement.

- Ah, il faut faire attention. Tiens, moi aussi l'autre semaine...

L'homme se fraya un chemin parmi les détritus et les bêtes envahissant la cour. Ce Geoffroy est invraisemblable, pensa-t-il, ou il choisit des trucs les plus chers ou les plus misérables. La vue des deux derniers étages lui donna raison car les galeries supérieures s'étaient manifestement affaissées rendant la visibilité nulle. Et l'air glacial y était particulièrement fétide. Il mit du temps à repérer le garçon.

Et à ce moment, surgit aux côtés de Geoffroy la silhouette reconnaissable entre toutes de l'émir kurde Ilghazi, toujours chevalier du Temple mais sans croix. A son regard qui l'invitait avec douceur mais insistance, le garçon se leva, s'excusa auprès de ses nouveaux amis, jeta quelques pièces de cuivre sur la table et suivit Ilghazi. Ils allèrent s'asseoir à l'écart et Ilghazi, devant la mine plombée du garçon et l'envie de boire jusqu'à plus soif, commanda des galettes de sorgho et du blé concassé. Le garçon paraissait surpris, mais se reprit et lança, comme s'ils venaient juste de se rencontrer :

- Commande aussi de l'alcool de datte, bien glacé.

- Comme tu voudras.

Ils demeurèrent silencieux en attendant l'arrivée du tavernier.

- Quel bon vent, questionna-t-il enfin ?

- Un mauvais vent, mon garçon. Les rumeurs vont plus vite et ont la vie plus dure que les vrais événements.

- Philosophe ?

- Pas du tout. Ou alors de la philosophie de caravansérail ou de corps de garde.

- Donc tu me cherchais ?

- En vérité je cherchais le rescapé de cette monumentale tuerie, qui s'est produite sur quelques semaines. Tous ces gens tués, un peu partout, les types envoyés par le fond en Mer Rouge, ceux qui sont restés asphyxiés dans cette mine à ciel ouvert. Et les Templiers morts lors de l'escapade de Mélisende, ceux qui ont combattu…

L'autre haussa les épaules.

- Donc, reprit Ilghazi, tu as déserté fort rapidement le camp de d'Albano qui n'a même pas paru surpris après cette étrange discussion avec ce non moins étrange médecin perse. Il devait s'y attendre. Comme nous autres. Quelque chose d'urgent à faire, probablement ? Au point d'abandonner tes sœurs ? Mauvais prétexte que celui d'organiser une caravane pour Pétra ?

- Ce n'est donc pas lui qui t'envoie ?

- Eh, non.

- Toi, alors, de ton propre chef, pour boire et manger évoquer le bon vieux temps, avant de remonter vers tes kurdes ?

- Il y a de cela mais ce serait inexact.

Le garçon mit une minute à réfléchir et lâcha enfin :

- Je vois… Je vois.

- Tant mieux. Ça facilitera ma tâche, car il y a autre chose, n'est-ce pas ?.

- Ta tâche ? et quelle autre chose ?

- Ils m'ont chargé de te trouver. Je suis toujours des leurs, comme tu le sais, sous mon allure d'impitoyable chef de tribu kurde, toujours Templier je veux dire.

- Arrête… arrête toi là. Ne va pas plus loin. Ne retourne pas en Occident pour leur raconter la fin de l'histoire. Ils la connaissent déjà. Occupe-toi de ton comptoir, parcourt l'Orient, Samarkand, Boukhara, Tachkent, les magiques et mythiques cités de la soie.

Geoffroy n'avait rien fait pour l'interrompre, et fixait vaguement un point imprécis de la nuit. Enfin il parut revenir à la conversation mais redemanda cette fois-ci de l'alcool de figues glacé et claqua sa langue contre sa joue pour marquer sa satisfaction.

- Il paraît, fit-il comme s'il poursuivait avec quelqu'un d'autre une conversation, que les figues et les dattes originellement provenaient du même arbre. Ce que j'ai, personnellement, du mal à croire. Et toi ?

- Moi, je m'en fous, tu ne m'écoutes pas.

Le Kurde commençait à s'énerver. L'autre reprit.

- Tu as tort. C'est d'ailleurs la même chose pour l'encens et la myrrhe. Le même arbre au début, puis il y a eu des discussions sans fin entre eux, ce qui fait qu'aujourd'hui ils sont chacun sur un arbre séparé. C'est pas bizarre la vie ?

Ilghazi, lui aussi, continua sa harangue comme si le garçon ne l'avait pas interrompu.

- Fais des affaires, trouve toi comme Abou Zaya une fille dans chaque port, fais lui un enfant…

Il ne put achever sa phrase se retrouvant brusquement cul par-dessus le tabouret sur lequel il était assis et projeté sur le sol. Déjà le garçon s'était levé et éloigné en renversant la table.

Ilghazi eut du mal à se dépêtrer du tabouret, de la table, des victuailles, de la boisson… mais il parut satisfait, songeant que s'il avait réagi à une insulte pareille c'est qu'il conservait encore un zeste d'humanité, car aller proposer à un type qui avait failli perdre ses deux maîtresses, chéries et adorées, d'en prendre une dans chaque port, relevait de la plus parfaite inconvenance. Voire même de l'injure, indigne d'un ami.

Enfin le kurde se releva, s'épousseta, paya et s'en alla. Il avait quand même réussi sa mission. Il savait où rejoindre le garçon. A tout moment d'ailleurs. Il le trouva d'ailleurs à l'écurie, sellant son cheval.

Mélisende, tu devrais m'écouter à présent.

CHAPITRE XLIII

Ascalon II

Comme giflée, poignardée dans le dos, la silhouette du garçon vénitien en fut tétanisée, puis chancela. Il dut se retenir à un montant de bois pour ne pas tomber.

- Qu'est-ce... qu'est-ce que tu viens de dire ? Comment m'as-tu appelée ?

- Ma petite Mélisende, tu ne peux pas tromper un homme tel que moi.

Et comme l'autre ne réagissait pas :

- Mélisende, écoute moi !

- Mais qu'est-ce que tu racontes ! Mélisende et Alix gisent sous une croûte de sel que ce satané vieux farceur de médecin perse enlève lamelle par lamelle. Il pense les sauver, m'a-t-il dit. Ça prendra trois mois, a-t-il ajouté pour me réconforter. Comme il paraît capable, et si elles ont la bénédiction d'Allah, elles s'en sortiront. Mais dans quel état ?

- Tu as fini Mélisende, de me prendre pour un imbécile. Tu as un minuscule grain de beauté sur la cuisse droite, facile à vérifier. Tu peux tromper ton cardinal, voire Abou Zaya, et pourtant ces deux-là te connaissent sur le bout des doigts. Mais pas moi.

Le garçon tenait toujours fermement le montant de bois mais ses yeux avaient perdu de leur fixité et paraissaient briller dans la pénombre d'un léger éclat bleuté. Il parut défaillir. Ilghazi le laissa revenir à la réalité.

- Quand, gémit-elle ?

- Quand j'ai deviné ? La vérité m'a frappé en pleine figure

lorsque je chevauchais sur le chemin du retour. Quelque chose ne collait pas. La rumeur, plus d'Albano prétendant que dans la mêlée et la tuerie générale, indépendamment de l'horreur de tes doubles crucifiés, il n'y avait qu'un type capable de s'en sortir quand même. Il ne pensait pas directement à toi, mais à un des Faraglioni et en priorité à Mélisende. Peut-être le soupçonnait-il inconsciemment. Mélisende, me suis-je dit, à moi seule, cet instinct de survie porté à un tel degré. Car il en fallait pour se sortir du piège du lac noir.

- Oh, si peu.

- Oh, si Mélisende... beaucoup, au contraire. Un des Faraglioni bien sûr, mais pour avoir concocté ce plan d'une rare conception magistrale, cette sanglante vengeance, seule toi le pouvais, et pour en réchapper pour venir l'achever en dépit de tout. Le dernier monolithe, hein ? Ni Geoffroy, ni Alix. Ils n'étaient pas aussi impliqués. Et puis il y avait un autre fait. Un autre élément, fourni précisément par d'Albano qui avait fini par admettre que Mélisende avait été de la première croisade, sinon, ajouta-t-il, rien ne s'explique. Mais ne me l'as-tu pas assez répété d'ailleurs pour qu'on prenne enfin contact avec toi. Et je ne suis pas le seul.

- Comment ça ?

- Abou Zaya a trouvé très curieux le comportement de Geoffroy lorsqu'ils ont essayé de délivrer Alix. Ils n'ont pas réussi, car pris de vitesse par les Teutoniques. Mais Abou a senti quelque chose de différent dans l'attitude du garçon. Moins leste, moins agile que d'habitude. Soufflant, le regard presque apeuré lorsqu'ils fuyaient. Et lorsqu'il lui a demandé « tu es content », l'autre a répondu très sèchement « non pas du tout ». Et cette phrase lui a paru soudainement bizarre. Le Geoffroy qu'il avait derrière lui paraissait terriblement ébranlé. Il a mis cela sur le compte de leur échec et l'impossibilité de délivrer Alix. Et à ce propos, il a tiqué lorsque, te parlant d'Alix, tu as répondu après un temps de réflexion trop long à son goût : « Alix, Oh bien sûr ! ».

- Ilghazi, enfin, qu'est-ce qui te prend, tu as trop bu pour avoir proféré que je prenne une fille dans chaque caravansérail !

La fille cherchait manifestement à détourner la conversation. Imperturbablement le kurde enchaîna.

- Et puis il y a autre chose... qui m'est revenu par la suite. Abou, fuyant avec celui qu'il prenait toujours pour Geoffroy, marqua une légère surprise car il lui sembla imperceptiblement différent. Mais il mit cela sur le compte de la souffrance de n'avoir pas délivrer Alix. Or, c'était toi qui étais dans la première cellule. Et cela, il l'ignorait. Alix gisait dans un autre cachot, n'est-ce pas, avec des prisonniers teutoniques ?

Mélisende balbutia et avoua ensuite d'un trait.

- Geoffroy, venu enlever Alix, m'a immédiatement reconnue et en quelque secondes. Et le mauvais tour fut joué. Il me passa sa robe de vieille femme arabe et moi ma djellaba de prisonnière. C'est lui qui l'a exigé. Je ne le voulais pas. Il a seulement dit dix mots.

- Lesquels ? Vas-y !

- « Mélisende puisque tu étais à Jérusalem en 1099 ».

- Mais le médecin perse, avança Ilghazi, il savait lui aussi. Il savait tout depuis le départ, lorsqu'il t'a superbement soigné à la barbe de l'Empereur. Je veux dire aussi lors de la crucifixion, lorsque les deux femmes ont été descendues de leur croix. Lorsqu'il a tenté de les sauver, il aurait pu parler.

- Or il ne l'a pas fait.

- Pourquoi ?

- Je n'en ai aucune idée.

- Mélisende… Mélisende… Je ne te crois pas. Tu mens encore, car ce médecin te prenait par moments les mains comme s'il te connaissait depuis longtemps. Or, ça ne pouvait pas être le cas pour tes doubles, qu'il n'avait jamais rencontrés.

La jeune femme releva alors la tête et le fixa de ses yeux bleus étincelants de glace mais qui s'apaisèrent tout à coup. Elle se laissa aller contre l'épaule de son vieux compagnon d'armes.

- Je suis sûr que d'Albano a eu un soupçon, poursuivit le kurde. Il t'a soudainement regardée comme s'il voyait une apparition, lorsque tu t'es mise à invectiver les Teutoniques et l'Empereur au fond de leur trou et surtout cette phrase dont il m'a reparlée après ton départ. « Mais c'est trop tard mon bonhomme ». Jamais le garçon n'aurait pu prononcer ces mots. Ce n'était pas dans sa nature. Il était, j'en suis convaincu, sur le point de dire : « mais il parle, comme Mélisende ».

Elle eut un petit rire, très sec, de cette connotation plaisante.

- Moi aussi.

- Quoi, toi aussi ?

- Je t'ai reconnu.

- Pardi, c'est évident. Ton vieux camarade de combat, la fraternité de la guerre.

- Parlons-en de la fraternité, le coupa-t-elle !

- Le mot est juste et parfait, il convient à merveille.

- Taratata, mon frère ! À la manière arabe, à la manière dont j'appelais il y a très longtemps Hugues de Champagne. Ilghazi, tu n'as pas reçu d'ordre venu d'Occident. Tu ne dépends pas non plus du cardinal, même s'il est cistercien, même s'il est papabile.

Là elle s'arrêta, laissant son regard passer par-dessus le kurde.

- Tu es dans l'ombre, dans mon ombre, depuis longtemps, tu me suis. Tiens, je vais te dire une bonne chose. Je ne suis même pas sûr que ce soit la fraternité des combats qui nous ait rapprochés. Tu as provoqué l'événement, sachant parfaitement comment cela allait se passer. Et tu m'as mise dans ta couche, un joli petit cul... c'est vrai... j'avais dans le temps un joli petit cul que tu écartais brutalement... tu t'es servi... je ne te choque pas... mais j'en avais aussi envie. Ainsi tu gardais un œil sur moi.

- Tu as poussé très loin le bouchon je dois le reconnaître, lorsque tu t'énervais en criant « Mais bon dieu Mélisende tu ne pouvais pas être à Jérusalem en 1099, car tu aurais aujourd'hui soixante-dix ans ». Tu as du bien te marrer dans ton coin.

- Je veillais sur toi.

CHAPITRE XLIV

Le médecin perse

Elle secoua la tête avec énergie.

- Tu n'y es pas du tout.

- Au fait, tu connaissais évidemment ce médecin perse ?

- Pas du tout. C'était la première fois que… Mais maintenant que tu m'y fais penser… pas pratique… Adéquat… Au moment précis…

Il la regarda brusquement.

- Que veux-tu dire ?

- Exactement tes propres paroles à d'Albano. Le moment semble arrivé, n'est-ce pas ? Mais Ilghazi, tu te trompes sur un point. Et je m'en voudrais de décevoir un brave soldat comme toi.

Le Kurde recula de deux pas pour dévisager à nouveau la jeune femme. Elle paraissait tout à fait sérieuse. Il sentit qu'imperceptiblement elle reprenait l'avantage. Mais elle prit son temps.

- Perse. Tu vois, tout est là. C'est par là qu'il fait commencer. Ils ont élaboré il y a un demi-siècle toute une métaphysique basée sur une chevalerie spirituelle.

- Les moines soldats, je connais.

- Sauf qu'ils l'ont été bien avant ceux du Temple. Alors l'idée nous est venue.

Elle venait de lâcher ce possessif « nous », comme par inadvertance. Il sursauta cependant car de curieuses antécédences se dessinaient dans son esprit.

- Bordel... tu sais ce que tu viens de dire…

- L'idée nous est venue ? Mais parfaitement. Ah, pas moi, j'étais trop petite, tu penses bien, à l'époque.

Délibérément, en se moquant, elle reprenait l'ascendant sur lui mais il la poussa.

- Vas-y.

- Mais Ilghazi, si on ne peut plus rire à présent.

Il baissa les bras.

- Et moi qui pensais veiller sur toi.

- Mais tu veillais sur moi, mon frère. Tu es de la quatrième ou cinquième génération. Tu verras dans cinquante ans, tu t'en souviendras à merveille.

- Reprends… l'idée nous est venue…

- De faire la même chose, en Occident. Le mot était venu. On sortait de la barbarie des diverses invasions de grande envergure. Les pays se christianisaient peu à peu.il fallait consolider, tout ce faisceau d'énergies naissantes. On a alors pensé à une chevalerie spirituelle, comme celle de la perse.

- Mais la croisade ?

- Ah, la croisade ! Une occasion, soigneusement préparée à la barbe et au nez des grands de ce monde. Tu comprends, on ne pouvait pas simplement claironner qu'on recrutait de beaux et grands chevaliers, confits en dévotion, riches, ça c'est drôlement important, personne ne serait venu. Pourquoi, demandes-tu ? Il demande pourquoi ! Aucun motif valable. Et avait quoi on les aurait payés ?

- Il a donc fallu trouver l'or ?

- Mais on a toujours su où il était, Ilghazi. Le reste c'était pour nous amuser. On se cachait les itinéraires, on les modifiait pour perdre les petits nouveaux comme moi... un jour j'ai bien failli y rester.

- Je ne te crois pas, tu inventes tout.

- Si tu veux. Mais tu manques le plus beau. Ce dont je suis le plus fier, fière, et elle insista sur le « e » féminin de fier.

- La croisade, puisque tu en parles.

- Ah, quand même. Je te résume, hein, sinon on vas y passer la nuit. Trois actes : Palerme, Avignon, l'abbaye de Pontigny. Le pape, l'Empereur, les grands du royaume de France. Les Turcs attaquent. Nos frère chevaliers sont massacrés… tu connais la suite.

- Non précisément… pourquoi cette boucherie ?

- Ah, tu as remarqué ! Du grand art. pour qu'une fois revenus en Occident, pétris de larmes, de sanglots, de remords, damnés à jamais, il y eut une vigoureuse réaction pour les survivants et même ceux qui ne s'étaient pas croisés, l'Ordre du Temple est né de cette réaction. Et voilà le travail.

- Je n'en crois pas un mot. Oh, si… des bribes de mots, et d'action que tu assembles pour en faire une belle histoire. Jamais entendu pareil ramassis de conneries.

- Je sais. Ça fout à plat pas mal de convictions. Je ne pouvais pas à moi toute seule déclencher tout ce pataquès. Il fallait noyauter l'ennemi, le faite douter, l'inquiéter. Donc d'Albano, Ilghazi. la petit Mélisende et le médecin perse venu s'informer du point où on en était.

Ilghazi faisait les cents pas, intrigué mais rassuré. Ça a du se passer plus ou moins comme ça, marmonnait-il.

Mais elle ne l'écoutait plus. La fille reculait au fond de l'écurie où elle s'apprêtait à déguerpir. Sans s'en rendre compte, Ilghazi l'accula au mur de torchis et bois, entre deux stalles vides. Mélisende avait à présent le dos au mur, dans tous les sens du terme.

Elle avait le corps exténué, des larmes silencieuses et très intérieures coulaient dans son âme. Son visage était tiré, marqué par les fractures sombres de rides soudainement apparues, les traits exsangues même sous la couleur ocrée de la peau. Le front apparaissait plus grand, bombé. Était-ce le fait des cheveux tirés violemment en arrière et retenus par un catogan sur la nuque.

Ilghazi avait besoin de réponses, et de réponses très précises. Il avait en face de lui une menteuse patentée comme l'affirmait en riant Abou Zaya. Qu'allait-elle encore lui sortir, car l'instant de vérité approchait. Il avait besoin de savoir. Mais la fille ne paraissait nullement disposée à prolonger une conversation qui lui devenait pénible. Elle fit un pas de côté pour se libérer de son étreinte et elle lui saisit même violemment le poignet pour l'écarter de sa personne. Il fut tellement surpris par l'emprise musclée sur son avant-bras qu'il ne résista pas. Elle se dégagea.

- Ilghazi, je te préviens, si tu continues…

- Tu ne vas quand même pas me tuer°?

Elle le fixa profondément de ses yeux glacés.

- Ne m'y oblige pas Ilghazi.

- Mais qu'est-ce qui te prend soudainement ?

- Écarte-toi Ilghazi.

- Je...

- Écarte-toi bon dieu.

Bien que solide, musclé de partout, la dominant assurément au niveau du poids, il obéit. Cette fille est invraisemblable, eut-il le temps de songer. Elle se battrait jusqu'à la mort. Oui. Mais pourquoi aller si loin dans la démesure°?

Elle fit quelques pas pour le distancer et s'approcha à nouveau de sa jument qu'elle sella rapidement. Derrière elle le kurde n'avait pas bougé, trop stupéfait pour agir. Mais il lui manquait des réponses, sinon lui non plus serait incapable de recouvrer une apparence de sérénité.

- Tu veux quand même bien répondre à ce qui me paraît très

énigmatique °?

Seul le dos de la fille lui répondit. C'était sans espoir. Ainsi tout était fini. Très mal fini. Et mal fini entre eux deux. Elle eut un sourire amer en pensant aux quelques nuits où ils furent amants. A compter sur les doigts des deux mains. Cela avait-il la moindre importance ? La tête brune eut un brusque mouvement vers lui.

-   Des questions ?

-   Oui, quelques-unes.

-   Combien ?

-   Beaucoup.

-   Non. Cinq au maximum.

Pourquoi, voulut-il énoncer, mais il s'en abstint.

-   C'est toi, n'est-ce pas, qui as fait refermer les unes sur les autres les fameuses plaques de diorite ?

-   Oui.

-   C'est toi, n'est-ce pas, qui as noyé tous les Teutoniques ?

-   Oui.

-   C'est toi, n'est-ce pas, qui t'es salement vengé de l'Empereur ?

-   Oui.

-   Tu as voulu donner une leçon aux Teutoniques comme aux Templiers ?

-   Oui.

Elle sauta à cheval, puis se pencha vers lui.

-   Pour la dernière question, ce sera « oui » aussi, Ilghazi.

Était-ce un au revoir ?

Déjà parus

www.omnia-veritas.com

www.ingramcontent.com/pod-product-compliance
Lightning Source LLC
Chambersburg PA
CBHW060948030726
47503CB00003B/783